KB273059

# 천사지인

## 【天師之印】

**1**

도서출판<br>청어람

# 천사지인 1

조진행 장편 무예 소설

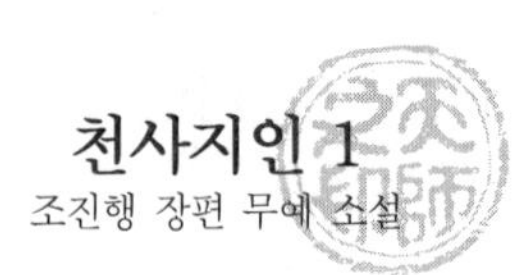


초판 2쇄 찍은 날 § 2001년 5월 15일
초판 2쇄 펴낸 날 § 2001년 5월 25일

지은이 § 조진행
펴낸이 § 서경석
펴낸곳 § 도서출판 청어람
편집 § 문혜영 · 허경란 · 박영주 · 김희정 · 권민정
마케팅 § 정필 · 강양원

등록번호 § 제1081-1-89호
등록일자 § 1999. 5. 31
어람번호 § 제2-0001호

주소 § 경기도 부천시 원미구 심곡1동 350-1 남성B/D 3F ㈜420-011
전화 § 032-656-4452  팩스 § 032-656-4453
e-mail § eoram99@chollian.net

ⓒ 조진행, 2001

값 7,500원





ISBN 89-5505-057-7 (SET) / ISBN 89-5505-058-5 04810

천사지인 [天師之印] 1

제一부 꿈꾸는 대륙

# 목차

# 작가의 글

　제가 처음 무협을 접한 것은 중학교 3학년의 겨울입니다. 평소 절친했던 친구가 교실 뒤에 앉아 어른들이 읽는, 세로로 된 복잡한 책을 읽고 있었습니다. 그 친구와는 같은 동네서 자라 그에 대해서는 속속들이 알고 있다고 자부하고 있었는데, 그의 독서하는 모습은 제게 매우 낯선 것이었습니다. 호기심으로 그의 옆에서 기웃거리던 저는 한자(漢字)투성이인 그 책에 기가 질리고 말았습니다. 저는 그때 겨우 「암굴왕」이나 「십오소년표류기」 등을 읽고 있던 터라 충격은 더했는지도 모릅니다. 이십 년쯤 전의 일이라 지금은 제목도 잊었지만, 친구의 옆에 앉아 조금씩 읽던 그 책이 매우 재미있었다고 기억하고 있습니다.

　그 뒤로 무림의 세계로 접어들게 되었습니다. 늦은 밤 잠이 오지 않을 때, 봄이 되어도 마땅히 나가 돌아다닐 만한 곳을 찾지 못했을 때, 여름의 소나기가 몰아쳐 올 때, 가을의 낙엽이 발 밑에 한 장 한 장 쌓여갈 때, 겨울의 찬바람이 따뜻한 아랫목으로 저를 몰아넣을 때 무협지는 좋은 동반자였습니다.

　그러던 어느 날 하이텔 무림동에 연재를 시작한 「천사지인」으로, 이십 년 간 독자로 머물던 저는 작가가 되고 말았습니다. 「천사지인」을 연재하는 동안 많은 분들의 격려와 가르침을 받았습니다. 그분들의 관심이 없었다면 「천사지인」은 출판되지 않았을 것입니다. 이 자리를 빌어 하이텔과 천리안, 나우누리의 '무림동'과 포항공대 bbs, 넷츠고, 에듀넷, 다크의 홈페이지를 찾아 읽어주신 독자들께 다시 한 번 감사드립니다

(너무 많은 분들이 e-mail 을 보내주신지라 일일이 열거하지 못합니다).

많은 분들이 제 글을 읽고, 천사지인이 무슨 뜻이냐고 물어왔습니다.

'천사지인(天師之印)'은 한마디로 '천사의 도장'이라는 뜻입니다. 오늘날까지도 중국의 일반 가정집에서 사용하는 부적(符籍)이 있는데, 소설의 서두에 나오는 종규(鐘馗)라는 사람을 그린 것입니다. 종규가 바로 천사(天師)이며, 부적에 찍힌 도장이 '천사지인'인 셈입니다. 부적이 아니라 부적에 찍혀 그 내용을 인증하는 것이 '천사지인'이라는 말입니다. 이 부적은 천사도(天師道)를 숭상하는 후한 말기(2세기 중엽)의 도교(道敎)에서 만들어 보급한 것인데, 소설에서는 도가무예(道家武藝)를 추구하는 장염의 일생을 「천사지인」이라는 이름으로 형상화시켰습니다.

조잡하게 만든 노란 종이 위에는 검을 머리 위에 치켜든 채 다가오는 한 무리의 박쥐 떼를 매섭게 쏘아보고 있는 종규의 상(象)이 그려져 있으며, 그 위에 천사지인(天師之印)이라고 하는 도장이 찍혀 있습니다. 종규가 행복이 늦게 찾아오는 것을 질책하고 있는 그림으로, 행복이 빨리 찾아오기를 바라는 사람들의 염원을 담고 있는 것입니다(박쥐의 복(蝠)과 복(福)은 발음이 같습니다).

소설의 천사지인에는 물론 이중적인 의미가 포함되어 있습니다. 스승 진원청이 장염에게 전수한 경천일기공의 도(道)가 '천사지인'이며, 장염이 주변의 사람들에게 전수하는 도(道) 역시 '천사지인'입니다. 숨겨진 사람들의 욕망을 드러내며, 불행한 사람을 행복하게 만들어주는 것

이 장염이 '천사지인'으로 하게 되는 역할입니다.

흔히들 무협을 초인문학(超人文學)이라고 말합니다. 무협의 인물들이 워낙 초인적인 능력을 발휘하다 보니 그렇게 분류되었으리라 생각합니다. 그러다 보니 초능력에 걸맞게 초인적으로 살인을 하고, 초인적으로 여자들을 거느리는 무협이 많이 생산되었습니다.

그러나 저는 그 초인이라고 하는 것을 단지 무적(無敵)과 대량(大量)으로만 생각하지 않습니다. '상대를 이기는 것보다 자기 자신을 이기는 것이 더욱 어려운 일이다'라고 말들을 합니다. 저는 자기를 상대로 하여 투쟁하는 사람을 써보고 싶었습니다. 아니, 자기 자신을 이기지는 못할지라도, 적어도 끊임없이 지금보다 더 좋아지려고 노력하는 사람을 그리고 싶었습니다.

그래서 선택한 사람이 장염입니다.

많은 사람들이 한국적 무협에 대한 바램을 가지고 있습니다. 소재와 배경이 중국이라고 해서 그 정신도 중국은 아닙니다. 물론 「천사지인」도 결국은 한국의 정신적인 유물을 그 배경에 담게 될 것입니다.

그러나 설령 그렇지 않다고 해도, 장염의 주변에 얽혀 돌아가는 모든 이야기는 바로 오늘날 우리들의 모습입니다. 저는 끊임없이 세상에서 일어나는 일들을 장염의 눈으로 재해석하고 소설 속에 담으려고 노력했습니다. 그리고 세상에서 미처 풀어내지 못한 갈증과 바르게 돌아가야 할 원리들을 「천사지인」 속에서나마 마음껏 복원하였습니다. 그런 의미

에서 「천사지인」은 다분히 한국적이며, 만약 「천사지인」의 사회상이 오늘날 세계의 모습과 닮았다고 한다면, 세계적이라고도 할 수 있습니다.

　저는 「천사지인」에서 선과 악에 대한 이원론적인 판단을 배제하려고 노력했습니다. 사람이 행한 대로 보응을 받는다는 것은 기본적인 입장입니다. 그러나 비록 악인(惡人)이라 할지라도 그들의 모든 행위에는 나름대로의 가치와 목적이 있으며, 그들의 마음속에도 인간이라고 불리울 만한 씨앗이 남아 있습니다. 선과 악, 빛과 어둠은 장염의 세계에서 도(道)라는 이름으로 정화되어 새롭게 조합됩니다. 대립 구도에서 벗어나 공생으로 가는 것이 「천사지인」의 추구하는 바인 것입니다.

　「천사지인」은 초인문학입니다. 저는 무협에 문학을 접목시키려고 부단히 노력하였습니다. '내가 쓴 글을 가족들과 이웃이 읽게 될 것이다' 라고 되뇌이며, 제 글이 하나의 문학으로 자리 매김 되기를 소망했습니다.

　이 글이 이제 여러분의 손안에 놓여졌습니다. 무협지가 제 인생의 외로운 시절에 벗이 되어주었던 것처럼, 「천사지인」도 여러분의 삶에 편안히 다가설 수 있기를 기원합니다. 감사합니다.

빈들 조진행 올림.

당의 현종 황제가 병이 들었는데 어느 날 누워 있다가 잠이 들었다.

그런데 어디서 왔는지 작은 귀신 하나가 한쪽 발에는 가죽 신발을 신고 한쪽 발은 맨발인 채로 나타나 현종의 옥저(玉箸)와 그가 총애하는 양귀비의 향낭(香囊)을 훔쳐 어전을 마구 달리면서 현종을 놀려댔다. 현종이 꾸짖자 그는 '나는 다른 사람의 물건을 훔치는 장난으로 사람을 근심케 하는 것을 즐기는 허 모(虛耗)라는 자요'라고 말했다.

크게 노한 현종이 경호하는 무관을 불러 체포하도록 명령을 내렸는데, 갑자기 관복 차림의 거대한 귀신이 나타나 힘들일 것도 없이 허 모를 잡더니 눈을 파내고는 머리부터 와작와작 먹어버렸다.

현종이 '그대는 누구인가?' 하고 묻자, '신은 전시(殿試)에서 낙제한 것을 부끄러이 여겨 고향으로 돌아가지 않고 궁중의 계단에 머리를 부딪쳐 자살한 종남현(終南縣) 출신의 진사 종규(鐘馗)라 하나이다.

폐하께서 후하게 장례를 치러주셨기 때문에 은혜를 갚기 위하여 허 모와 같은 요괴를 평정하려고 마음을 다짐하고 이와 같이 뵙나이다' 하고 절을 하는 것이었다. 그것을 보고서 현종이 잠에서 깨어났는데 놀랍게도 현종의 몸이 말끔히 나았다.

현종이 크게 기뻐하여 유명한 화가인 오도자(吳道子)를 불러 종규의 모습을 그리게 하였다.

그리하여 신하에게 명하여 종규는 삿된 귀신을 물리치고 요괴를 진압하는 자이므로, 각 가정에도 재액을 위해 그 초상화를 붙이도록 천하에 공포케 하였다.

[몽계필담(夢溪筆談) 중에서]

# 第一章
# 무용(無用)의 용(用)

호북성(湖北省) 균현(均縣) 남쪽으로 2백여 리 떨어진 장가촌(張家村)에서 가장 유명한 사람 중의 하나는 장삼(張三)이다.

장삼이 유명한 가장 큰 이유는 장가촌에 살고 있는 대부분의 장씨 집 셋째에게 붙여주는 흔한 이름이었기 때문이다.

그중 유명한 사람을 다시 들라 하면 천주교(天柱橋) 옆에 살면서 짚신을 지어 파는 장삼이었다.

천주교는 장가촌에 있는 작은 나무 다리로 마을과 멀리 떨어지지 않은 무당산(武當山)의 가장 높은 봉우리인 천주봉(天柱峰)을 본따 이름 지은 것이다. 그 다리는 타지 사람들이 보면 징검다리를 겨우 벗어난 수준이지만 장가촌 내에서는 유일한 것으로 마을의 자랑이기도 했다.

천주교의 장삼은 일 년 열두 달 이 다리를 벗어나지 않았다.

장삼이 다리를 벗어나는 날은 장마나 홍수로 물이 불어서 다리가 잠시 없어질 때뿐이었다.

호북성은 잔 물길이 많기로 유명하다. 남쪽 성계 부근을 횡단하여 양자강이 관류하며, 그 최대 지류 한수이강은 북서쪽에서 남동쪽으로 흘러 무한(武漢)에서 본류에 흘러든다. 남쪽의 평원에는 일만을 넘는 호소(湖沼)가 산재하고, 양자강과 한수이강 사이에는 무수한 수로가 종횡으로 서로 통한다. 그래서 평소 물길이 경사진 곳은 비로 인한 수해가 끊이질 않았다.

장가촌이라고 별다를 것은 없었다. 오히려 계곡을 면하고 있어 그 피해는 더 심하다고 할 수 있었다.

계곡의 물이란 것이 그렇듯 평소에는 무릎 정도만 차던 물도 장대비가 며칠 쏟아지면 금세 어른 키를 훌쩍 넘어버리고 만다.

그럴 때면 천주교는 물에 잠기다가 곧 형체를 알 수 없게 산산이 부서져 떠내려갔다. 비가 그치고 흙탕물이 가라앉으면 사람들은 비스듬히 기울어져 있는 버팀목을 볼 수 있었다.

심하게 비가 오는 날이면 그나마 버팀목조차도 흙탕물에 쓸려 사라져 버리고 말았다. 그럴 때면 사람들은 장삼을 떠올리곤 했다.

사실 장가촌에서 천주교의 장삼이 유명한 이유는 언제부터인가 그만이 홀로 다리를 만들고, 다리 곁에서 생활하고, 다리 위에서 장사를 했기 때문이다.


*      *      *


그렇게 천주교와 함께 살아가는 장삼에게는 부인 이씨(李氏)와 장염(張炎)이라는 효심 깊은 아들이 하나 있었다.

어느 날 장삼이 식사를 마친 후 장염에게 물었다.

“염아(炎兒), 네 나이가 지금 몇이냐?”

뜬금없이 던져진 아버지의 질문에 장염은 머리를 긁적이며 대답했다.

“그러니까… 아마, 여덟 살인가요?”

“흠! 너는 네 나이도 아직 제대로 모른단 말이냐?”

“……”

“여보, 염아를 너무 나무라지 마세요.”

장염이 우물거리자 부인 이씨가 조용히 아들의 편을 들어주었다.

장삼은 물끄러미 아들을 바라보았다. 사실 장염이 자기 나이를 제대로 알지 못하는 것은 아버지 장삼의 책임이 더 컸다. 장삼과 그의 처 이씨도 장염이 태어난 날을 제대로 기억하지 못한다.

그냥 이씨가 두 시진이 넘는 진통 끝에 아들을 낳았다는 것, 아들이 태어난 때가 한여름의 정오(正午)라 그 이름을 염(炎)으로 정했다는 것이 장염의 출생에 대한 기억의 전부였다.

어디 그뿐이랴, 장삼이나 이씨도 자기들의 정확한 나이를 알지 못하기는 마찬가지였다. 장삼 자신도 장가촌에서 함께 자란 배꼽친구들과 얼추 셈을 맞춰 나이를 둘러대고 살아왔던 것이다.

그럼에도 불구하고 장삼이 역성을 낸 건 어쩌면 그의 하나뿐인 아들이 너무 약하고 흐리멍텅하다고 생각해서인지도 모른다.

장삼은 파란 핏줄이 보이도록 말라비틀어진 아들을 잠시 바라보다가 무겁게 한마디 던졌다.

“이제 너도 올해로 여덟 살이다. 그러니 오늘부터는 칡풀을 베어오도록 해라.”

“예……”

맥없는 장염의 대답을 듣던 부인 이씨가 의아하다는 표정으로 장삼을 힐끔 바라보았다.

사실 장삼은 원래 목수였지만 일거리가 거의 없어 주로 신발을 만들어 팔았다. 칡풀은 신발을 만들 때 장삼이 사용하는 재료였다.

한때 도인이 꿈이었던 장삼은 유난히 장자(莊子)를 존경하였는데, 언젠가 마을의 글 선생으로부터 '장주(莊周)가 칡풀로 짚신을 만들어 팔았다'는 이야기를 듣고는 자신도 짚 대신 칡풀로 신발을 만들기 시작했다.

장삼은 그 칡풀을 뜯으러 아들을 내보내기로 작정한 것이다. 물론 그의 아들이 믿음직해서가 아니다. 평소 허약하고 소심하기만 한 그의 아들이 성실하게 자라주기를 바래서였다. 이씨도 그의 마음을 알고 있기에 염려와 정이 가득한 눈빛으로 장염을 바라보았다.

부인 이씨의 눈에 비쳐지는 장염은 특별한 아이였다. 물론 아들이 잘생겼거나 똑똑해서가 아니다. 팔삭둥이인 장염은 태어나면서부터 부실했다.

어렵사리 찾아간 큰 마을의 의원은 아기의 심장이 유난히 약하고 맥이 고르지 못하니, 남들처럼 건강하게 살 수 없을 것이라고 했다.

마을의 촌장도 그가 태어났을 때 백일을 넘기지 못할 테니 미리 준비하라고 말했다가 장삼과 얼굴을 붉히도록 싸운 적이 있다.

촌장은 아기가 백일을 간신히 넘겼을 때는 돌을 넘기지 못할 거라고 했고, 돌을 넘겼을 때는 이렇게 말했다.

"장염은 허약해서 살 수 있는 팔자가 아닌데, 오계십선을 행하는 장삼 자네의 공덕(功德)이 그를 살리는 것일세."

오계십선(五戒十善)은 섬서성(陝西省) 종남산(終南山)에서 두 사람의 도사가 하늘로부터 받은 계율이었다.

오계란 살생하지 말 것, 술을 마시지 말 것, 속으로 생각하고 있는 것과 반대되는 말을 하지 말 것, 도둑질을 하지 말 것, 색(色)의 도를 세울 것이었다.

그리고 십선이란 부모에게 효행할 것, 이르는 말을 잘 들을 것, 군주나 선생에게 충의를 다하고 복종할 것, 모든 것에 자비가 깊은 마음을 가질 것, 잘 참아서 다른 사람의 실수를 용서할 것, 싸움은 말리고 타인의 나쁜 일은 충고할 것, 자신을 희생하여 다른 사람의 어려움을 구할 것, 동식물을 중히 여기고 우물을 파고 다리를 놓고 나무를 심을 것, 다른 사람에게 이익이 되는 것을 하며 해를 미치지 않도록 할 것, 경을 잘 읽으며 향화를 올려 공양하라는 것이다.

장삼이 눈에 띄게 오계십선을 행했는지는 알 길이 없지만 적어도 마을의 다리만큼은 장삼 혼자만의 공사였으니 촌장이 그렇게 칭찬하는 것도 무리는 아니었다.

촌장은 장삼을 만날 때마다 그의 선행을 칭찬했고, 마을 사람들도 장삼이 마을의 다리를 놓는 공덕 때문에 하늘이 감동했다고 입을 모았다.

그렇게 다리 하나로 유명해진 아버지 장삼의 이름만 뺀다면 장염은 누가 보아도 특별할 게 없는 아이였다. 그는 또래의 아이들에 비해 키가 조금 작은 편이었고, 생김새는 이목구비가 단정한 정도일 뿐 잘생겼다거나 특출 나다고 할 수 없는 얼굴이었다. 머리가 좋아서 글공부를 잘하는 것도 아니었다.

그럼에도 이씨의 눈에 아들이 특별한 아이로 보여지는 것은 다른 이유가 있다. 그것은 작년에 무당산에서 삼십 년 간이나 도(道)를 닦다가 내려왔다는 이름 모를 노도사(老道士)와의 만남 때문이었다.


"이 아이는 참으로 신통한 상을 가지고 태어났습니다."

"도사님, 자세히 가르쳐 주십시오."

"우리 도문(道門)에서는 이런 상을 가리켜 무용(無用)의 용(用)이라고 부릅니다."

"그게 무슨 뜻인지요?"

아릿아릿한 기름 등불 아래서 장삼이 두 눈에 힘을 잔뜩 주고 노도사를 빤히 바라보았다. 노도사는 장삼의 채근에 잠시 머리를 굴리다가 말했다.

"한마디로 말하자면, 매우 장수할 상이라는 것입니다. 아무도 이 아이를 건드리는 사람이 없으니 전쟁이나 지진, 기근, 호환, 마마도 이 아이를 비껴갈 것입니다. 그러니 장수하지 못할 까닭이 없지요. 허허허."

"아! 장수한다는 말씀이시군요. 저 녀석이 태어날 때부터 속을 썩이더니 나이 들어서는 몸이 좀 건강해지려나 보군요. 감사합니다, 정말 감사합니다."

노도사의 말이 어려워 다른 건 못 알아들었지만 장수한다는 말 한마디는 장삼과 부인 이씨의 마음에 커다란 위로가 되었다. 밥상 머리에서 병든 닭처럼 머리를 숙이고 졸고 있는 허약한 아들의 뒤꼭지를 바라보며 두 부부는 입이 찢어지도록 기쁨을 감추지 못했다.

그러나 노도사의 마음을 알 수 있는 능력이 있었다면 두 부부는 결코 머리를 조아리며 감사하지 않았을 것이다.

노도사의 눈에 비쳐진 장염은 우선 키가 작고, 닭 모가지 비틀 힘도 없을 만큼 허약해 보이는 데다가, 생김새조차 아무도 거들떠보지 않을 정도로 지극히 평범하니 인간 세상에는 더 이상 쓸데가 없는 화상이었다.

그렇지만 천주교 건너편에서 약을 놓고 팔다가 안면을 트게 된 장삼의 권유로 저녁을 함께 먹게 된 그날 밤의 일이다.

밥숟가락을 놓을 때쯤 자기를 무당산의 영험한 도사로 알고 존경이 가득한 눈빛을 보내는 두 부부 앞에서 무슨 말인들 입에 올리지 못할 것인가.

그러나 솔잎 생식(生食)에서 시작한 이야기가 마침내 풍운조화(風雲造化)까지 이어지자, 두 부부의 얼굴에 반신반의(半信半疑)의 표정이 역력하게 떠오르는 것이 아닌가?

어색해진 노도사가 슬쩍 눈을 내리깔다가 밥상 귀퉁이에서 병든 닭처럼 웅크리고 있는 부부의 비루먹은 아들을 보고 전세 회복을 위해 던진 한마디가 그간의 모든 불신과 어색함을 완전히 날려 버렸다.

고금을 통틀어 자식 칭찬보다 더한 인사가 어디 있겠는가?

그날 밤 노도사는 아무 쓸데 없다는 무용(無用)도 장수하는 데는 보탬이 된다는 말을 그럴싸하게 대충 늘어놓고는 하룻밤을 잘 보냈다. 그 덕분에 아침밥은 물론 노정에 먹을 주먹밥까지 챙겨서 떠나갈 수 있었다.

노도사의 속 사정을 측량할 수 없던 두 부부는 단지 험한 세상에서 장수할 수 있다는 말과 뭔지는 모르지만 소용되는 것이 있다는 말을 듣고는 기뻐했다.

사실 장수한다는 것은 커다란 복이었다. 가난한 집안의 아이가 각종 질병을 극복하고 성인이 된다는 것이 얼마나 힘겨운 일인가? 더구나 근면 성실한 자식이 장수까지 하게 되면 부모도 그 덕을 좀 볼 수 있을 것이다.


이씨는 남편이 허약한 아들에게 잔일을 시키려고 하는 것을 만류하지 않았다. 남들처럼 자식을 많이 낳지 못한 것이 한이라면 한이었다. 그러나 이제 장염 하나라도 바르게 키워 남들 다섯, 혹은 여섯 되는 자식들보다 더 훌륭하게 키울 생각이었다.

물론 이씨가 생각하는 훌륭한 사람은 아들을 건강하고 부지런한 남자로 만드는 것이다. 그러기 위해서는 아들을 장가촌에 하나뿐인 글방이나, 두 개씩이나 되는 무도장 같은 곳에 들여보내야 하겠지만 그것은 어림없는 일이었다.

가난 때문이기도 했지만 남편 장삼이 세상사에 별 미련을 두고 있지 않았기 때문이다. 장삼이 도교(道敎)에 심취해 무위자연(無爲自然)을 신봉하는데 무슨 글공부며 무술이란 말인가?

*       *       *

장염은 칡풀을 베러 나가면서부터 아버지가 일하는 천주교 근방이 아닌 마을 뒤에 있는 와룡산(臥龍山) 기슭에서 놀아야 했다.

와룡산은 산세가 완만했지만 계곡에는 차고 맑은 물이 흘렀다. 산 곳곳에는 작은 분지도 형성이 되어 있었고, 분지 주변에는 계곡 물이 흐르다 고인 늪 지대도 많았다.

장염은 와룡산 도처에서 필요한 양의 칡풀을 뜯었고, 남는 시간은 찾아온 친구들과 함께 뒹굴며 지냈다.

장염에게는 절친한 두 명의 친구가 있었다. 둘 다 집이 가난하기로는 장염에 버금가는 아이들이었지만 그 부모가 품은 뜻이 남달랐다.

조금 통통한 장소(張小)는 대장장이의 둘째 아들이었다. 그는 아버지의 바램에 따라 무당파(武當派) 속가제자 일수진천(一手震天) 장진원(張眞元)이 세운 원무도장(元武道場)에 다녔다. 장소의 아버지는 그가 무당파의 무술을 익혀 재물이 있는 집의 사위가 되거나, 아니면 큰 마을에 무술 도장이라도 열기를 바랬다.

또 다른 친구인 이삼인(李三忍)의 부모는 장가촌에 흘러 들어와 숯을 만들어 팔았다. 그에게는 형제가 다섯이나 있었는데, 이삼인의 부모는 막내인 그를 천무도장(天武道場)에 다니게 했다.

무당파 속가제자가 세웠다는 원무도장이 무당파의 전설에 나오는 원무신(元武神)의 이름을 따 지은 것이라면, 천무도장(天武道場)은 그냥 원무도장(元武道場)보다 더 강한 느낌의 이름을 추구하던 팔비검(八飛劍) 이해룡(李海龍)의 뜻에 따른 것이었다. 이해룡은 어촌에서 태어났는데 남해(南海)의 유명한 검가(劍家)에서 비검술을 터득했다고 전해졌다.

이삼인의 아버지는 무슨 이유 때문인지는 몰라도 외지인이 세운 천무도장에 아들을 다니게 했다. 그리고 본래 이오종(李五終)이던 자식의 이름도 적어도 세 번은 참으라고 삼인(三忍)으로 바

꾸어주었다. 타지인으로서 장가촌에 정착하여 오랫동안 참고 살아
야 했던 그의 심정이 막내아들의 이름 두 자에 담겨 있는 건지도
몰랐다.

　무더위가 기승을 부리던 어느 날 이삼인과 함께 와룡산으로 놀
러 나온 장소가 목검을 비스듬히 어깨 위에 걸치고 장염에게 물
었다.
　"어이, 장염! 너는 별호를 무엇으로 할 테냐?"
　"별호가 뭔데?"
　"우리 무림의 세계에 사는 사람들은 자랑할 만한 이름을 가져
야 하는 거야. 우리 대사부님도 팔비검이라고 불리거든. 너도 앞으
로 나를 무정검객(無情劍客) 장 대협(莊大俠)이라고 불러야 해."
　장염이 놀랍다는 얼굴로 장소 옆에 서 있는 이삼인을 바라보았
다.
　"삼인아, 너도 별호가 있어?"
　"당연하지, 무적비검(無敵飛劍) 이 대협(李大俠)이야."
　"오오!"
　장염은 두 친구의 별호를 들으며 자기의 것도 골똘히 생각해
보았다. 그러나 마땅히 떠오르는 이름이 없었다. 친구들처럼 무공
을 배우는 것도 아닌데 별호가 있어야 하나 싶기도 했다. 그러나
한편 별호를 가지고 있는 친구들이 부러웠다.
　장염이 더 이상 말이 없자 장소가 목소리를 낮게 깔며 이삼인
에게 장난을 걸었다.
　"이 소졸(小卒), 자네는 이 사부께 얼마나 배웠나?"
　이삼인도 지지 않고 응수했다.

“장 소귀(小鬼), 자네보다는 많이 배웠네.”

“소졸, 네놈이 배워봤자지. 떠돌이 이 사부에게 무얼 배웠겠냐!”

“이놈아, 우리 이 사부님 무공이 장 사부보다 훨씬 강하다는 것은 장가촌 사람이면 다 아는 사실이다. 그러니 당연히 무공도 너보다는 내가 더 많이 배웠을 것이다.”

“뭐라고? 네놈이 우리 장 사부님을 모욕하느냐?”

“네놈이 먼저 우리 이 사부님을 욕하지 않았느냐?”

두 사람이 싸늘한 눈초리로 서로를 노려보기 시작했다. 장염은 이렇게 시작하여 매일 반복되는 두 친구의 무공 겨룸을 구경하기 위해 한걸음 뒤로 물러섰다. 장소가 엉성하게 만든 목검을 치켜들고 소리쳤다.

“건방진 자식, 어디 검을 맞대보자. 누가 더 강한지!”

“좋다. 장가 놈아, 덤벼라!”

두 사람은 목검을 움켜쥐고 서로를 노려보기 시작했다. 그러나 이제 갓 입문한 두 사람이 도장에서 배운 것이라고는 기마 자세로 앉았다 일어섰다를 반복하는 것뿐이었다. 정식으로 목검을 잡아본 일조차 없는 장소와 이삼인은 이야기에 나오는 검사들의 흉내를 내며 숨만 거칠게 내뿜었다. 한동안 서로 씩씩거리며 노려보던 두 사람 중 먼저 공격한 사람은 부친의 기대와 달리 성질 급한 이삼인이었다.

“야아아아! 개자식아, 쓰러져라!”

이삼인의 마구잡이식 휘두름에 장소도 질세라 목검을 휘둘렀다.

“어림도 없다, 이 새끼야!”

휙, 휙, 부웅!

틱! 탁!

“이 나쁜 자식, 헉헉……”

“지랄하네, 헉……”

오래도록 휘둘렀지만 둘의 목검은 서로의 몸 근처에도 가지 못했다. 아주 가끔, 그것도 우연히 서로의 검신이 허공에서 만날 때 목검은 ‘탁’ 하고 둔탁한 소리를 냈다. 그럴 때마다 두 사람은 찔끔 놀라며 나무를 잡은 손에 힘을 더하는 것이었다.

그렇게 두 사람이 입으로만 거품을 물고 난투극을 벌일 때였다. 근처의 나무가 부르르 떨릴 정도로 엄청난 굉음이 들려왔다.

“어느 놈들이 감히 도사님의 단잠을 깨우는 게냐!”

“……”

열심히 싸우던 두 사람은 깜짝 놀라 부르르 떨었고, 장염은 자리에 털썩 주저앉고 말았다. 멍한 얼굴로 잠시 꼼짝 않던 그들이 놀란 토끼처럼 주위를 둘러보았지만 사람의 모습은 보이지 않았다. 멀리서 산새 몇 마리가 푸드득거리며 날아올랐다.

“야, 뛰어!”

평소 눈치 빠른 장소의 소리를 신호 삼아 세 사람은 누가 먼저랄 것도 없이 미친 듯이 달리기 시작했다. 세 사람이 달아나는 데는 까닭이 있었다.

원래 장가촌에는 외지인이 잘 찾아들지 않았다. 게다가 동네 어른들은 자식들에게 지나가던 문둥이가 아이들을 잡아서 생간을 빼먹는다거나, 곡마단이 아이들을 납치하여 노예처럼 부리니까 낯선 사람을 조심해야 한다고 귀에 못이 박히도록 이야기해 왔다.

장소와 삼인은 메뚜기처럼 펄떡이며 와룡산 아래로 뛰어 내려갔다. 그러나 장염은 몇 걸음 못 가 몸이 굳어 움직일 수 없었다. 그의 몸이 눈에 보이지 않는 그물에 걸린 듯 묶여 있었기 때문이다.

어찌 된 영문인지 전혀 알 수 없던 장염은 벗어나기 위해 과도하게 힘을 쓰느라 얼굴이 검붉게 달아올랐고, 이마에도 땀이 송알송알 맺혔다.

"허어, 공부(工夫)가 부족해 세 놈을 다 잡진 못하고 말았구나……"

"으아악!"

움직이지 못하는 것으로 이미 반쯤 정신이 나갔던 장염은 나이를 알 수 없는 늙은이가 무어라 중얼거리며 풀숲을 헤치고 다가오자 그만 정신을 잃고 말았다. 장염이 쓰러지자 노도사는 당황한 표정으로 쓰러지는 장염의 몸을 받아 안았다.

"쯧쯧, 참새 새끼도 아닌데 붙들자 기절이라니… 정기(精氣)가 이렇게 허(虛)해서야……"

한참을 장염의 몸 구석구석을 주무르던 노도사가 양미간을 찌푸리며 중얼거렸다.

"이거 생각보다 더 허약하니 큰일이로다. 무당파 장문인에게 잠깐 들른다는 게 그만 엉뚱한 일을 만들고 말았구나."


노도사의 이름은 진원청(眞元淸)으로 무림의 은거 기인이었다. 팔자가 사나웠던지 그는 태어난 지 사십 일 만에 부모에 의해 도관 뒤 쓰레기장에 버려졌다. 그러나 다행히 도관의 수도자에게 발견되어 목숨을 건졌고, 그 인연으로 도관에 거두어졌다.

그는 자라면서 청소나 취사, 손님 접대 등의 일을 했지만 워낙 영특했고 도문(道門)과도 인연이 닿아 정식으로 도사 수업을 받게 되었다.

진원청은 열두 살이 되기 전에 조만공과경(早晩功課經), 삼관경

(三官經), 옥황경(玉皇經), 염구경(焰口經), 두과경(斗科經) 등의 독송법을 일찌감치 익혔다.

그 뒤 도덕경(道德經 : 노자), 남화진경(南華眞經 : 장자), 역경(易經), 정일경(正一經), 태평통(太平洞), 청정경(淸淨經), 황정경(黃庭經)을 읽었다.

그러나 운명은 그를 도사로만 머물게 하지 않았다. 이십 대의 젊은 시절 수행길에서 우연히 만난 무당파의 은거 기인 무극진인(無極眞人)의 눈에 들게 된 것이다.

진원청은 무극진인에게서 무당파의 진무경(眞武經)과 진인의 일신절기(一身絶技)인 무량검(無量劍)을 전수받았다.

그 뒤 비록 도문(道門)에서 자랐지만 천성이 자유분방하던 진원청은 호방한 성격과 적수를 찾아보기 어려운 무공으로 삼십 년간 강호를 주유하다가 그 역시 스승처럼 속세에 미련을 버리고 은거했다.

그때까지 강호에서는 아무도 진원청의 십초를 받아내지 못했고, 무림의 인사들은 그런 그를 경천동지(驚天動地) 도문일검(道門一劍)이라 불렀다.

세월이 흘러 진원청이 무림에서 은거한 지 어언 칠십 년이 지났고, 사람들은 그가 이미 신선이 되었다고 믿고 있었다. 그런데 종적이 묘연했던 그가 오늘 와룡산에 그 모습을 드러낸 것이다.

진원청은 쓰러진 장염의 몸을 안고 난처한 표정을 지었다. 무심코 한 장난이 어린아이에게 살수를 쓴 결과가 되고 만 것이다. 그는 일이 이렇게 되리라고는 생각지도 못했다.

원래 진원청은 무당산으로 가는 도중 와룡산의 아기자기한 산세(山勢)에 취해 잠시 낮잠을 즐기고 있었다. 그때 장염과 친구들이 나타나 칼싸움을 하면서 시끄럽게 욕을 주고받는 통에 잠에서 깨고 만 것이다.

나이가 들면 다시 어려진다고 했던가! 어린아이들의 장난을 구경하다가 마음이 동한 진원청이 약간의 내력을 실어 고함을 치자 아이들은 개울가의 송사리 떼처럼 도망치기 시작했다.

일단 장난기가 발동된 진원청은 허공섭물(虛空攝物)이라는 전설상의 기공으로 아이들을 잡으려고 하였다. 그러나 세 아이는 공교롭게도 한 줄로 달음질을 쳤고, 심장이 약해 잘 달리지 못하던 장염이 제일 뒤에 처져 있다가 진원청이 발출한 기의 그물에 걸려들고 만 것이다.

영문을 모르는 장염은 놀라서 무리하게 몸을 움직이려고 했는데, 그 바람에 가뜩이나 허약한 기혈이 역류하는 현상이 벌어진 것이다.

진원청은 아이의 머리에 손을 얹고 천천히 내공을 주입시켜 기운을 바르게 잡아주었다. 그러나 아이의 혈색은 조금 좋아졌지만 여전히 정신을 차리지는 못했다.

진원청은 계속 내공을 일으켜 아이의 몸을 안마하며 조심스럽게 살펴보았다. 조그마한 뼈다귀에 약간 붙은 살점, 그리고 까무잡잡하게 탄 얼굴은 누가 보아도 가난한 집에서 제대로 먹이지 못하고 키운 아이가 분명했다.

손끝으로 아이의 몸을 더듬던 진원청의 표정이 심각해졌다. 심장과 내장이 너무 허약해 그대로 두면 몇 해 못 넘기고 죽을 것 같았다.

얼마 동안 장염의 몸을 주무르던 진원청은 아이의 모습 속에서 불운한 자신의 과거를 떠올리게 되었다. 그러자 즉시 측은한 마음이 들었고, 어린아이에게 몹쓸 짓을 했다는 자책감이 진원청의 머리에서 떠나지 않았다.

진원청은 물끄러미 아이를 내려보다가 품 안에서 은으로 만든 작은 함을 하나 꺼냈다. 그리고 잠시 함 윗면에 양각(陽刻)으로 새겨진 그림을 음미하듯 쓰다듬다가 천천히 뚜껑을 열었다. 엷은 향기와 함께 매추리알만한 환단(丸丹) 두 개가 얼굴을 내밀었다. 진원청은 그중 하나를 꺼내었다.

"아이야, 이것은 무당파의 보물로 그 이름을 태청단(太淸丹)이라고 하는 것이란다. 원래 나의 사부이신 무극진인께서 세 개를 가지고 있었는데, 하나는 천산에서 죽을 뻔한 내게 먹여 살리셨고, 또 하나는 이번에 장문인의 병을 치료하기 위해 쓰여질 것이지. 이제 네가 나머지 하나를 먹는다면 일찍이 진인이 내게 당부하신 말씀처럼 하늘의 이치를 잘 따르고 생명을 중히 여기는 사람이 되기를 바란다."

세상에는 양생에 관계된 책이 천여 종에 달하고 여러 가지 장생 약들이 제시되고 있었다. 그러한 약들은 크게 세 가지로 분류되는데 병을 낫게 하는 하약(下藥)과 인간의 본성을 기르는 중약(中藥), 그리고 신체를 가볍게 만들어 생명을 연장시키고 신체에 깃털이 나게 하여 하늘을 나르고 귀신을 부릴 수 있는 상약(上藥)이 그것이다. 그중에서도 상약 중의 상약을 단(丹) 또는 금단(金丹)이라고 부르는데, 이를 먹으면 선인(仙人)이 될 수 있다고 전해졌다.

　지금 진원청이 장염에게 주려는 것은 상약 중의 상약인 태청단으로 도가의 보물이었다.

　진원청은 손바닥에 푸른빛이 은은히 감도는 단환을 올려놓고 잠시 동안 바라보았다. 이것은 그가 평생을 지니고 다닌 것으로 과거 강호에서 부상당하여 자신의 생명이 경각에 달렸을 때도 감히 먹지 못하던 것이었다.

　"휴우……."

　진원청은 짧은 한숨과 함께 태청단을 아이의 입에 밀어 넣어주었다. 태청단은 아이의 입에 들어가자 곧 녹아 없어졌다. 진원청은 아이를 눕히고 태청단의 약효가 온몸에 잘 퍼지도록 혈도를 짚어나갔다.


　장염은 꿈을 꾸었다. 처음 맛보는 자유로움 속에서 그는 한 마리 물고기가 되어 바다 속을 유유히 헤엄치기도 했고, 새가 되어 하늘을 날아오르기도 했다. 한동안 끝없이 날아오르던 장염은 자신의 몸이 다시 아래로 곤두박질친다고 생각했다. 땅이 점점 얼굴로 다가들었고, 마침내 온몸이 부서지는 듯한 충격 속에서 장염은 가느다란 신음과 함께 잠에서 깨어났다.


　"으음……."

　"아이야, 이제 정신이 드느냐?"

　"으하악! 살려주세요. 잘못했습니다."

　깨어나자마자 장염은 벌떡 일어났다가 곧바로 머리를 땅에 처박고 진원청의 발끝만 바라보았다. 얼마나 오래 신었는지 닳아빠진 가죽 신발이 장염의 이마에 닿았다.

진원청은 벌벌 떨며 온몸을 움찔움찔거리는 장염을 보자 입에서 절로 한숨이 새어 나왔다.

'사내아이가 이렇게 겁이 많다니……'

그는 일순간 그 귀한 태청단을 근본 모를 아이에게 먹인 것에 대해 깊이 후회하였다.

'아아! 이 갑자를 살아온 내가 사문의 보물을 이런 아이에게 선뜻 내주다니. 그 약 하나면 무당의 영재를 기인으로 키워낼 수도 있는 것이었거늘……'

진원청이 아무 말 없자 장염은 두려움과 호기심으로 얼굴을 살짝 쳐들었다. 수염이 가슴을 다 가릴 정도로 늙은 도사 한 명이 어두운 표정으로 자신을 바라보고 있었다. 장염은 그 표정을 살핀 후 다시 한 번 땅에 머리를 처박았다. 돌과 흙이 이마에 박혀들었다.

"신선 어르신, 제발 목숨만 살려주세요."

진원청은 아이의 기도(氣度)가 볼품없고 태청단을 먹였음에도 신체에 변화가 없자 느닷없이 분노가 치밀어 올랐다. 그 약이 어떤 약인가. 일반인이 먹어도 무병장수(無病長壽)하는 것은 물론 추위와 더위가 비켜가고, 귀신을 부리며, 죽을병에 걸린 사람의 머리맡까지 찾아온 저승 사자도 되돌려 보낼 수 있다는 신비의 묘약 아닌가?

무림인이 먹으면 이 갑자의 공력이 생기고 만독불침(萬毒不侵)의 몸으로 변한다는 그 약의 효능은 진원청도 이미 체험한 사실이다. 근본없는 자신의 과거지사가 떠오르지만 않았던들 산중에서 만난 볼품없는 아이에게 주어질 약이 결코 아니었던 것이다.

진원청이 더 억울한 것은 그토록 귀중한 것을 먹였는데도 아이에게서 눈에 띄는 변화의 조짐이 보이질 않았다는 것이다. 이 시골 아이의 눈빛에는 여전히 힘이 없었고, 피부에서도 윤이 나지 않았으며, 행동거지 하나하나가 장차 대인(大人)의 풍모와는 거리가 먼 것이었다.

후회로 망연자실 넋을 잃고 있던 진원청의 뇌리에 은사께서 환단을 주시면서 신신 당부하던 말이 떠올랐다.


"원청아, 이 태청단은 이미 삼백 년이 넘은 것으로 이 하나가 소림사의 대환단(大丸丹) 열 개와도 바꾸지 않을 귀중한 것이니라. 결코 망령되이 사용함이 없도록 삼가고 삼가고 다시 삼가한 후에야 약을 쓸 것이며, 인연이 닿지 않는 사람에게는 이 약이 별반 도움이 되지 않을 수도 있으니 신중히 처신하도록 하여라."


당시 은사의 말을 들을 때 진원청은 인연이 닿지 않는 사람이란 죽음의 문턱에 있는 무림인이라고 생각했다. 그래서 곧 죽을 무림인에게는 어차피 소용 없을 테니 인정에 이끌려 천하의 보물을 낭비하지 말라는 의미로 받아들였다.

그런데 이 순간 아무 변화를 보이지 않는 장염의 몰골을 대하니 그 인연이 닿지 않는 사람이란 바로 이런 경우를 가리키는 것이 아닌가 하는 절망감이 엄습하였다.

그 순간 진원청은 버럭 소리를 내질렀다.

"네 이놈! 네놈은 사내 대장부로 태어나서 그토록 용기가 없단 말이냐! 네가 잘못한 일이 없다면 응당 고개를 들고 어찌 된 일인지 사정을 알아보아야 하는 일 아니더냐. 네 녀석이 아무 잘못이 없이 이 지경이 되었는데, 어찌 너는 앞뒤 가릴 생각도 없이 도리어 무조건 목숨만 살려달라고 하는 것이냐? 이 천하에 둘도 없는 쓸모없는 녀석 같으니라구!"

장염은 노도사의 말을 듣다가 가만히 고개를 들어 올렸다. 찬찬히 살펴보니 마을에 전해지는 얘기의 주인공인 문둥이는 아니고 떠돌이 곡마단의 일원 같지도 않았다.

몇 번을 신중히 바라보아도 앞에 있는 노인은 말로만 듣던 신선과 같이 생겼을 뿐이다. 안심을 하자 노인의 이야기가 귀에 들리고 마음이 차분히 가라앉게 되었다.

"신선 할아버지, 할아버지께 제가 한말씀드려도 되겠어요?"

진원청은 할 말 있으면 해보라는 얼굴로 장염을 바라보았다.

"숲 속에서 도술(道術)을 부리시는 신선 할아버지가 화를 내시며 갑자기 나타나셨잖아요. 신선 할아버지께서 어떤 사람인 줄 모르는데 제가 어떻게 놀라지 않겠어요? 만약 신선 할아버지께서… 꿀꺽, 절대 그럴 리야 없겠지만, 나쁜 사람이었다면……."

장염이 생각만 해도 오싹해진다는 듯이 말을 끊고 마른침을 삼킨 후 다시 입을 열었다.

"만약에 그랬다면, 제가 뭐라고 하기도 전에 벌써 저는 개나 고양이처럼 죽었을지도 모르잖아요? 신선 할아버지께서 도술로 저를 꼼짝 못하게 묶어놓았는데, 어떻게 무서워서 벌벌 떨지 않을 수 있겠어요? 이렇게 훌륭하신 분인 줄 미리 알았다면 벌써 신선 할아버지께서 하신 말씀처럼 했을 거예요. 지금은 제가 너무 어리고, 힘도 없고, 배우지 못해서 그렇지만 나중에는 훨씬 좋아질 거라고 생각해요."

진원청이 장염의 말을 들어보니 어리지만 보통 당찬 것이 아니다. 진원청 평생에 이렇게 말 잘하는 아이는 만나본 기억이 없었다.

게다가 가만히 들어보니 자기에게 힘과 지혜가 생기면 그렇게 호락호락 당하지 않았을 것이라는 말이 아닌가.

장염을 다시 바라보니 꾀죄죄한 몰골 가운데서 무언가 희망이 보이는 것도 같았다. 진원청은 슬쩍 장염에게 말을 건넸다.

"이제 보니 네가 말재간은 약간 있구나. 너는 누구며 장차 무엇을 하고 싶으냐?"

"저는 장가촌에 살고 있어요. 아버지의 이름은 장삼(張三)이구요, 저는 장염(張炎)이라고 해요. 한여름에 태어났다고 장염이래요. 나중에 커서는… 음, 내가 하고 싶은 일들을 할 거예요."

'호오~ 하고 싶은 일이라. 이 녀석은 그것이 얼마나 어려운지를 알고서 하는 말인지……'


진청원은 장염의 대답을 듣고 이런저런 생각에 잠겼다. 아비의 이름이 장삼이라 했으니 문사(文士)나 무가(武家)의 자식은 아닌 것이 확실했다.

장염의 담담한 면상을 보니 도문과의 인연이 있는 것 같기도 했다. 세수 백이십오 세에 우화등선(羽化登仙)하신 스승을 생각하면 벌써 나이 백이십 세인 자신도 서둘러 제자를 거두어야 하겠지만, 다시 장염을 바라보니 장차 강호에 나가 군웅(群雄)들을 호령할 사람으로는 보이지 않았다.

'휴우, 이것도 다 하늘의 안배인 듯하구나. 하늘의 도를 닦는 내게 아직도 세속의 공명(功名)이 남아 있다니, 이 무슨 추태란 말인가!'

마음을 정리한 진원청이 차분하게 말했다.

"아이야, 아까 나의 실수로 네가 내상을 입었을 때 너를 치료하며 한 알의 선단(仙丹)을 먹였다. 그 약의 효능은 무궁무진하니 인연이 닿는다면 네가 그 덕을 볼 수 있을 게다. 지금은 다만 네 몸의 체질만을 바꾸어준 것 같아 애석하기 그지없구나. 이제 다른 사람처럼 네 몸이 건강하게 되기를 바란다면 내가 가르쳐 주는 이 공부를 매일 아침저녁으로 해야 할 것이다."

체질이 바뀌었다는 말에 장염이 자신의 몸을 돌아보니 과연 이전과는 달라진 느낌이 들었다. 숨을 쉴 때도 전처럼 거북하지 않았으며, 손발에는 알 수 없는 힘이 충만하였다. 병이 나은 것만도 감사할 일인데 무언가 가르쳐 준다고 하자 더없이 기쁜 마음으로 노도사를 바라보았다. 이제 도장에 다니는 두 친구들에게 자신도 뻐길 만한 일이 하나 생긴 것이다.

장염이 그렇게 혼자만의 생각으로 싱글벙글거릴 때 진원청이 근엄한 목소리로 말하였다.

"애야, 네가 무언가 나에게 배우려고 한다면 우선은 나에게 절을 아홉 번 해야 하는 것이란다."

장염은 희색이 만연한 얼굴로 자리에서 일어나 정성껏 절을 올렸다.

*　　　　*　　　　*

이렇게 하여 장염은 여덟 살에 기인 진원청을 사부로 모시게 되었다. 진원청은 그 자리에서 장염에게 사문의 일원무극심법(一元無極心法)을 전수해 주었다. 일원무극심법은 와식(臥式 : 누운 자세), 좌식(坐式 : 앉은 자세), 입식(立式 : 선 자세) 모두가 가능한 오묘한 심법이었다.

　일찍이 진원청의 경지를 엿본 무림인들은 이 심법의 극치에 이
르게 되면 잠을 자면서도 연공을 하게 되어 전설상의 반인반선
(半人半仙)의 경지까지 이르게 해준다고 믿었다.

　그것은 진원청의 내공이 일반인의 상식을 뛰어넘는 속도로 증
진되었기 때문이다. 이 심법의 효능으로 진원청은 무림 출도 이후
이렇다 할 적수를 만나지 못했다.

　진원청의 스승인 무극진인은 무당파 팔대 장문인 이대년(李臺
季)의 제자로 일조산(日朝山)에서 십여 년 간 수행을 한 적이 있
다. 그때 오백 년 전 천하제일인으로 추앙받던 도문의 기인 일원
도사(一元道士)가 일조산의 도관(道冠)에 남긴 명상록(瞑想錄)
속에서 일원심법(一元心法)을 발견하는 기연을 얻었다.

　당시 이 심법의 오묘함을 발견한 무극진인은 무당파 전통의 태
극심법(太極心法)에 일원심법을 받아들여 일원무극심법을 창시하
였다. 이 심법을 무극진인은 진원청에게 전해주었고, 진원청은 지
금 장염에게 가르치고 있는 것이다.

　그 과정에서 진원청이 다행으로 생각했던 것은 장염이 문자(文
字)를 알고 있다는 것이었다. 장삼은 아들을 특별히 서당에 보내
지는 않았다. 그러나 장삼은 그가 수집한 도교(道敎)의 책들을 장
염이 읽을 수 있도록 나름대로 가르침을 내렸던 것이다.

　노사부가 어린 제자에게 심법을 전수하기 시작한 지 얼마나 지
났을까. 진원청의 얼굴이 울그락불그락해지기 시작했다. 아무리
수도가 깊어도 가르치는 사람은 별수 없나 보다.

　얄미우리만치 단정하게 앉아 있는 장염을 바라보는 노기인 진
원청의 자세는 흐트러질 대로 흐트러져 있었다. 그것은 장염이 진
원청의 기대만큼 가르침을 따라주지 못했기 때문이다.

　아무리 진원청이 법문을 가르쳐 주어도 장염은 그것을 외우지 못했다. 비전(秘傳)의 법문(法文)을 글로 가르치기에는 많은 위험이 따르기에 진원청은 그 자리에서 장염이 완전히 외워주길 바랬지만 어쩔 도리가 없었다. 장염은 정말 보통의 어린아이였던 것이다.

　"후~ 그만 되었다. 이제 내 얘기를 좀 하마."
　진원청은 장염이 한 시진 동안 일원무극심법의 삼백육십오 개의 법문 중 겨우 이십여 개만을 외우자 애써 허탈한 마음을 감추었다.
　과거 진원청은 무극진인을 만나 무공을 배울 때 일원무극심법의 법문을 한 시진 동안 백 개나 외웠다. 그러나 생각해 보니 자신은 이십 세에 배웠고, 지금 장염은 여덟 살이니, 장염이 아주 어리석은 것만도 아닌 것 같았다.
　진원청은 호흡을 가다듬고 부드러운 풀 위로 자리를 옮겨 앉았다.
　"나는 사천성의 도관에서 처음 도사가 되었단다."
　부모없이 자라나 중원을 떠돌던 이십 대의 암울함이 긴 세월을 격하여 다시 진원청에게 전해졌다.
　노기인 진원청은 잠시 말을 멈추고 장염 뒤편의 먼 하늘을 응시했다. 아무리 늙어도 부모에 대한 그리움은 남는 모양이다.
　"나이 스무 살에 수행을 하던 중 천산(天山)에서 강도를 만나 거의 죽게 되었지. 그때 무극진인께서 나를 구해주시고 제자로 삼아주셨단다. 내가 오늘 너를 만난 것도 그처럼 하늘의 뜻이라 생각한다. 본래 무당 장문인이 주화입마에 빠졌다는 소식을 듣고 산

을 내려왔는데 이처럼 제자를 거두게 될 줄이야…… 과거 사부님
께서는 내게 태청단을 주시면서 신선이 되는 내단연기법을 일러
주셨단다. 너도 지금은 무슨 말인지 모르겠지만 때가 되면 자연
깨달음이 있을 것이다.”

“예……”

진원청은 장염이 외우기에 소질이 없다는 것을 잊은 듯 다시
내단연기법의 법문을 중얼거리기 시작했다. 장염에게 가르치기 위
해서라기보다 아마도 사부였던 무극진인에 대한 향수 때문이었을
것이다.

“연정화기(煉精火氣) 연기화신(煉氣化神) 연신환허(煉神還虛)
연허합도(煉虛合道) 무의무념(無意無念) 무사무심(無事無心) 성
령독요(性靈獨耀) 초화만신(超化萬神).”

장염이 가만히 들으니 알 듯 말 듯 한 서른두 자의 법문이 귀에
금세 익어버리는 것이었다. 진원청은 장염이 눈을 동그랗게 뜨고
법문을 웅얼거리자 얼굴에 미소를 지었다.

“그러고 보니 너와 나의 인연은 참으로 깊은 게로구나.”

가르침을 마친 진원청은 무당에서의 일을 마치는 대로 장가촌
에 들르겠노라고 하고, 그때 다시 무공 법문을 가르쳐 주겠다고
약속했다.

“그럼 수일 내로 다시 만나도록 하자꾸나. 허허허!”

진원청은 비록 장염이 천하의 기재가 아니라 해도, 증손자 같은
제자를 보고 있자니 저절로 웃음이 나왔다.

장염이 칡풀을 뜯은 광주리를 가지러 간 동안 진원청은 한줄기
바람처럼 자리에서 사라졌다.

칡풀을 담은 광주리를 등에 지고 산을 내려가는 장엽은 오늘의 일이 꿈만 같았다. 그러나 자신의 몸에 일어난 변화를 생각할 때 그것은 결코 꿈이 아니었다.

장엽이 콧노래를 흥얼거리며 마을 어귀에 도착했을 때다. 친구 둘이 근심스런 표정으로 서성이는 것이 보였다. 그들을 보는 순간 어린 장엽의 마음속에 원무도장과 천무도장의 위용이 떠올랐고, 자신이 보잘것없는 노도사의 제자가 되기로 한 것에 은근히 부끄러움이 밀려왔다. 아직 무림이나 무공에 대해 들어본 적이 없는 장엽에게는 원무도장과 천무도장이 세상에서 제일 크고 강한 도장으로 생각되었기 때문이다.

두 친구가 멀리서부터 함박웃음을 지으며 달려오는 순간 장엽은 마음으로 다짐을 했다.

'에이, 할 수 없지. 아무에게도 알리지 말고 조용히 배워야겠다. 먼저 스승님에게 대충 배운 뒤 두 도장 중 마음에 드는 곳에 가서 다시 배우면 누가 알겠어?'

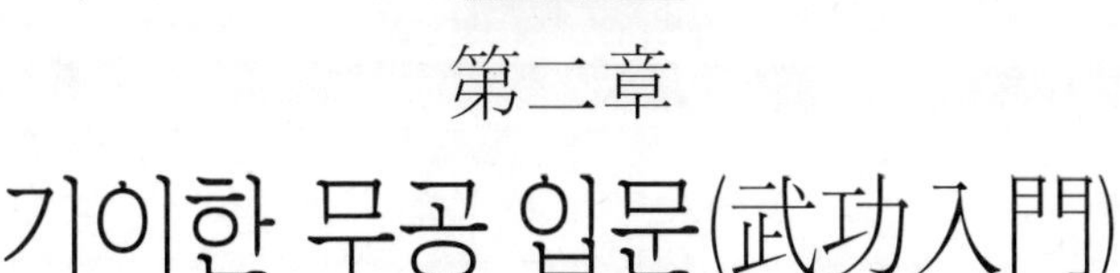



# 기이한 무공 입문(武功入門)

　일단 장염의 몸이 건강해지자 제일 기뻐한 사람은 부모인 장삼과 이씨였다. 하나뿐인 아들의 몸이 시원치 않은 것을 알지만 돈이 없으니 의원에게 데려갈 수도 없고, 증세가 괴이하여 민간처방도 할 수 없어 그야말로 속수무책이었는데 하루아침에 건강해져 버린 것이다.

　사실 장삼이 장가촌에 다리를 놓기 시작한 것에는 오계십선과 같은 특별한 사연이 있었기 때문이 아니다. 개울에는 언제나 다리가 필요했지만 누구도 선뜻 앞장서려 하지 않았다. 대부분의 마을 사람들은 자기가 먹고 사는 일이 아니라면 어디에도 필요 이상의 관심을 기울이지 않았기 때문이다.

　그러나 마침 일감이 떨어진 마음 착한 목수 장삼에게는 다리를 놓는 것이 남의 일 같지 않았다. 장삼은 혼자서 며칠 뚝딱거리며 다리를 놓았다. 엉성하게나마 다리를 놓고 나니 가장 사람의 왕래가 빈번한 곳이 됐고, 떡 본 김에 굿한다고 그는 그 옆에 눌러앉아 이런저런 잡다한 것을 만들어 팔기 시작했다.

간혹 큰비에 다리가 떠내려가면 서둘러 다시 다리를 놓았고, 그러기를 몇 해 반복하다 보니 으레 다리는 그가 세우는 것이 되어 버렸다.

처음 무너진 다리를 다시 놓을 때는 망설여지기도 했지만 생각해 보면 자신이 장사를 하는 터전이 되어버린 지 오래였고, 마을 사람들이 그의 공덕 때문에 아들이 건강하게 살고 있다는 말을 공공연히 하는 통에 장삼은 다리를 재건하는 데 힘을 쏟았다.

그런데 정말 그의 공덕이 마침내 하늘까지 닿은 것일까? 아들의 병이 나은 것이다.


그날 밤 장삼과 이씨는 몸을 깨끗이 하고 장삼에게도 목욕을 시킨 뒤 천주교 옆에서 하늘을 향해 제사를 지냈다. 제사래야 깨끗한 그릇에 물 한가득 떠놓고 장삼의 마음이 흡족해질 때까지 북두칠성(北斗七星)을 향해 절하는 것에 불과했지만 가족들은 진지하기만 했다.

장삼은 절을 마치고 나서 엄숙하게 말했다.

"염아, 이제 북두성군(北斗星君)께서 너를 불쌍히 보시고 새 길을 열어주셨으니 너는 더욱 열심히 가족을 돌보고 천리(天理)를 따라 살도록 노력해야 한다. 알겠느냐?"

"예."

"네가 이제 건강을 찾았다고 하나 언제나 충(忠), 효(孝), 화(和), 순(順), 인(仁), 신(信) 등을 바탕으로 덕을 쌓는 일에 마음을 쓰지 않으면 결코 장생할 수 없다. 사람의 수명은 원래 정해져 있는데 악한 일을 많이 하면 일찍 죽고, 적게 하면 늦게 죽는다는 것을 명심하거라."

본래 장삼은 학문(學文)과는 거리가 먼 사람이었다. 그러나 아들 장염이 태어난 뒤로 도교(道敎)의 세계에 깊이 빠지게 되어 틈나는 대로 문자(文字)를 가까이 하고 경전을 읽기 시작했다. 그리고 가족들에게도 자신이 알고 있는 바를 전하려고 했다.

"한번 태어난 사람이 정해진 수명대로 살지 못하는 것은, 생명을 관장하는 신(神)이 감시하고 있다가 크게 악한 일을 하면 기(紀 : 삼백 일의 수명)를 빼앗고 작은 과오를 범한 경우에는 산(算 : 삼 일의 수명)을 감하기 때문이란다."

장삼은 아무리 방술을 체득하였다거나 몇 개의 선약을 먹었어도 선행을 하지 않으면 장생에 도움이 되지 않는다는 포박자(抱朴子)의 가르침을 끝으로 이씨와 함께 집으로 먼저 들어갔다.


혼자 남은 장염은 천주교 위에서 동그랗게 커져 버린 달을 바라보았다. 모든 것이 그대로인데 모든 것이 변해 버렸다. 숨을 폐부 깊숙이 들이마셔 보았다. 아카시아 꽃의 향기가 밀려들었다.

"후아아……."

이전에는 이렇게 많은 공기를 들이마셔 본 적이 없다. 언제나 붕어가 뻐끔거리듯 참새 숨을 쉬었는데, 이제는 가슴이 공기로 가득 차는 것 같았다. 숨만 쉬어도 배가 불러오는 듯한 포만감이 느껴진다.

문득 노스승이 했던 질문이 떠올랐다. 노스승은 장차 무얼 하고 싶으냐고 물었었다.

장염은 주위를 둘러본 후 조용히 중얼거렸다.

"스승님, 사실 저는…… 에취!"

어디선가 날아온 꽃가루에 장염이 힘껏 재채기를 하고 말았다. 재채기가 끝나자 그만 어린 장염은 자기가 무슨 생각을 하고 있었는지 까맣게 잊고 집으로 달려가기 시작했다. 별빛이 쏟아질 듯 선명한 밤이었다.

*  *  *

한편 그 시간에 진원청은 무당산의 진무궁(眞武宮)에서 장문인(掌門人)을 만나고 있었다. 당대의 무당파 장문인은 이름은 장회(壯懷)요, 도명(道名)은 춘양진인(春陽眞人)이었다.

그는 도력(道力)이 높고 무공이 입신지경이라 무림에서 명성이 드높았는데, 일 년 전 비전(秘傳)의 내공을 익히다가 그만 주화입마에 빠지고 말았다.

그러나 다행히도 하늘이 도왔는지 장문인의 사백인 창허자(蒼虛子)가 명약(名藥)을 찾아 천하를 떠돌다가 천산(天山)에서 우연히 진원청과 만나게 되었다.

그때 창허자는 옛정을 내세워 삼 일 밤낮을 간청한 끝에 오늘의 방문을 약속받았다. 당시 진원청은 사문을 떠나 스승인 무극진인과의 인연이 깃든 천산에서 선도술(仙道術)을 익히며 여생을 보내려 했지만 창허자의 부탁을 외면할 수는 없었다.

창허자는 진원청의 사제인 정원 도사(正元道士)의 제자로 일찌기 진원청을 따르며 경공의 기초를 다진 바 있기에 서로 간의 교분이 남달랐던 것이다.

그런 사연으로 장염과 헤어진 진원청은 창허자와의 약속을 지

키기 위해 무당파에 돌아와 마지막 남은 태청단으로 춘양진인의
주화입마를 치료해 주었다.
　그리고 곧바로 하산하려는데 장문인과 창허자가 드릴 말씀이
있다고 붙잡았고, 마침내 진무궁에 세 사람이 모이게 되었던 것
이다.


　장문인의 거처에는 전대(前代)의 기인 진원청과 경공으로 백
년 내에 그를 따를 자가 없다는 비천무영(飛天無影) 창허자와 장
문인 춘양진인이 품 자(品字) 형태로 앉아 있었다.
　춘양진인이 화색이 가득한 얼굴로 진원청을 향해 말했다.
　"사조께서 등선(登仙)하시기 전에 이렇게 심기를 어지럽혀 죄
송합니다."
　"허허, 괜찮습니다. 장문인께서는 이번 일로 더 이상 마음 쓰지
마시오."
　"장문인, 사백께서 장문인의 일로 하산하신 길에 제자도 거두셨
다니 너무 미안해하지 않으셔도 될 듯합니다. 하하하."
　"그렇다면 무당을 위해 경하드릴 일입니다. 사숙의 청명(淸名)
이 어찌 되시는지요?"
　춘양진인의 물음에 진원청은 조금 미안함을 느꼈다. 자신이 너
무 어린 제자를 거둔 것 같았기 때문이다.
　"허허허, 청명이라고 할 것까지는 없습니다. 아직 나이도 어리
고, 장엽이라 하는데 장가촌에 거하고 있습니다."
　춘양진인과 창허자는 장가촌이라는 마을이 무당산 근처에 있다
는 것은 알고 있었으나, 그곳에 무림의 기인이 살고 있다는 소리
를 들은 적은 없다. 그러나 무당파의 전설적인 기인인 진원청이

신선이 되기 전에 거둔 분이시니 그 무공과 인품이 얼마나 대단할까?

춘양진인은 무당파를 위해서라도 하루빨리 그분을 만나 가르침을 받아야겠다고 결심을 굳혔다. 진원청은 이미 은거한 데다 사조로 감히 가까이할 수 없고, 사백인 창허자도 나이가 구십에 가까와 강호의 일에는 관여하려 하질 않았다.

이제 사조께서 젊은 전인을 두셨으니 잘하면 새로운 사숙을 통해 실전된 무당의 무공과 아직 한 번도 견식하지 못한 전대(前代)의 천하제일인 경천동지 도문일검 진원청 사조의 절기를 가르침 받을 수도 있을 것이다.

춘양진인이 나이가 어리다는 진원청의 말을 젊다는 의미로 받아들이고 혼자만의 생각에 사로잡혀 있을 때 진원청이 천천히 말을 꺼냈다.

"그런데 본시 우리 무당의 공부(工夫)는 순정화평(純正和平)한 것으로 내공이 깊으면 깊을수록 이득이 크게 되는데, 장문인은 어쩌다가 주화입마에 빠지셨소?"

"그것이……."

춘양진인의 얼굴이 붉어지며 시선이 창허자를 향해 돌아갔다.

"장문인, 사백께 솔직히 말씀드리시게."

"실은 삼 년 전에 너무 낡은 경전들을 다시 기록하다가 일원 도사께서 남기신 명상록의 일부를 발견하였습니다. 그리고 그 속에서……."

진원청은 깜짝 놀랐다. 명상록은 그의 사부인 무극진인께서 소각시켰다고 하는 말을 들은 바 있었다. 그런데 지금 그 명상록의 일부가 발견이 되었다는 것이다.

"명상록은 일찍이 사부이신 무극진인께서 얻은 것으로 아는데, 혹시 다른 경전을 잘못 알고 계신 게 아닙니까?"

"아닙니다. 분명히 일원 도사께서 쓰셨다고 되어 있었습니다. 사실 명상록이라는 제목은 제가 붙였고, 책의 내용은 여러 도인들께서 그분들의 수행담을 모아놓은 것이었습니다."

진원청은 어느 정도 이해가 되었다. 그가 알고 있는 명상록은 일원 도사가 직접 제작한 것이다. 그러나 지금 장문인이 말하는 책은 일원 도사의 비전무경(秘傳武經)이 아닌 도사들의 수행담 중 일부인 것이었다.

장문인이 마른침을 삼키며 어렵게 입을 떼었다.

"그런데 그 속에 경천일기공(驚天一氣功)이 기록되어 있었습니다."

"경천일기공이 무엇입니까?"

진원청은 처음 들어보는 무공의 이름에서 어떤 현기를 느꼈다.

"사조께서 직접 읽어보시기 바랍니다."

춘양진인이 공손하게 낡을 대로 낡은 경전 묶음을 건네주었다. 경전의 겉에는 '도우담론(道友談論)'이라고 흐릿하게 적혀 있었다.

창허자는 이미 읽어서 알고 있다는 듯 별반 호기심을 보이지 않았다. 진원청은 설레는 마음으로 일원 도사가 남겼다는 글을 찾아보았다.

앞부분에는 여러 도사들의 수행담이 적혀 있었다. 절반쯤 넘겼을까 용사비등(龍蛇飛騰)한 서체가 눈에 보였다. 한눈에 보아도 인간의 경지를 벗어난 도력(道力)이 엿보이는 글씨였다.

수행 중에 만난 마교(魔敎) 교주 천마(天魔) 고일기(高一基)는 내가 만난 무림인 중에서 가장 인품이 뛰어난 자로 나오는 뜻이 통하여 호형호제(呼兄呼弟)하는 사이가 되었다.

그는 내게 마공(魔功) 중에도 현묘(玄妙)한 공부(工夫)가 많이 있으니 마공을 경시해서는 안 된다고 했다.

그가 말한 마공 중 가장 경지가 오묘한 기공은 경천일기공(驚天一氣功)이었다. 그 무공은 익히기가 불가능해 사실상 문자로만 전해 내려오고 있다고 한다.

나는 그로부터 경천일기공의 구결을 듣고 큰 깨달음을 얻었다. 그리고 훗날 일원심법(一元心法)을 만들 수 있었다. 경천일기공은 마음의 공부로 오묘하면서도 익힐 수 없는 공력이다…….


경천일기공에 대한 일원 도사의 간략한 회고와 함께 천마 고일기로부터 전해 들었다는 구결이 적힌 것으로 기술은 끝이 났다. 전부 합쳐봐야 내용은 다섯 장을 넘지 않았다.

"그래서 혹시 장문인은 이 구결대로 연공을 시도했다는 것입니까?"

진원청이 책을 덮으며 춘양진인을 바라보았다. 춘양진인이 고개를 숙이며 말했다.

"부끄럽습니다. 장문인이 되어 무당의 공부를 게을리 하고 오히려 마교의 무공에 눈을 돌렸습니다."

진원청은 춘양진인의 얼굴을 잠시 바라보다가 고개를 미미하게 끄덕였다. 사실 이 구결은 경천일기공과 일원 도사의 비사(祕史)를 알고 있는 사람이라면 뿌리칠 수 없는 유혹이 분명하다. 입장이 바뀌었다면 아마 자신도 이 신공을 익히려 들었을 것이다.

"저, 사백께서 보시기에도 이 무공은 정말 익힐 수가 없는 문자(文字)만의 무공입니까?"

창허자가 불쑥 말을 던졌다. 청허자와 춘양진인의 눈이 진원청에게로 모아졌다. 그들은 오백 년 전 정사(正邪) 양측의 무적 고수이던 일원 도사와 고일기가 '익힐 수는 없지만 가장 현묘하다'고 칭찬한 무공에 대해 전대의 천하제일인으로 추앙받고 있는 진원청이 뭐라고 말할지 궁금했던 것이다.

진원청은 잠시 생각을 정리한 뒤에 입을 열었다.

"내 생각에도 이 무공은 하나의 기운으로 하늘을 흔든다는 이름 그대로 절세적인 것 같습니다. 다만 그 하나의 기운이 무얼 의미하는지 이 구결만으로는 부족한 느낌이 있습니다. 장문인이 주화입마에 빠진 것도 그 때문인 듯싶군요. 이 구결 자체는 현묘합니다. 그러나 이 무공이 마공 중의 하나라면 아마도 우리가 알지 못하는 어떤 특이한 연공법이 있지 않겠습니까? 그것을 알지 못하는 한 이 무공은 익힐 수가 없거나 익히려다가 몸을 버리는 결과를 가져올 것입니다. 마교에서도 그 연공법을 몰라서 전설로만 남았다니 신비로울 뿐입니다."

진원청의 말에 두 사람은 고개를 끄덕였다. 춘양진인은 그가 경험했기 때문이고, 창허자는 그간의 경험과 자신의 무공 수준으로 어렴풋이 느낄 수 있었던 것이다. 창허자가 춘양진인을 바라보며 무겁게 입을 열었다.

"장문인, 이 무공이 그토록 위험을 내포하고 있는 것이라면 무당에서 가지고 있을 필요가 있을까요?"

"사백의 말씀은 경천일기공을 없애시라는 것입니까?"

춘양진인은 창허자를 바라보다가 다시 진원청에게 눈을 돌렸다.

진원청은 말없이 두 사람을 바라볼 뿐이었다. 춘양진인이 생각해 보니 지금이야 천운(天運)이 닿아 진청운이라는 기인과 태청단으로 자신이 살 수 있었지만, 후대에 누가 이 무공을 익히려다가 목숨을 잃을지 알 수 없는 노릇이었다.

"알겠습니다. 이 무공이 무당파의 것이 아니라 마교의 것이었으니 지금 없애도 훗날 역대 조사님들을 뵐 때 꾸지람을 듣지 않을 것이라 생각합니다."

춘양진인은 경전에서 일원 도사의 담론 부분만을 빼내어 창허자에게 건네주었다. 창허자가 진원청을 바라보자 진원청은 고개를 끄덕였다. 그 순간 창허자의 손에 들려 있던 경전 조각에 불이 붙더니 순식간에 재로 변해 버렸다.

"아주 훌륭한 순양지공(純强之功)이로구나. 허허허."

"사백의 신공에 비하면 아무것도 아닙니다."

창허자가 손에 남은 재를 털어내며 말했다. 아쉬움 때문이었을까. 잠시 어색한 침묵이 방 안을 맴돌았다. 그리고 곧 세 사람은 각자의 침소로 돌아갔다.


방으로 돌아온 진원청은 창을 열고 밤하늘을 바라보았다. 쉽게 마음이 진정되지 않았다. 사부로부터 전수받아 여태까지 익힌 내공의 근원이 마공으로부터 영향을 받은 것이라는 사실도 놀라웠고, 경천일기공의 구결을 처음 대했을 때의 충격도 머리에서 떠나지 않았다. 대체 마공과 현문 정종의 무공은 무슨 차이가 있는 것일까.

강호를 주유할 때 그의 손에 죽음을 맞이한 마두들이 하나둘이 아니었다. 이제 와서 다행스러운 것은 그가 손을 썼을 때는 상대가 마공을 익혔기 때문이 아니라 마두들이 악행을 저지르다 현장에서 잡혔을 때 뿐이었다는 것이다.

진원청은 그 하나의 사실에 위로를 얻을 수밖에 없었다. 멀리 밤하늘을 바라보니 그 별빛이 처음 강호에 발을 내디뎠을 때 바라보던 것과 차이가 없었다.

"아아! 천장지구(天長地久)라는 말을 이제야 절감하다니. 오직 하늘만이 광대하고 땅은 영원히 끝이 없도다……."

인생무상이랄까, 지나온 일들이 주마등처럼 잠시 그의 뇌리를 빗겨갔다. 그리고 무슨 까닭일까? 노안에 비쳐든 별빛 하나하나가 새롭고 감동적이었다.

진원청의 마음이 시간과 공간을 떠나 우주의 어느 한곳을 관조하고 있는 듯했다. 그때였다. 문득 경천일기공의 법문이 낯설지 않다 싶더니, 갑자기 그간 미처 생각지도 못했던 일원무극심법의 묘용이 확연히 떠오르는 것이었다.

"오! 이것은……."

진원청이 평생 익힌 내공은 일원무극심법으로써 그것은 앉거나 서서 연공할 수 있다. 지금 진원청은 마음으로부터의 영감을 얻자 창문에 서서 일원무극심법의 법문에 따라 진기를 일주천시켰다.

얼마나 시간이 흘렀을까? 마치 영원 같았던 순간이 지나자 진원청은 백이십 년 간 그토록 도달하기를 바라마지 않던 천인합일(天人合一)의 경지에 자신이 도달했음을 깨달았다.

그리고 그의 사부 무극진인처럼 비로소 자신도 천리(天理)를 읽을 수 있게 되었다. 공교롭게도 바로 그 순간 경천일기공의 구결이 선명하게 머리 속에 떠오르기 시작했다.

"옳커니, 바로 그런 것이었구나!"

　고개를 끄덕이며 혼자만의 생각에 취해 있던 진원청이 고개를 드니 밤하늘에 수만 개의 별이 하얗게 빛나고 있었다. 진원청의 눈이 더듬듯 그중 하나의 별을 찾아 바라보는데, 그 별이 갑자기 밝은 빛을 뿜기 시작했다. 그리고 곧 서서히 빛을 잃어갔다.

　얼마 후 동쪽에서 아침 안개를 뚫고 붉은 해가 서서히 떠오르기 시작했다. 진원청은 서둘러 옷을 차려입고 무당산을 내려갔다. 지금 진원청이 바람처럼 달려가는 곳은 장가촌이었다.

＊　　　　＊　　　　＊

　이씨는 이른 새벽에 밥을 지으러 방문을 나서다가 싸리나무로 대충 엮은 문밖에 사람이 서 있는 것을 발견하였다.

　"밖에 계신 분은 뉘시우?"

　"장염의 사부가 부인께 인사드립니다. 허허허."

　"에그머니나, 도사님! 잠시만 기다리시어요."

　이씨가 다시 방으로 뛰어 들어갔다. 그리고 곧 온 가족이 우르르 쏟아져 나왔다. 장삼을 비롯한 가족이 마당에 나와 진원청에게 큰절을 올리려 하자, 진원청은 장삼과 이씨의 몸이 굽어지지 못하게 내력을 발하여 몸을 받쳐 주었다.

　그리고 장염의 절만을 받고 크게 웃음을 터뜨렸다.

　"허헛! 본래 부모와 스승은 같은데 무슨 절을 하려 하십니까? 이렇게 새벽에 찾아온 것이 실례인 줄은 알지만 워낙 시간이 없어 그렇게 되었습니다. 잠시 장염과 다녀올 곳이 있는데 허락해 주시기 바랍니다."

　진원청의 부탁에 장삼은 연신 허리를 굽히며 '예, 예'라고 대답할 따름이었다.

"장염아, 이리 오너라. 너와 함께 급히 갈 데가 있느니라."

장염은 잠이 덜 깬 표정으로 진원청을 따라갔다. 새벽 이슬에 바지 자락이 다 젖도록 숲길을 헤쳐 다다른 곳은 와룡산에 뒤편에 있는 계곡이었다.

깎은 듯이 가파른 계곡 중간쯤에 자연적으로 생성된 동굴이 몇 개 눈에 띄었다. 진원청은 이십 장쯤 위에 있는 동굴을 잠시 바라보더니 장염을 안고 허공으로 둥실 떠올랐다.

그리고 품 안의 장염이 놀랄 새도 없이 계곡 중간에 있던 동굴로 빨려들듯 들어가는 것이었다.

"으으으…… 스, 스, 스승님! 우리가, 하늘을, 꿀꺽, 날았습니다."

장염이 덜덜 떨며 말을 하자 진원청은 장염을 동굴 바닥에 내려놓고 희미하게 웃으며 그에게 말했다.

"염아, 그것은 경공이라는 것으로 장차 너도 할 수 있을 것이다."

"저, 저, 정말입니까?"

장염은 여전히 믿어지지 않는 듯 말을 계속 더듬었다. 어쩌면 장염은 지금 자신이 여우 귀신에게 홀린 것인지도 모른다고 생각했다. 그렇지 않고서야 어찌 사람이 하늘을 훨훨 날아 다닐 수 있단 말인가. 장염이 놀라든 말든 진원청은 말을 계속했다.

"본래 오랫동안 너와 있으며 나의 배움을 전해주려고 했는데, 어젯밤에야 나는 하늘의 이치를 깨닫고 내게 주어진 시간이 얼마 남지 않았다는 것을 알게 되었다. 하늘이 무심하지 않아 다행히 너를 만나게 되었으니, 스승님의 절학이 세상에서 끊어지는 것은 면할 수 있게 되었구나. 이제 내가 하는 말을 잘 들어라. 너에게 오늘 일원무극심법의 묘용과 스승님의 절학인 무량검을 전수해 주고자 하니 조금도 어긋남이 없이 잘 배우도록 하여라. 내가 백 년을 참오하고서야 겨우 터득할 수 있었던 신공이니 밤낮없이 공부하여 장차 무당파의 이름이 부끄럽지 않게 해야 할 것이다.”

“예, 예, 스승님.”

사실 어린 장염은 지금 진원청이 하는 말의 의미를 잘 모르고 있었다. 그저 지난번에 가르치다가 중지한 무공을 다시 가르치려고 하시는 거로구나 생각할 뿐이었다.


*              *              *


사제 간에 마주 앉아 무공을 연마한 지 오래되어 어느덧 한낮의 햇빛이 동굴로 깊숙이 비쳐들었다.

“허어, 어찌 이럴 수가. 그토록 반복하였는데도 계속 틀리다니⋯⋯.”

진원청은 답답한 마음을 가눌 길이 없었다. 벌써 반나절이 지났건만 장염은 일원무극심법의 삼백육십오 개 법문조차 외우지 못하고 있었다.

익히고 이해하는 건 바라지도 않았다. 그저 일단 외우고 나중에 익혀도 되리라고 생각했다. 그러나 용하게 다 외운 듯싶어서 무량검의 검결을 가르치다 보면 어느새 아까 가르친 심법은 까맣게 잊어버린 뒤였다.

기가 막혀서 몇 번을 다시 반복했지만 결과는 마찬가지였다. 심법의 법문을 외우면 무량검의 검결을 잊고, 무량검의 검결을 외우면 심법의 법문을 잊고 마는 장염 앞에서 진원청은 동굴의 바닥이 패이도록 땅을 쳤다. 진원청은 전혀 진도가 나가지 않자 장염이 흥미있어 하는 경공은 아예 가르칠 생각도 하지 못했다.

장염은 장염대로 두 개의 절세무공이 너무 어려워 하나에 집중하면 다른 하나가 가물가물거리는 통에 머리가 아프고 헛구역질이 날 정도였다.

'이거야 원, 본파의 다른 무공은 훗날 장문인에게 가르침받으면 되겠지만 당장 사부님의 무공을 외우지 못하니 큰일이로구나……'

어느새 어둑어둑해져서 동굴 안은 사람이 앉아 있는 형상밖에 보이질 않았다. 두 사람이 지쳐서 멍하니 앉아 있는데 금세 주위가 칠흑같이 어두워져 버렸다. 벌써 밤이 되고 만 것이다.

진원청이 장염에게 넌지시 물었다.

"염아, 너는 절세무공을 익혀 강호를 종횡하고 싶지 않으냐?"

"저는 장가촌에서 그냥 살고 싶습니다."

"절세무공을 익히면 네가 하고 싶은 모든 일들을 할 수가 있단다."

"칡풀은 이제 어느 정도 뜯는 요령을 깨달았고, 다리 만드는 것도 어른이 되면 힘이 더 붙을 테니 아버지를 도울 수 있을 것입니다. 신선, 아니, 스승님. 배가 너무 고파요."

진원청은 점점 더 답답해졌다. 지금 끼니 걱정을 할 때인가? 장염은 무공을 도인운동(道人運動) 정도로만 알고 있는 것 같았다.

지금은 무림이 조용하니 당분간은 무당에서도 장염을 찾지 않을 것이다. 그러다 보면 그는 무공과 떨어져 살게 될 터인데, 설상가상(雪上加霜)으로 열심히 무공을 익히려 들지도 않는 것이 역력했다. 어려서 그런지, 관심이 별로 없어서 그런지 진원청이 보기에 장염은 혼신의 힘을 쏟아부어 익히는 태도가 아니었다.

진원청의 입장에서 보면 때려죽이고 싶을 만큼 분통 터지는 일이었다. 지금도 외우질 못하는데 글로 남기는 것도 아닌 무공 구결을 장염이 언제까지 기억할 수 있을지 걱정되었다.

그렇다고 문자로 남겨주자니 시간이 없을 뿐더러 '보물을 가진 것이 죄'라고 어린 생명이 위태로워질 수도 있는 것이다. 결국 진원청은 장염의 무지(無知)와 무성의(無誠意) 때문에 이러지도 저러지도 못하고 있었다.

진원청이 고민에 잠긴 동안 장염은 칠흑 같은 어둠을 이용해 코를 후비거나 얼굴 근육을 이리저리 움직여 보는 등 여러 가지 허튼 짓으로 무료함을 달래고 있었다.

그러나 밤낮의 경계를 넘긴 기인 진원청에게 밤은 낮과 다를 바 없었고, 장염의 행동은 한심함의 극치였다.

'좋다, 이 녀석. 네가 지금 그토록 사문의 무공 알기를 우습게 아니 커다란 숙제를 하나 안겨주고 도원으로 가야겠구나.'

진원청의 이 같은 결단이 장차 장염과 무림에 어떤 결과를 가져올지 그는 미처 알지 못했다. 아니, 어쩌면 이미 진원청 같은 전대의 기인이 여덟 살 된 어린아이를 제자로 삼았을 때부터 사람이 예측할 수 없는 길로 들어선 것인지도 모른다.

"염아, 이제 장난은 그만두고 똑바로 앉도록 하여라."

장염은 흠칫 놀라 가부좌를 틀고 앉았다. 진원청의 눈에 밤톨만 한 장염의 머리꼭지가 보였다. 그 순간 진원청이 전날에 깨달은 경천일기공의 법문에 따라 신공을 일으켰다.

서서히 진원청의 공력이 오른손으로 모였고, 얼마 못 되어 검(劍) 크기의 순양진력(純陽眞力)이 외부로 그 모습을 드러냈다.

진원청이 전신 공력을 돋우자 온몸에서 안개가 몽실몽실 피어
났다. 그리고 검 모양의 진력도 조금씩 크기가 줄어들었다. 마침내
차 한잔 마실 정도의 시간이 흐르자 진원청의 손바닥에 중지손가
락 크기의 순양진력이 하얗게 빛을 발하기 시작했다.

그것을 바라보는 진원청의 눈빛이 잠시 흔들리는가 싶더니 오
른손을 서서히 들어 올렸다. 그리고 번개같이 장염의 백회혈을 내
리치는 것이었다.

"악!"

장염은 그 순간의 고통을 참지 못하고 비명과 함께 정신을 잃
어버렸다. 진원청은 장염을 상관하지 않고 머리에 손을 얹은 채
중얼거렸다.

"나야 이미 절반은 신선이 된 몸으로 곧 도원경에 들 사람이니
내공이 아까울 리 없다. 네가 그토록 사문의 무공을 경시하니 이
제 내가 깨달은 경천일기공을 전수해 주겠다. 경천일기공은 시술
자가 자신의 모든 내공을 하나의 신침(神針)으로 만들어 후인에
게 전하는 것임에 틀림이 없다. 이것은 일종의 심령금제술과 같은
것으로, 이 기공을 전수받은 사람은 그날 하루 동안 보고 들은 무
공을 꿈속에서 평생토록 익히게 되는 것이다. 보고 또 들은 무공
을 완전히 익히거나 더 뛰어난 무공으로 제압하기 전까지는 계속
해서 꿈에서 연공하게 되니 어찌 천하제일인이 되지 않으리. 이
현묘한 신공은 강호에서 이미 실전된 지 오래되었으니 무림에서
오직 너만이 익히는 것이겠구나. 이것이 마공이라 불리는 것은 아
마도 전수자의 모든 내력을 앗아간다는 극한의 수련 방법 때문이
아닌가 싶다. 네가 눈을 뜨면 다시 빈둥거릴지라도 나는 더 이상
너를 원망하지 않겠다. 사람이라면 반드시 잠이 들 터, 이 신공은

잠을 통해서만 익히는 것이니 너도 나를 원망하지 말거라."

말을 마친 진원청이 경천일기공의 칠십이자 법문대로 운기하자 바늘 같은 신침이 장염의 혈도를 따라 일주천했다. 그리고 한번 일주천한 진원청의 신침은 장염의 백회혈에 박힌 채 더 이상 움직이지 않았다.

*　　　　*　　　　*

얼마나 시간이 흘렀을까, 장염은 마침내 잠에서 깨어났다. 머리가 부서지는 듯한 고통 속에 정신을 잃었는데, 지금은 조금 멍할 뿐 아무 이상이 없다. 앞을 바라보니 진원청이 흐뭇한 미소를 지으며 앉아 있었다. 새벽에 바라본 진원청의 얼굴은 왠지 더 늙어 보였다.

"염아, 지금부터 내가 하는 말을 잘 들어라. 이 신공의 이름은 경천일기공이라 한다. 전부 칠십이 자의 법문으로 된 것인데……"

진원청은 장염이 눈을 뜨자마자 부지런히 경천일기공의 법문을 전수해 주었다. 그리고 다시 일원무극심법의 삼백육십오 자의 법문과 무량검의 검결을 천천히 일러주었다.

진원청은 장염이 외우거나 말거나 신경 쓰지 않고 자리에서 벌떡 일어났다.

장염은 머리를 쥐어짜며 앉아 있다가 갑자기 진원청이 일어서자 엉겁결에 따라 일어섰다.

진원청은 그런 장염을 힐끔 바라보고 의미심장한 미소를 지으며 평생 익힌 진무경(眞武經)의 진산절학들을 펼쳐 보이기 시작했다.

혼잣말을 하듯 입으로는 쉬임없이 검결(劍訣)을 읊으며 검을 휘두르니 태극검, 양의검, 오행검, 칠성검, 구궁검, 태청검, 소청검, 유운검, 대라검, 현천검이 쏟아져 나왔다. 몸을 빙글 돌리며 구궁을 밟으니 구궁연환검과 연환탈명검이 쏟아져 나온다.

장염이 놀라 입을 벌리고 바라보니 그제야 진원청이 슬쩍 검을 내려놓았다. 장염이 얼떨떨한 표정으로 진원청을 바라보는데 또다시 권법(拳法)의 구결이 귓전을 울렸다.

그리고 태극권, 무극권, 칠성권, 배운신권, 천강복마권이 펼쳐진다. 연이어 진원청이 슬쩍 손을 터는가 싶더니 십단금, 접기타기술, 무영신나수의 절정 금나수가 허공을 가른다.

이미 할 말을 잃은 장염의 귀에 다시 들리는 파공음은 진원청이 펼친 호조수다. 호조수를 끝으로 움직임을 멈추고 아주 잠시 복잡한 눈빛으로 장염을 내려다보던 진원청이 또다시 손바닥을 내지르며 노래 부르듯 장법(掌法)의 구결을 흥얼거렸다.

그리고 이어서 면장, 비장, 진천철장, 구궁신행장, 회풍장을 쏟아 놓았다. 그리고 숨 쉴 틈도 없이 운수, 대술비수, 태청산수의 절정 조공을 펼쳤다.

그렇게 검술과 장법, 지법, 경공, 금나술, 조공을 펼치던 진원청은 흥이 올랐는지 자신이 돌아다니며 익힌 십팔반 병기를 이용한 각종 투로와 정(正), 사(邪), 마(魔)의 실전된 무공을 일일이 설명하는 것이었다. 그리고 나서 다시 장염이 볼 수 있도록 그것들을 시전해 보였다.

장염은 스승이 왜 저러시나 싶었다. 이미 자신이 외울 수 있는 한계는 지난 지 오래였다. 일원무극심법의 법문과 무량검의 검결만으로도 어지러워 구토가 나올 지경인데, 하물며 일대의 기인 진원청이 평생에 걸쳐 보고, 듣고, 깨달은 무공들을 처음부터 끝까지 펼쳐 보이니… 장염의 벌어진 입에서 침이 몇 줄기 흘러내렸다. 그러나 스승의 손짓 발짓 검술은 계속 이어졌다.

한편 진원청은 얼마나 무공에 몰두했는지 장염이 보고 있다는 것조차 잊고, 자신에게 내력이 거의 남아 있지 않다는 사실도 잊은 채 그간의 모든 깨달음을 시전하기 시작했다.

그리고 얼마 지나지 않아 그는 일원무극심법의 법문도 잊고, 경천일기공도 잊었다. 무량검도 잊고, 무당파의 무공도 잊고, 그가 기억하고 있던 모든 무공의 초식들을 하나씩 잊어갔다. 몰아의 경지에 빠진 것이다.

그 순간 진원청은 검무(劍舞)를 추기 시작했다. 얼마나 지났을까? 드디어 진원청은 검도 잊고 말았다. 그 순간 진원청의 손에서 검이 떠났다. 이미 진원청에게는 한 줌의 내력도 남아 있지 않았지만 검은 허공에 둥실 떠서 천천히 동굴 밖으로 날아갔다.

그리고 다음 순간 검은 강한 빛과 함께 사라져 버리고 말았다.

장염이 놀라 입을 다물지 못하고 진원청을 바라보았다.

진원청은 웃고 있었는데, 손이 하늘과 땅을 가리키고 있었다.

시간이 흘러도 좀처럼 진원청이 움직이지 않자 장염은 진원청에게 다가갔다.

진원청은 혼은 벌써 선계(仙界)로 떠나 있었다.

진원청의 갑작스런 죽음에 장염은 대성통곡을 했다.

그러나 얼마 후 배가 고프고 시신과 함께 있다는 두려움이 밀려오자 위험을 무릅쓰고 기어서 벼랑을 내려왔다.

*　　　*　　　*

장염이 와룡산에서 진원청을 만난 지 어느덧 십오 년이 지났다. 그동안 장가촌에는 많은 일이 일어났다. 천주교가 삼십여 번 무너졌고, 장삼의 외아들 장염이 갑자기 미쳤으며, 가뭄이 다섯 번 들었고, 그 가뭄에 생긴 도적 떼가 다섯 번이나 마을을 공격했다.

그러나 그중 가장 충격적인 일은 무당파 사람들이 방문했던 사건이다. 무당산 자락에 장가촌이 형성된 지 수백 년이 되었지만, 대무당파 장문인과 원로들이 지나가던 일 외에 정식으로 마을에 들어온 적은 없었다. 그래서 마을 사람들은 무당파에서 일수진천 장진원이 세운 도장을 둘러보러 왔다고 믿었다. 그렇지 않고서야 그들이 한꺼번에 마을에 내려올 일이 없었던 것이다. 무당파 사람들은 산에서 내려와 갑자기 미쳐 버린 장삼의 아들 장염을 만났고, 돌아가는 길에 일수진천 장진원의 인사를 받았다.

그 덕분에 장가촌의 유명 인사가 된 사람은 일수진천 장진원이었다. 그는 무당파 장문인 춘양진인의 제자인 천(天), 지(地), 일(一), 원(元)의 네 도사(道士) 중 도천(道天) 도사의 속가제자였다. 젊은 시절 우연한 인연으로 도천 도사를 만난 장진원은 삼 년간 무당파 기초 심법과 태극권을 배울 수 있었다.

강호인이라면 꿈에라도 만나보고 싶어하는 것이 구대문파 장문인이다. 일반 백성들이 장문인을 만난다는 것은 더 어려운 일이다. 오죽하면 백성들은 그들을 신선으로 생각하기도 했을 정도다. 그런데 그중 소림사와 더불어 위세가 대단한 무당파의 장문인에게 인사를 할 수 있는 영광을 얻었으니, 원무도장의 장주인 장진원의 위치는 자연히 대단해진 것이다. 무당파 사람이 돌아간 후 원무도장의 수련생들이 두 배로 늘어난 것만 보아도 알 수 있는 일이다.

＊　　　＊　　　＊

"으아아악!"

깊은 밤 천주교 근처에서 처절한 비명이 들려왔다. 비명이 난 지 얼마 안 되어 장삼의 방에 등불이 밝혀졌다.

"엄마, 무서워……."

어린 계집아이 하나가 놀란 얼굴로 이씨의 품에 안겨왔다. 이씨는 뒤늦게 얻은 딸 소영(素英)의 어깨를 감싸 안았다. 소영은 장염이 열세 살 되던 해 가을에 태어난 늦둥이였다. 이제 열 살 먹은 소영에게 오빠 장염의 비명은 공포 그 자체였다.

"괜찮아, 소영아. 오빠가 좀 아파서 그러는 거야."

"부인, 또 염(炎)이가 악몽을 꾸었나 보오."

"어쩌면 좋습니까? 밤마다 저러니 저 녀석이 미치지 않고서야……."

"그런 말씀 마시오. 염이는 미치지 않았소. 잠에서 깨면 멀쩡한 걸 보고도 모르시오. 염이는 단지 악몽을 계속해서 꾸고 있을 뿐이라오. 십 년 전에 무당파의 장문인께서 오셔서 하신 말씀을 듣지 못했소?"

"듣기야 들었지요. 염이가 상승무공을 익힐 체질이 아닌데 억지로 무공을 익히려다가 화병에 걸렸다면서요……."

"쯧쯧, 화병이 아니라 주화입마라는 것이오."

"아무럼 어떻수. 그런데 정녕 그 병에는 치료 약이 없다고 합디까?"

"그렇다고 들었소. 이미 신선이 되신 스승만이 그를 고쳐 줄 수 있다고 하니 이승에서 사람 구실하기는 틀린 것 같소."

"휴우, 친구들은 거의 다 제 짝을 만났는데… 불쌍한 녀석, 가슴의 병이 나아서 복이다 싶더니 갑자기 저렇게 될 줄이야. 흑……."

이씨가 울먹이자 장삼이 이불을 걷고 자리에서 일어났다.

"어디 가시게요?"

"잠시 염이를 보고 오리다."

장삼이 방문을 열고 마당으로 나왔다. 고개를 드니 손톱같이 생긴 달이 눈에 들어왔다. 그때였다. 또다시 처절한 비명이 들려왔다.

"끄아아악—!"

초승달 밑에서 장삼은 전신에 소름이 오소소 돋는 것을 느꼈다.


장염이 처음 발작을 일으킨 것이 벌써 십오 년쯤 전의 일이었다. 그때 자다가 뛰어나온 장삼과 이씨가 장염의 방에 들어가서 본 것은 진땀을 흠뻑 흘리고 선잠에서 깬 아들의 놀란 얼굴이었다. 악몽을 꾸었나 보다 싶어서 토닥거려 주고 다시 잠이 들었는데, 또 비명이 들렸다.

장삼이 달려가 어린 아들을 안아주고 달랜 뒤 물었다.

"염아, 무슨 꿈을 꾸었길래 이리 놀라는 것이냐?"

"아, 아, 아버지! 너무 무서운 꿈을 꾸었어요."

장삼이 아들의 머리를 쓰다듬어 주며 꿈 이야기를 해보라고 하자 장염이 말했다.

"아버지, 꿀꺽, 갑자기 스승님께서 나타나서 주먹과 손바닥으로 저를 때렸어요."

"어허! 염아, 이미 신선(神仙)이 되신 분께 그런 불경스런 말을 하는 게 아니란다."

장삼이 아들을 달래고 돌아왔지만 그 뒤로도 장염의 가위눌림은 계속되었다. 시간이 지날수록 발작은 정도가 심해져서 나중에는 스승이 나타나 온갖 종류의 흉악한 무기들로 자기를 찌른다고도 했다.

한번 시작된 발작은 좀처럼 멈추지 않아 장염은 매일 밤 비명과 함께 깨어났다. 그간 용하다는 무당을 불러 수없이 굿도 해봤지만 상태는 조금도 나아지지 않았다.

그렇게 몇 년 간 잠을 못 이루니 장염의 몰골은 시체와 다름이 없었다. 밤새 악몽에 시달린 장염은 날이 밝으면 몽혼 약을 먹은 사람처럼 흐느적거렸다.

십 년 전 무당산에서 내려온 무당파 장문인도 그런 장염을 보고 매우 안타까워했지만 곧 고개를 저으며 떠났었다.

그나마 다행인 것은 오 년 전부터 이틀에 한 번 꼴로만 발작을 일으키더니, 금년 들어와서는 삼사 일에 한 번 꼴로 악몽을 꾸는 것 같았다.

"염아(炎兒), 잠에서 깨었느냐?"

장삼이 아들의 방문 앞에서 조심스럽게 말을 건넸다.

"끄응, 네에… 저는 일어났습니다. 죄송합니다."

"됐다. 쉬도록 해라. 그래도 이번에는 좀 오래가는 것 같구나. 벌써 사흘이나 지났지 않느냐… 허허."

장염은 방문 앞에서 들리는 아버지의 허허로운 음성에 몸둘 바를 몰랐다.

"아버지, 심려를 끼쳐 드려 죄송합니다. 걱정 마시고 주무십시오."

　장삼이 돌아가는 기척이 나자 장염이 천천히 자리에서 일어났다. 그리고 가만히 방문을 열어젖혔다. 시원한 밤 공기가 폐부 깊숙이 밀려왔다. 여자의 손톱 같은 달을 보니 왠지 눈이 시려왔다.

　"휴우～ 사부님이 신선이 되시기 전에 전수하신 무공을 아직도 터득하지 못했으니 어느 세월에 이 경천일기공의 악몽에서 벗어날 수 있을 것인가? 다행히 지난 십오 년 간의 고련으로 일원무극심법의 법문을 깨우치고 무량검과 무당과 무공을 터득했으나… 도원(桃園)으로 드시기 직전에 보여주신 이름 모를 검무 때문에 사부님이 심어놓으신 경천일기공의 공력이 풀어지질 않아서 도무지 힘을 쓸 수가 없구나."


　사실 장염은 일찍이 무림에 유래가 없던 괴사를 겪고 있었다. 지난 십오 년 동안 악몽에 시달리며 무공을 익혀왔던 것이다.

　처음에는 장염도 단순한 악몽인 줄 알았다. 그러나 날이 갈수록 진원청의 음성이 또렷하게 머리 속에 기억되었고, 몸 동작 하나하나가 선명하게 떠올랐다.

　급기야 진원청이 경천일기공에 관해 언급한 말이 선명하게 떠오른 것은 그가 악몽에 시달린 지 한 달 만의 일이었다.


　"나야 이미 절반은 신선이 된 몸으로 곧 도원경에 들 사람이니 내공이 아까울 리 없다. 네가 그토록 사문의 무공을 경시하니 이제 내가 깨달은 경천일기공을 전수해 주겠다……. 네가 눈을 뜨면 다시 빈둥거릴지라도 나는 더 이상 너를 원망하지 않겠다. 사람이라면 반드시 잠이 들 터, 이 신공은 잠을 통해서만 익히는 것이니 너도 나를 원망하지 말거라."

스승의 음성을 기억해 낸 뒤로 자신에게 일어나는 끔찍한 일의 전모를 파악하게 된 장염은 그때부터 불철주야(不撤晝夜) 무공을 익혀 꿈에서 반복되는 목숨을 건 대련에 대비했다.

그리고 조금이라도 편히 잠을 자고 싶어하던 그의 바램은 마침내 십 년 만에 이루어져 진원청이 전수한 대부분의 무공을 소화하고 극복하게 되었다. 십 년 만에 좀 편히 잘까 싶었는데 그건 장염만의 생각이었다.

그 뒤로 오 년 간 진원청이 선정에 들기 직전에 보여준 그 이름 모를 검무가 그를 괴롭히기 시작했다. 그리고 장염이 그 검무를 극복하지 못하자 백회혈에 틀어박힌 경천일기공의 공력은 녹지 않았다.

하루나 이틀은 그런대로 진원청의 다른 무공을 상대하며 잠을 편히 잘 수 있었다. 그러나 사흘이 멀다 하고 나타나는 진원청의 검무는 어떻게 상대할 방법이 없었다.

악몽의 끝은 언제나 같다. 검무를 추던 진원청의 손이 하늘과 땅을 가리키는 순간 검이 둥실 떠오른다. 그리고 천천히 허공을 날아온 검은 일순간 백색 광채로 변하여 장염의 몸을 관통하고 마는 것이다. 장가촌에 울리는 심야의 비명은 장염이 그때의 고통을 참지 못하고 터뜨리는 것이었다.

"스승님, 제자가 어리석어 십오 년이 지났지만 아직도 스승님의 무공을 익히질 못하고 있습니다."

달빛 아래 장염의 처연한 음성이 나지막이 퍼져 나갔다. 그러나 그건 따지고 보면 장염의 잘못이 아니었다. 진원청의 무공이 어떤 것인가? 경천동지 도문일검이라는 외호는 거저 생긴 것이 아니다.

진원청은 백이십 세에 신선이 되기까지 무적 고수였다.

그런 진원청도 말년에 가서야 완전히 터득하게 된 일원무극심법을 겨우 이십삼 세인 장염이 터득을 했으니 이건 기적에 가까운 일로 오직 경천일기공 때문에 가능한 것이었다.

장염이 힘을 쓰지 못하고 아직도 경천일기공의 사슬에 묶여 있는 것은 진원청도 미처 생각지 못한 것이었다. 반선(半仙)의 경지에 있던 진원청 최후의 심득(心得)이 무아의 경시에서 춘 검무에 담겨 있었던 것이다. 그걸 몇 년 내에 터득할 수 있다고 믿고 있는 장염의 생각이 오히려 이상한 것인지도 모른다.

진원청은 자신도 모르게 추게 된 검무로 인해 하나뿐인 제자가 경천일기공의 사슬에서 벗어나지 못할 것을 미리 알았다면 원통해서 신선이 될래야 될 수도 없었을 것이다.

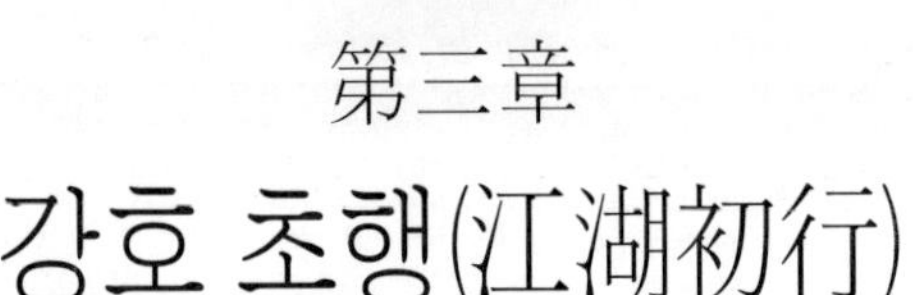



# 강호 초행(江湖初行)

"장염, 안에 있나?"

이른 아침에 들려온 음성에 장염이 밖을 내다보니 장소와 이삼 인이 싱글싱글 웃으며 마당에 서 있다. 장염은 건강해 보이는 두 친구가 마치 해바라기 같다고 생각했다.

"아니, 두 사람 다 어쩐 일이야?"

장소가 참지 못하겠다는 듯이 재빨리 말을 받았다.

"우리 이번에 사천(四川)으로 가게 되었어. 그곳에서 천하 무림 대회가 열린다구."

"천하 무림 대회?"

"아니, 이 친구 완전히 촌닭 행세를 하기는… 삼 년마다 한 번 씩 열리는 천하 무림 대회를 모른단 말야?"

나이 스물세 살의 피만 부글부글 끓는 청년 장염이 천하 무림 대회를 모를 리가 없다. 천하 무림 대회는 하남에 자리 잡고 있는 무림맹에서 주최하는 가장 큰 행사였다.


　무림맹은 소림, 무당, 아미, 곤륜, 화산, 청성, 점창, 공동, 종남의 구대문파가 이십 년 전에 하남에 세운 최초의 무력 단체였다.
　그동안 무림첩은 많이 돌았지만 실제로 한 지역에 무림맹이 세워지긴 처음 있는 일이었다. 기적과도 같은 이 일은 이십 년 전 이패(二覇)의 대륙행(大陸行)을 저지하기 위해 구대문파가 모였을 때 이루어졌다.
　이패란 중원 남서쪽에 자리한 서장(西藏)의 혈마사(血魔寺)와 북서쪽 끝에 자리한 신강(新疆)의 교하국(交河國)을 일컫는 말이다.
　혈마사는 서장 제일을 자처하는 포달랍궁(布達拉宮)에서도 사실상 어려워하는 사교 집단이었고, 교하국은 비교적 내실있는 작은 무역 국가여서 두 집단이 어떻게 연합할 수 있었는지에 대해서는 말들이 많았다.
　그러나 이유야 어떻든 성격적으로나 지리적으로 먼 이 두 집단이 연합하여 대륙을 종횡했던 것만은 분명하다. 이십 년 전에 혈마사와 교하국의 고수 오백여 명이 점창파, 화산파, 곤륜파, 청성파를 파죽지세로 몰아붙이며 대륙을 누볐던 것이다.
　그때 무림맹을 결성한 구대문파가 그들을 사천(四川)의 보정산(寶頂山)에서 저지할 수 있었다. 이패를 제압한 구대문파는 사천에서 번화한 낙산(落山)에 제2의 무림맹이라고 할 수 있는 의혈단(義血團)을 세우고 각 파의 고수들을 파견하였다.
　그러나 사천에 의혈단을 세운 지 삼 년 뒤부터 구대문파는 사천의 의혈단을 운영하기 위한 고수들을 강호 전역에서 초빙하기 시작했다.

자파(自派)의 고수들을 보낼 수도 있었지만, 언제 어떤 일이 생길지 모르는 강호에서 금싸라기 같은 고수를 기약없이 문외(門外)에 둘 수만은 없었기 때문이다.

그래서 생각해 낸 것이 강호의 고수들을 초청하여 무공 서열을 논하고, 더불어 신진 고수를 의혈단에 등용시켜 세력을 유지하는 것이었다. 그것은 자파의 고수를 아끼려는 구대문파의 마음에도 드는 것이었고, 하루아침에 명성을 얻거나 정착을 원하던 강호인들의 구미에도 들어맞는 일이었다.

그렇게 하여 천하 무림 대회는 삼 년을 주기로 하남과 사천에서 번갈아가며 열렸는데, 금년에는 사천에서 열리게 되었던 것이다.


"이번에 삼인이와 내가 무림 대회에 참가하기 위해 강호로 나가게 되었어."

장소의 말에 따르면 이삼인과 장소는 각자 원무도장과 천무도장에서 파견하는 고수 다섯 명 속에 선발되어 무림 대회에 참가하게 되었다는 것이다. 유들유들한 장소가 은근히 장염에게 물었다.

"장염, 어때? 너도 이 기회에 우리와 함께 강호를 구경해 보는 것이?"

"글쎄……."

"우리가 사부님께 네 얘기를 해뒀어. 먹을 음식과 경비만 조금 가지고 오면 함께 움직여도 괜찮다고 승낙을 얻어냈단 말이야."

장염이 머뭇거리자 여전히 성질 급한 이삼인이 큰소리를 쳤다.

"야, 생각하고 말고 할 게 어디 있냐. 너의 안전은 걱정 마. 우리가 누구냐. 무정검객 장소와 무적비검 이삼인이 아니냐.”

“알았어, 함께 가자. 나도 부모님께 말씀을 드리고 짐을 꾸릴 테
니까.”

장소가 크게 웃음을 터뜨리며 소리쳤다.

“우하하핫! 잘 생각한 거야. 우리 삼 형제가 강호를 진동시켜
보자구. 그럼 함께 가는 것으로 알고 날이 정해지면 다시 알리러
올게.”

“좋아.”

장염도 더 이상의 진전이 없던 터라 차라리 이 기회에 강호에
나가 보는 것도 좋을 듯싶었다. 경험을 넓히다 보다 보면 혹시 어
떤 깨달음이 있지 않을까 하는 마음에서였다.

*        *        *

그날 아침 장염이 강호로 나가겠다고 하자 이씨는 울며 만류했
지만 장삼은 선선히 고개를 끄덕였다. 장삼은 여행이 인간을 성숙
하게 만들어준다고 믿었기 때문이다.

장염이 훌쩍이는 어머니를 바라보며 조용히 말했다.

“어머니, 이번에 제가 강호에 나가게 되면 반드시 병을 고쳐서
돌아오겠습니다. 그러니 너무 심려하지 마시기 바랍니다.”

장염이 병을 고쳐서 돌아오겠다고 하자 이씨도 더 이상 반대하
지는 않았다. 강호에는 신선들이 많다고 하니 혹시나 하는 기대를
가졌던 것이다.

사실 장가촌에서는 아무도 아들의 병을 고칠 수 없었고, 희망이
없는 이곳에 아들을 마냥 붙잡아둘 수도 없는 노릇이었다.

혼인이라도 시키면 나을까 싶었지만 장염의 미친 병은 이미 마을에 소문이 나서 매파의 발길은 처음부터 없었다. 가정을 꾸릴 희망도 없는 이곳보다는 나가서 참한 여자라도 데려올 수 있다면… 하는 것이 이씨의 속마음이기도 했다.

마침내 모든 것을 하늘에 맡기기로 한 이씨와 장삼, 그리고 철모르는 막내 소영은 그날부터 장도(長途)에 오를 장염을 위해 집 안에서 모시고 있던 모든 신들에게 아침저녁으로 제사를 지내기 시작했다.

원무도장과 천무도장은 촌장이 정해준 길일을 출발 날짜로 잡았다. 그리고 그날이 되자 장가촌 사람들 모두가 마을 앞 공터에 모여 합동으로 제사를 지냈다.

장가촌 사람들은 원무도장과 천무도장의 위용이 사해팔방에 떨쳐지고, 또 모든 사람들이 무사귀환하게 도와달라고 빌고 또 빌었다.

제사가 끝나자 두 도장 사람들은 각자 부모 형제들과의 아쉬운 이별을 끝으로 길을 떠났다.

등에 봇짐을 지고 일행의 뒤를 따라 걸어가는 장염의 귀로 아침 나절 내내 신신당부하던 아버지의 음성이 맴돌았다.

"염아, 네가 이 약속을 지킨다면 나는 죽어서도 너를 자랑스럽게 여길 것이다. 남들과 절대로 싸우지 말아라. 싸우더라도 말로 싸워라. 말로 안 되면 도망을 가는 한이 있더라도 싸우지 말아라. 무공이 없으면 생명까지는 건드리지 않는다고 하니 마음의 공부라고 생각하고 무조건 참아라."

                    *           *           *

　사천성으로 함께 가는 원무도장과 천무도장의 사람들은 장염에게 친절했고 두 도장 간에도 다정했다. 그럴 수밖에 없는 것이 이리저리 따지고 보면 다 사돈의 팔촌에 해당되었기 때문이다.

　원무도장의 인솔자는 장진원의 사위로 사십 대의 철검(鐵劍) 장소룡(長小龍)이고, 그 밑으로 장소룡의 두 아들 무영(武英)과 무혼(武魂), 그리고 장가촌의 장천(長天), 장소(長小)였다.

　천무도장에서는 이해룡의 장자인 역시 사십 대의 비검(飛劍) 이무심(李武心)이 인솔자였고, 그 밑으로 이무심의 삼 남 중 큰아들 이무쌍(李武雙)과 장가촌의 장이(長二), 장명(長鳴), 이삼인(李三忍)이었다.

　나이는 이무심이 사십 대 중반으로 가장 많았고, 그 다음이 그보다는 두세 살 적은 장소룡이었다.

　동행하는 장가촌 청년들의 나이는 대충 무영, 무혼, 무쌍, 그리고 장염과 친구들이 이십 대 초반이었고 나머지는 전부 십팔구 세였다.

　장가촌의 특성상 관원들의 사이는 다른 지역과 달리 나쁘지 않았다. 그렇다고 마냥 두 도장의 사이가 좋은 것은 아니었다. 두 도장의 장주와 대제자들은 언제나 서로를 견제하며 긴장을 늦추지 않았다.

　어쨌든 두 도장의 사람들은 모두 장염을 환영했고 친절히 대하려고 노력했다. 장가촌 사람치고 장염의 아버지가 세운 천주교를 밟아보지 않은 사람이 없었기 때문이다. 게다가 그들은 장염이 어려서부터 정신병에 걸려서 고생한다고 알고 있었기 때문에 안쓰러운 마음으로 더 잘 대해주려고 했다.

함께 다녀보니 비쩍 마른 장염은 단지 멍해 보일 뿐, 말하고 행동하는 것이 여간 온순하고 착한 것이 아니었다.


엉성하게 구성된 이무심과 장소룡 일행이 그럭저럭 장가촌을 떠나온 지 삼 일째 되던 날이었다. 일행은 형산(形山)의 허름한 객점(客店)에 묵게 되었다.

한여름의 여행에 지친 사람들은 저녁을 먹자마자 저마다 지정받은 방으로 가서 침상에 몸을 뉘었다. 장염도 두 친구들과 같은 방을 쓰게 되었다.

장염의 마음은 아까부터 초조했다. 벌써 삼 일이 지났다. 지난 삼 일 간 스승과 벌인 꿈속의 비무로 몸이 지쳐 있었지만 아직 죽음을 당할 만큼 고통스럽지는 않았다. 그러나 이제 슬슬 스승의 마지막 검무가 등장할 차례가 된 것이다.

어린 시절의 장염은 그런 악몽이 무서워 한동안 잠을 안 자려고 애쓴 적도 있고, 낮에 잔 적도 있었다. 그러나 결과는 언제나 마찬가지였다. 사람은 눈을 감게 되어 있었고, 장염의 꿈은 꿈이 아니다.

장염은 꿈에서 사부인 기인 진원청과 끊임없는 연공을 한다. 스승은 어떤 때는 검으로, 어떤 때는 도로, 어떤 때는 권·장·지로 그를 공격했다.

어느 날은 그의 전신 혈도를 마음대로 주무르며 고통을 주기도 한다. 잠에서 깨면 두들겨 맞은 온몸에 시퍼런 멍이 들어 있었다.

그러나 그것도 혈액에 녹아든 태청단의 신효로 채 일 각이 지나기 전에 모두 사라졌다. 그런 식으로 장염의 근골은 맞으면 맞을수록 강해져 갔다. 태청단의 약효가 몸으로 흡수되었기 때문이다.

그렇지만 그렇게 흡수된 태청단의 공력도 전신을 한 바퀴 돌고 난 뒤에는 백회혈로 모조리 빨려들어 버렸다. 그래서 잠에서 깬 장염의 몸은 여전히 무거웠고, 살도 붙지 않아 뼈만 앙상하게 보일 뿐이었다.

그런 그의 흉한 몰골을 보고 사람들은 '미친놈'이라는 소리부터 '불길한 징조' 등등 여러 가지 얘기로 그를 괴롭게 했다.

처음에는 장염도 사람들의 그런 소리가 듣기 싫어 반항도 했지만, 사춘기가 지나면서부터 모든 것을 담담히 받아들이기 위해 노력했다.

무공이 깊어지면서 생각하는 폭도 넓어졌는지, 자신이 미친놈으로 보일 것이라고 스스럼없이 인정했기 때문이다.

그러나 아무리 담담해지려고 해도 이렇게 다른 사람들과 단체로 여행 길에 오르니 여간 신경 쓰이는 것이 아니었다.

사정이야 어떻든 누구도 잠을 피할 수는 없다. 더구나 해가 지면 특별히 할 일이 없는 여행 길에서 잠은 더 빨리 온다. 다른 사람에게도 마찬가지였다. 그렇게 모두가 깊은 잠이 들어 있을 때였다.


"끄아아악!"
어둠을 뚫고 찢어지는 듯한 비명 소리가 터져 나왔다.
"무슨 일이냐! 검을 가져와라!"
"누구냐!"

"일어나라, 사람이 죽어간다!"

이무심과 장소룡 일행은 물론 객점 전체가 벌집을 쑤신 것처럼 변했다. 방마다 등불이 켜지고, 강호의 밥을 먹는 사람들은 저마다 원수가 찾아온 줄 알고 칼을 빼어 들고 마당으로 뛰어나왔다.

그러나 얼마 후 사람들은 그것이 장염이 악몽 때문에 내뱉은 비명임을 알고 안도의 숨을 내쉬며 돌아갔다.

그로부터 두 시진이나 지났을까, 또다시 끔찍한 비명이 터져 나왔다. 사람들은 다시 저마다 무장을 하고 뛰어나왔고, 이번에는 욕을 하며 돌아갔다. 그리고 처절한 비명은 동이 트기 직전에 다시 터져 나왔다.

*　　　　*　　　　*

다음날 아침 투숙객들의 눈알은 벌겋게 충혈되어 있었다. 그렇지 않아도 강호의 험한 생활에 마음 편할 날이 없었는데 밤새 끔찍한 비명을 듣고 누가 잠을 편히 잘 수 있었겠는가?

장가촌 일행은 말할 것도 없이 다른 손님들까지도 모래알 같은 아침밥을 먹어야 했다.

이무심과 장소룡은 장염에게 전혀 말을 걸지 않았고, 다른 사람들도 조금씩 장염을 피하는 눈치였다. 마을에 떠돌던 소문의 진상이 확인된 순간이었다.

그 북새통에 놀라지 않은 사람이 있다면 장염의 두 친구뿐이었다. 그들은 장염이 매일 악몽을 꾸던 어린 시절에도 며칠씩 함께 놀며 잠든 적이 있기 때문이다.

장소룡은 억지로 식사를 마친 후 장소를 객점 뒤로 불러냈다.

"너는 장염의 정신병이 저 정도의 중증이란 것을 왜 일찍이 가르쳐 주지 않았느냐?"

"사부님, 장염은 미친 것이 아니라 단지……."

"이놈아! 미쳤든 미치지 않았든 중요한 것은 우리가 강호행을 하는데 장염 때문에 조금이라도 지장을 받아서야 되겠느냐? 우리는 강호 초행인데 다른 사람들이 우리 일행을 어떻게 생각하겠느냐? 우리 전체의 위신이 저 한 사람 때문에 이제 땅바닥에 떨어지게 생겼다는 걸 아직도 모르겠단 말이냐!"

장소가 머리를 숙이고 아무 대꾸를 하지 않자 장소룡이 '쯧쯧' 거리다가 몸을 돌려 떠나갔다.

이무심도 비슷한 시간에 다른 곳으로 이삼인을 불러다가 호되게 야단을 치고 있었다.

"네 이놈! 평소 덜렁거리기는 해도 이처럼 못난 짓은 하지 않을 줄로 알았더니만, 이게 무슨 일이란 말이냐? 강호에 병자를 데리고 나왔으니 이제 그 뒷감당을 어찌한단 말이냐!"

"사부님, 장염이 어디 아픈 곳은 없습니다."

"이놈이 그래도 말귀를 못 알아듣는구나. 강호에서 저처럼 주위의 이목을 끌어서야 어떻게 한목숨 부지할 수 있단 말이냐?"

이무심이 이삼인의 뒤통수를 뚫어져라 노려보았지만 이미 늦었다. 여기서 장염만 홀로 돌려보내는 것도 사람이 할 짓이 못 됐다.

그가 걱정하는 것은 장염 때문에 주변의 이목을 끌게 되었다는 점이었다. 이무심의 경험으로 볼 때 낯선 곳에서 타인의 주목을 받는다는 것은 매우 위험한 일이었다.

답답한 마음으로 이삼인을 나무라던 이무심은 곧 다른 곳으로 가버리고 말았다.

얼마 후 아침 한나절을 어수선하게 보낸 장가촌 사람들이 짐을 싸들고 다시 사천성으로 출발했다.

관도를 따라 걷는 사람들은 되도록 장염과 눈을 마주치지 않으려고 노력했다. 그러다 보니 장염과 장가촌 일행과의 거리가 조금씩 벌어지기 시작했다.

장소와 이삼인은 조금 전까지 자기의 사부에게 야단을 맞은 뒤라 감히 장염에게 가까이 가지 못했다.

그렇게 얼마쯤 시간이 흐르자 마침내 장염은 무리에서 떨어져 혼자 걷게 되었다. 장염은 지난밤의 일도 있은 터라 송구스러운 마음으로 자기 발끝만 바라보며 관도를 따라 걸어갈 뿐이었다.

잠도 제대로 자지 못한 일행이 지치고 맥빠진 목소리로 툴툴거리며 길을 갈 때였다.

이무심이 먼저 무슨 낌새를 채고 일행을 정지시켰다.

"잠시 멈추거라."

뒤이어 이상을 느낀 장소룡이 큰 소리로 외쳤다.

"어느 고인(高人)께서 천하 무림 대회에 가는 저희들에게 볼일이 있으시오?"

장소룡은 은근히 천하 무림 대회라는 말을 강조했다. 그리고 이 정도로 말하면 상대가 못 알아들을 리가 없다고 생각했다. '우리는 무림 대회에 나가는 사람들이니 무공 실력이 있다. 너희가 도적이라면 적당히 물러나라' 는 의미였다.

이무심도 장소룡의 내심을 알아채고 미미하게 고개를 끄덕였다. 그러나 상대는 장소룡이 한 말의 의미를 완전히 무시했다.

"뿌하하핫! 알게 뭐냐. 염왕(閻王) 앞에 물건이나 내려놓고 가

거라!"

도적의 공력이 얼마나 강한지 마른땅에서 먼지가 풀썩풀썩 일어났다. 이무심과 장소룡은 그걸 보고 몸이 굳어버렸다. 그들의 스승도 이런 공력은 없는데 산중의 도적이 어찌 이럴 수가 있단 말인가?

그러나 두 사람은 강한 자존심을 가지고 있었기에 누구도 내색을 하지 않았다. 만약 먼저 꼬리를 내리는 사람이 있으면 나중에 장가촌으로 돌아갔을 때 소문이 날 것이고, 그렇게 된다면 그 도장의 문하생들은 반으로 줄어들 것이 분명했기 때문이다.

이무심은 이번 기회에 천무도장의 기세를 꺾어야겠다는 생각으로 필생의 공력을 실어 웃음을 터뜨렸다.

"크하하하핫! 재주가 있다면 누가 말리겠는가! 쿨럭."

장소룡은 이무심의 웃음에 몸이 찌르르~ 하고 떨리는 것을 느꼈다. 비록 도적의 웃음에는 미치지 못했지만 대단한 공력이라고 생각했다.

장소룡도 질세라 사문의 태극심법(太極心法)으로 모든 내력을 단전에 끌어모은 뒤 악을 썼다.

"크하하하! 도적이 못 나오는 걸 보니 구두공(口讀功)만 익힌 녀석인가 보구나. 커헉."

두 사람이 각기 한마디씩 전신의 공력으로 소리쳤을 때였다. 일진 광풍이 몰아치더니 삼십여 명의 중무장한 도적들이 일행 앞에 나타났다.

장엽이 장소의 뒤에 숨어 떨면서 보니 그들의 눈빛은 모두 살기를 품고 있었는데, 한 사람 한 사람이 고수 아닌 자가 없었다.

그러나 애석하게도 이무심과 장소룡은 겉모습으로 상대의 무공을 알 수 있는 경지가 아니었다. 그들이 알고 있는 도적이란 기근을 만난 백성들이 먹고 살기 위해 칼을 들고 일어난 것뿐이다. 비록 숫자가 많을지라도 이쪽은 무림인들이고 저들은 가난한 백성이니 겁낼 필요가 없는 것이었다.

몇 년 전 가뭄이 심할 때 장가촌에 내려온 육십 명의 도적들도 두 도장이 연합하여 물리친 경험이 있었다. 다만 저 괴수의 공력이 심상치 않으니 그를 조심해야겠다고 생각할 따름이었다.

이무심이 나타난 무리 중의 선두에 있는 괴인을 향해 소리쳤다.

"들어라! 아무리 곡식이 없다고 하더라도 상대를 보아가며 도적질을 해야 하는 것이 아니냐. 우리는 태어나서부터 지금까지 칼로 밥을 퍼먹으며 살아왔다. 분수를 알고 이만 돌아간다면 죄를 더 이상 묻지 않겠노라."

상대가 너무 강하게 나오자 도둑들도 찔끔하는 눈치였다. 아까의 그 굉량한 웃음소리를 터뜨렸던 자가 앞으로 나와 말을 했다.

"본좌는 강호의 친구들이 팔방풍우(八方風雨) 고독검(孤獨劍) 대종(大腫)이라 부르오. 무림의 형제들은 어찌 되시오?"

이무심과 장소룡은 상대가 자신의 외호를 팔방풍우라고 소개하자 속으로 희희낙락(喜喜樂樂)했다. 그것은 그들이 무술을 익히던 소년 시절에 기초적으로 터득한 몸 동작들 중 하나였던 것이다.

역시 별 볼일 없는 도적이라고 생각한 이무심이 의연하게 대답했다.

"나는 비검 이무심이라 하고, 이분은 철검 장소룡이라 불린다오."

대종은 아무리 생각하여도 비검 이무심이나 철검 장소룡이라는 기인의 협명을 들어보지 못한 것 같았다. 그러나 아직 상대를 잘 모르니 조금 더 참기로 하고 다시 말을 건넸다.

"그대들의 사부는 별호가 어찌 되시오?"

이무심의 말에 상대의 기세가 조금 꺾인 듯하자 장소룡은 헛기침을 하며 천천히 대답했다.

"으흠, 본인의 사부님은 일수진천 장진원 대협이신데 대무당파 도천 도사님의 속가제자이시고, 이 대협의 사부님은 팔비검 이해룡 대협이외다."

그러자 도적의 괴수가 이를 으드득 갈며 소리쳤다.

"이런 찢어 죽여도 시원치 않을 놈들! 감히 본좌를 대상으로 장난을 치다니. 내가 강호에서 세금(稅金)을 걷은 지 삼십 년이 넘었지만 아직까지 장진원이나 이해룡이라는 이름은 들어본 적이 없다. 춘양진인이라면 혹 모르거니와 겨우 도천의 제자에게 배운 놈들이라니. 애들아! 쉽게 죽이지 말고 일단 잡아 앉혀라!"

그의 말이 끝나기가 무섭게 삼십 명이나 되는 무리들이 접근했다. 이쯤에서 용서를 빌거나 달아났으면 좋았을 것을, 이무심과 장소룡은 일행에게 맞고함을 쳤다.

"애들아, 더는 용서할 수가 없다. 모두 잡아라!"


그러나 반각도 못 되어 이무심과 장소룡 일행은 무릎을 꿇고 두 줄로 앉게 되었다. 이무심과 장소룡은 코피를 흘리며 두 눈을 감았고, 나머지도 팔다리가 부러지거나 코가 내려앉은 상태로 무릎을 꿇었다. 오직 장염만이 처음부터 무릎을 꿇고 엎드려 있었기에 상처가 나지 않았다.

고독검 대종은 쌍 코피를 흘리고 있는 장소를 끌어다가 엎드리게 하고 그 위에 철푸덕 올라 앉았다.

"네놈들이 가지고 있는 돈을 모두 모아 은자 백 냥이 넘으면 살려줄 것이지만 한 푼이라도 모자람이 있다면 목을 따버릴 것이다. 혈검(血劍), 모두 얼마나 되느냐?"

뺨에 칼자국이 있고 작은 눈이 양쪽으로 길게 찢어진 사람이 앞으로 나와 대답했다.

"대주, 모두 삼십 냥뿐입니다."

그 말을 듣자마자 고독검 대종은 분기탱천해서 펄쩍 뛰어올랐다.

"이런 개만도 못한 놈들이 있나. 어찌 무림인이 열한 명이나 몰려다니면서 고작 삼십 냥만을 가지고 다닌단 말이냐. 너희들은 살아도 가치가 없다. 강호를 위해 너희 좀벌레들은 모두 없어져야 한다!"

고독검 대종의 입에서 살기가 풀풀 날리자 그제야 장가촌 일행은 죽음이 멀지 않았다는 것을 깨달았다.

오싹한 한기가 장가촌 일행의 전신을 감도는 그 순간 멀리서 머리를 조아리고 있던 장염이 울부짖었다.

"대주 어르신! 부디 자비를 베풀어주시기 바랍니다. 저희는 모두 강호 초출이라 눈뜨고도 대인을 알아보지 못하였습니다. 우리는 모두 고향에 모셔야 할 노부모들이 있사온데 지금 저희들을 모두 죽이시면 누가 돌아가서 늙으신 부모님을 공양한단 말입니까? 어머니, 아버지, 으흐흐흑!"

"……"

장염이 애절한 음성으로 흐느끼자 고독검 대종의 코끝이 찡해졌다. 대종도 사람인지라 그에게도 부모가 있다. 대종이 강호에 출도한 지 어언 삼십 년. 그동안 한 번도 부모를 떠올려 보지 못했는데, 오늘 장염의 곡소리를 들으니 돌아가신 지 이미 오래되었을 부모가 생각났다.

대종이 가만히 생각에 잠겨 있는데 엉덩이가 들썩거렸다. 아래를 내려다보니 깔고 앉은 젊은 녀석이 쌍 코피를 뚝뚝 떨어뜨리며 흐느끼고 있었다. 이 불쌍한 좀벌레들을 보니 시골에서 강호를 구경하러 나온 순진한 것들 같은데 굳이 생명을 취하면 무얼 하나 하는 생각도 들었다.

"대주 마음이 약해지시면 안 됩니다. 이것들 때문에 손발에 묻은 흙 먼지를 생각하면 단칼에 요절을……."

장염이 놀란 마음에 힐끗 바라보니 혈검이라는 자가 이무심과 장소룡 뒤에서 칼자루에 손을 얹은 채 고독검 대종을 바라보고 있었다.

장염은 다시 소리 높여 곡을 했다.

"아이고! 어머니, 아버지, 으흐흐흑! 마음껏 효도 한번 못해보고 가야 하는 불초 소자를 용서해 주십시오. 귀여운 동생 소영아, 어허헝! 오라비는 어쩌면 네가 시집가는 것을 보지 못하겠구나! 아흐흐흑!"

그 순간 나머지 장가촌 일행들의 마음도 무너져 내리기 시작했다.

"어머니, 아버지! 엉엉……."

갑자기 사방에 곡소리가 울리자 혈검도 움찔 놀라고 말았다. 말년에 대종을 만나 강호를 유랑한 지 어언 십 년이 넘었지만 이런 경우는 한 번도 없었다.

그들 도적 떼는 강호에서 염왕대(閻王隊)라는 이름으로 불리웠는데 상인과 무림인들만 상대하는 전문 도적들이었다. 이들이 염왕대라고 불리우는 것은 상대가 자신들을 알아보고 재물을 바치면 목숨은 건드리지 않았지만, 일단 싸움이 벌어지면 반드시 모두 죽였기 때문이다.

그러므로 이들의 상대는 순순히 재물을 바치고 물러나서 살았거나 싸우다 모두 죽었거나 둘 중의 하나일 뿐 아직까지 이렇게 울면서 시간을 질질 끈 상대는 없었다.

"휴우, 내가 강호에서 칼을 맞댄 상대는 한 번도 용서해 준 적이 없지만 이번에는 왠지 마음이 움직이는구나. 너희들은 앞으로 어디 가서 칼을 뽑지 말도록 해라. 다음에도 이와 같은 일이 생길 시에는 반드시 죽이겠다."

잠시 생각에 잠기던 고독검 대종이 마른침을 삼키고 말을 이었다.

"그리고 부모를 모시고 오래 살고 싶으면 하루라도 빨리 집으로 돌아가도록 해라. 지금 강호는……."

대종이 갑자기 말끝을 흐리고 입을 다물었다. 그리고 벌떡 일어나 자기의 애마가 있는 곳으로 걸어갔다.

대종이 말을 마치고 몸을 일으켜 자리를 떠나자 혈검도 장소룡과 이무심의 뒤통수를 힐끔 바라보더니 몸을 돌려 따라갔다. 염왕대 삼십여 명은 나타날 때와 같이 홀연히 사라졌다.

그들이 사라지자마자 장염을 비롯한 일행은 모두 곡을 그쳤다. 장가촌에만 살다가 처음으로 강호에 나온 그들은 비로소 강호의 무서움을 실감할 수 있었다. 흙을 털고 일어서는 장가촌 사람 중에 무릎이 후들거리지 않는 사람이 없었다.

그러나 그렇다고 해서 강호행에 대한 일행 모두의 호기심과 자신감이 사라진 것은 아니었다. 그런 일이 있었지만 이무심과 장소룡은 아무 일도 없었다는 듯 행동했다.

단지 장염에게 전보다 더 친절하게 대해준 것이 그들에게 일어난 작은 변화였다. 어쨌든 장염 덕분에 목숨을 부지한 것이라고 생각했던 것이다.


염왕대의 고독검 대종에게 은자를 모두 빼앗긴 뒤로 아무것도 사먹을 수 없게 된 일행은 짐 속에 있던 육포와 건량만을 가지고 사천까지 가야만 했다. 물론 그건 거의 불가능에 가까운 일이었다. 그러나 그들은 가는 길을 멈추지 않았다.

염왕대와 만났던 날 밤에 이무심과 장소룡은 일행에게 이렇게 말했던 것이다.


"오고 가다 생기는 게 있으면 함께 먹어야 한다. 우리는 한 가족이라는 걸 언제나 잊지 말아라. 약초를 캐든지, 무공을 팔든지, 구걸을 하든지 능력 닿는 대로 해라. 고향에 돌아가면 언제 다시 강호 구경을 나올지 알 수 없는 일 아니냐? 물론 지금이라도 돌아가고 싶은 사람이 있으면 혼자서 돌아가도 좋다. 누구 돌아가고 싶은 사람 있나? 없을 줄 알았다. 우리 한번 끝.까.지. 가보자."


특히 마지막 '끝.까.지.'라는 말은 이를 갈며 끊어 말했기 때문에 설령 돌아가고 싶은 사람이 있더라도 말하지 못할 정도였다.

그리고 그들은 그때부터 노숙을 해야 했다. 산중의 밤은 언제나 스산했고 장염의 찢어지는 듯한 비명까지 곁들인 날은 모두가 잠 한숨 못 잤지만 누구도 혼자서는 돌아가려고 하지 않았다.

비록 노숙 중이지만 이무심과 장소룡은 아침에 일어나면 제자들을 한적한 곳에 불러 모아 무공을 연마하게 했다. 그리고 제자들에게 무림 대회에 참가하는 사람들의 마음가짐이나 행동거지에 대해서 거듭 강조를 했다.

이무심과 장소룡은 장염이 그들의 문하생이 아니라는 이유로 무공을 연마할 때 근처에서 보는 것을 싫어했다. 그래서 장염은 되도록 멀리 떨어져서 그들이 제자들을 모아놓고 가르치는 것을 구경해야 했다.

이무심과 장소룡은 제자들에게 가르치는 바가 약간씩 달랐다.

한쪽에서는 이무심이 이렇게 가르쳤다.

"도(道)다, 도! 알겠느냐. 사람이 마땅히 걸어야 하는 길이 있는데, 그것을 우리는 연마하고 또 연마하는 것이다. 검의 도는 인간의 도를 깨닫기 위한 하나의 방편에 불과한 것이다. 인간은 우주의 축소판으로 고귀하고 심오한 존재이다. 너희 자신을 얼마나 깊이 아느냐가 바로 얼마나 고수가 되느냐인 것이다. 우리가 무림 대회에 가는 것은 명예를 위해서가 아니다. 우리의 실력을 알아보기 위해 가는 것도 아니다. 다른 무도인들이 어떻게 그들의 도를 완성하고 있는지 함께 나누고 느끼기 위해서 가는 것이다. 알겠느냐? 다 눈을 감아라."

제자들이 눈을 감으면 이무심은 조용한 목소리로 말했다.

"우리가 얼마나 귀한 존재인지 명상을 통해 깨닫기 바란다."

"……"

그에 반해 조금 떨어진 곳에서 장소룡은 좀 더 거칠고 과감하게 가르쳤다.

"알겠느냐? 지난번의 그 도적들은 무림의 전설적인 도적임에 틀림이 없다. 그러므로 너희들은 무공에 대한 자신감을 잃지 않는 것이 중요하다. 모두 따라 해라."

"하면 된다! 다 된다!"

"하면 된다! 다 된다!"

장소룡이 선창하자 그의 제자들이 큰 소리로 따라 외쳤다. 장염은 여러 사람들의 목소리 중에서 우렁찬 장소의 음성을 들을 수 있었다. 장염은 피식 웃으며 삼 일 전의 일들을 떠올렸다. 장소는 대종의 엉덩이에 깔린 채 어떤 생각을 했을까?

고함 소리 때문에 자극을 받은 것일까? 반대편에서 명상에 잠겨 있던 이무심의 제자들이 '나는 우주다'라고 외치기 시작했다.

장염이 보기에 고만고만한 실력을 가진 사람들이 서로 다른 목표로 무공을 익히고 있었다. 말로는 저래도 그들의 마음은 정말 어떨까? 시골 사람 하나가 천하보다 귀하고, 하면 된다는 믿음으로 모든 것이 잘될 수 있을까? 그들의 마음에는 진짜 무엇이 담겨 있을까? 그렇게 생각하는 것만으로도 장염은 강호에 나오기를 잘했다고 생각하는 것이었다.

*　　　　*　　　　*

그러나 그들이 가지고 있는 백절불굴(百折不屈)의 의지도 다른 무림인들에게는 통하지 않았다.

염왕대와의 만남 이후 칠 일이 못 되어 장소룡 일행은 천하무적(天下無敵) 무림칠귀(武林七鬼)라고 자처하는 무림인들과 만났다.

별호에서 알 수 있듯 그들은 그다지 친절한 사람들이 아니었다. 이들은 무림맹이 있는 호남성을 중심으로 활동하는 삼류 건달에 불과했지만, 삼류 건달이 모든 사람들에게 다 별 볼일 없는 존재는 아니다. 그 당시 더 이상 빼앗길 돈조차 가지지 못했던 장소룡 일행은 삼 일 간이나 그들을 위해 수렵(狩獵)을 해야 했다.

무림칠귀는 삼 일 동안 손가락 하나 까딱이지 않고 잘 공양받으며 밤마다 그들이 창안했다는 항마장법(降魔掌法)을 선물로 가르쳐 주었다. 물론 항마장법이 제대로 된 무공일 리도 없었지만 무림칠귀는 그것을 가르쳐 준다며 일행을 무자비하게 팼다.

그중 제일 심하게 맞은 사람이 있다면 장염이었다. 경천일기공의 작용으로 잠을 못 자 총기가 없고 늘 축 늘어져 있는 장염의 몸이 그 항마장법의 투로에 맞지 않았기 때문이다.

무림칠귀에게 맞다가 혼절하기를 몇 번 거듭하자 무림칠귀는 그제야 장염이 무공을 익히지 못하는 몸임을 알아보고 더 이상 건드리지 않았다.

결국 장염과 팔다리가 부러져 있던 이삼인, 장천, 장이, 장명은 칠귀의 잔심부름을 맡아서 했고, 나머지 건장한 장소룡 일행과 이무심 일행은 이 산 저 산을 미친놈처럼 뛰어다니며 사냥을 했다. 얼마나 당했던지 이무심과 장소룡은 무림칠귀가 떠나가던 날을 두고두고 잊지 못했다.

"알겠느냐? 우리는 하찮은 너희들을 삼 일씩이나 보호해 주었다. 이 은혜를 결코 잊어서는 안 된다."

일귀 왕대인(王大人)이 말을 마치고 중얼거렸다.

"대답이 없군."

"대협, 반드시 결초보은(結草報恩)하겠습니다."

퍼억!

"컥!"

일귀 왕대인의 축사에 장소룡이 대답했지만, 조금 늦었다는 이유로 칠귀 정덕(鄭德)에게 흠씬 두들겨 맞았다. 그리고 무림칠귀는 '결코 은혜를 잊어서는 안 된다'는 가르침을 끝으로 자기들의 갈 길을 갔다.

그 뒤로 장소룡과 이무심은 될 수 있으면 어떤 무림인들과도 마주치지 않으려고 조심했지만, 그들이 사천성으로 가고 있는 이상 무수히 많은 무림인들과 조우해야만 했다. 강호 전역이 삼 년 만에 개최된 천하 무림 대회로 들끓었기 때문이다.

그들 중 태행오룡(太行五龍)과 무산이숙(巫山二叔), 강서팔협(江西八俠) 같은 사람들은 무림칠귀보다 더한 사람들이었고, 태산파(泰山派), 장백파(長白派)는 조금 덜한 축에 드는 사람들이었다.

장가촌 일행 전체에게 극심한 타격을 입힌 태행오룡은 태행산맥을 중심으로 활동하던 다섯 명의 무림인들이었다. 이들은 무공 수준도 높았지만 사파인지 정파인지 구분이 가지 않는 행동으로 유명했다.

이들을 사파라고 하는 사람들은 모두 과거에 이들에게 한번씩 처절하게 당한 경험이 있는 사람들이었다.

반면 이들을 정파라고 하는 사람들은 이들의 출신지가 명문 정파이니 진정으로 사악한 짓은 하지 못할 것이라는 차원에서 정파라고 말했다.

장가촌 사람들이 정체를 알 수 없는 태행오룡을 만난 건 무림
칠귀가 떠난 지 나흘째 되던 날이었다.

"안녕하시오?"

멀리서 다섯 명의 중년인들이 다가오며 인사를 건넸다.

이무심이 잠시 긴장을 했지만 가까이서 본 그들의 얼굴이 그다
지 악해 보이지 않자 안도의 숨을 내쉬었다.

이무심이 포권을 하며 인사를 건넸다.

"안녕하시오?"

중년인들은 가까이 와서 장가촌 사람들을 이리저리 둘러보더니
대뜸 말했다.

"형제들은 무림 대회에 가시는 길이시오?"

이무심이 잠시 망설이는데, 장소룡이 '그렇소'라고 대답했다.

"하하핫! 이거 정말 반갑소이다. 우리도 마침 무림 대회에 가는
길이오. 우리 서로 통성명이나 합시다."

다섯 명의 중년인이 호탕하게 말하자 이무심과 장소룡은 호의
를 가지고 그들을 바라보았다.

"저는 이무심이라 하고 제 옆에 계신 분은 장소룡이라 합니다.
나머지 사람들은 모두가 저희 두 사람의 제자들입니다."

"그러시오? 우리는 무림의 형제들이 태행오룡이라고 부른다오.
우리는 모두가 소림사의 속가제자들이오."

소림사의 속가제자라는 말을 듣고 이무심과 장소룡은 기가 팍
죽고 말았다. 소림사라는 말은 얼마나 놀라운 말이던가! 무림에
발을 담근 사람치고 소림사의 이름 앞에 경외지심(敬畏之心)을
가지지 않은 사람은 없었다.

이무심과 장소룡의 얼굴에 존경과 흠모의 빛이 떠오르자 다섯

사람은 의기양양한 표정을 감추지 못했다. 언제나 사문을 말할 때마다 느껴지는 감동과 전율은 해가 갈수록 더 진해졌다.

"사해(四海)가 다 동포(同胞)라 했으니 서로 도우며 갑시다."

장가촌 사람들의 얼굴이 밝아졌다. 소림사 출신의 중년인들이 서로 도우며 가자고 하는 것이다.

장소룡이 고개를 숙이며 말했다.

"저희들이 도울 수 있는 것이 있다면 성심껏 돕겠습니다."

"하하핫! 그렇지 않아도 형제들의 도움이 필요한데 성심껏 돕겠다니 고마울 따름이오."

이무심이 이게 무슨 소린가 싶어서 그들을 바라보았다. 어디까지나 예의상 한 소리인데, 지금 그들은 마치 무엇인가 부탁할 것이 있으니 잘됐다는 투로 말한 것이다.

청색 장포를 걸친 중년인이 이무심을 바라보며 악의없는 웃음을 지었다.

이무심은 그 웃음을 보고 공연한 염려를 한 것 같다고 생각했다.

청색 장포의 중년인이 입을 열었다.

"우리가 이번 무림 대회를 앞두고 두 가지 진식을 연구 중이오만, 도무지 그 실용성을 알 수가 없구려. 이제 형제들이 우리를 돕겠다고 하니 함께 동행하는 동안 틈틈이 우리의 진식을 견식해 주시기 바라오."

장소룡이 일순 이해하지 못하고 얼떨떨한 표정으로 바라보았다.

남색 장포를 걸친 중년인이 옆에서 한마디 거들었다.

"그러니까 우리가 만든 진식이 쓸모있는지 없는지 알아봐 달라는 말씀이오."

　　장가촌 일행은 이미 무림칠귀로부터 항마장법의 전수라는 미명(美名) 하에 한바탕 고통을 겪은 경험이 있다. 장소룡이 떨떠름한 표정을 짓고 다섯 명의 중년인을 바라보았다.

　　장소룡의 머리 속으로 아까 이들이 소개했던 말이 생각났다.

　　'설마 소림사의 제자들이라는데 못된 짓이야 하겠는가?'

　　이무심도 장소룡을 바라보며 미미하게 고개를 끄덕였다. 소림사의 제자들이 도의(道義)를 저버리랴 싶었던 것이다.


　　"쿨럭, 우웩!"

　　정신을 차린 이무심이 검게 죽은 피를 한 모금 토해냈다.

　　무릎을 꿇고 있는 이무심의 좌우로 장가촌 사람들이 널려 있었다.

　　'어찌 이런 일이……'

　　아까부터 태행오룡은 장가촌 사람들을 대상으로 한 가지 진법(陳法)을 운용하고 있었다.

　　"어허! 젊은 사람들이 이처럼 근력과 지구력이 없단 말씀이오. 이래서야 어디 오행상생진(五行相生陳)에 어떤 효능이 있는지 알 수 있겠소이까!"

　　태행오룡은 장가촌 사람들이 피를 쏟으며 땅바닥에 처박혀도 진식을 풀지 않았다. 그들의 오행상생진이란 특별한 게 아니었다. 다섯 사람이 각각 오행의 방위에 서서 오른쪽으로 돌며 권각을 펼쳤다.

　　그 한가운데 장가촌 사람들이 빠져나오지 못해 두들겨 맞고 있다는 것만 빼면 평범한 회전 운동이었다.

　　이무심이 제일 먼저 억지로 몸을 일으켰다. 맞은편을 바라보니 장소룡도 비칠거리며 몸을 일으키고 있었다.

청년들도 흙과 땀으로 얼룩진 얼굴을 찡그리며 간신히 일어나 비틀거렸다. 장염 한 사람만 정신을 잃고 혼절한 뒤로 좀처럼 깨어나지 못했다.

장가촌 일행이 대충 몸을 추스르고 일어나자 녹포(綠包)의 중년인이 말을 했다.

"모든 것이 다 무공의 증진에 도움이 되니 형제들은 오늘 기연을 만난 것이오."

장소룡이 속으로 이를 갈면서도 억지로 웃으며 말했다.

"매우 고맙소이다. 이제 그만 쉬었으면 하는데……."

장소룡의 말이 끝나기도 전에 녹포의 중년인이 입을 열었다.

"이제 한 가지 진식만 더 연습하면 오늘의 연공은 끝이니 잠시만 견디시구려."

"크윽, 아직 연습하실 진법이 남았소이까?"

"지금까지는 서로에게 유익한 오행상생진을 연습했다면 이제는 좀 더 공격적인 오행상극진을 연습해야 하오. 우리가 지금까지 오면서 하루도 빼지 않고 이 두 가지 진식을 연습했으니 조금만 더 견식해 주시구려."

태행오룡과 장소룡의 대화를 듣던 이무심이 속으로 절규를 터뜨렸다.

'이 미친놈들아! 너희들의 빌어먹을 무공 연마는 소림사에 가서나 하지, 왜 애꿎은 사람들을 괴롭히느냐!'

약한 것이 이처럼 큰 죄일 줄 이전에는 미처 몰랐다. 이무심이 분루를 삼키며 두 다리에 힘을 주고 섰다.

장소도 코에서 피를 주르륵 흘리며 그들의 말을 듣고 있었다.

마음속 깊은 곳에서 살기가 치밀어 올랐지만, 방법이 없었다. 그는 단지 한 마리 지렁이 같을 뿐이었다. 바닥에서 일어나지도 못한 채 쓰러져 있는 장염을 보니 마른 웃음이 터져 나왔다.

'크큭, 이게 다 뭐냐. 정말 세상 이상하구나.'

넋을 놓고 있는 장소의 얼굴로 도보비각(跳步飛脚)이란 수법으로 태행오룡의 발끝이 파고들었다. 장소가 피할 수도 없을 만큼 경지에 이른 나한권이었다. 장소는 양미간 사이의 인당(印堂)에 극심한 충격을 받고 그대로 나가떨어졌다.

억지로 서 있던 이무심과 장소룡도 각각 궁보충권(弓步沖拳)과 도보삼충권(跳步三沖拳)의 한 수에 지창(地創)혈과 수구(水溝)혈을 얻어맞고 나뒹굴었다.

나머지 비틀거리던 청년들도 나한권과 금강권에 두들겨 맞아 땅바닥에 널브러졌다. 다행인 것은 태행오룡이 장가촌 사람들에게 살심을 품지 않아 아무도 죽지 않았다는 것이다. 그들은 단지 사람들을 마구잡이로 가지고 노는 것을 즐기는 듯했다.

다만 입술 끝 사분(四分)에 위치한 지창혈을 얻어맞은 이무심은 그 후로 며칠 동안 안면 근육이 마비되어 웃거나 찡그리지도 못했다.

태행오룡은 이틀 간 동행하며 장가촌 사람들에게 오행상생진과 상극진을 연습하고, 걸음이 느려서 함께 못 가겠다는 이유로 먼저 떠나갔다.

그때쯤 이미 장가촌 일행은 거의 망가져서 절뚝거리거나 서로를 의지하지 않고서는 제대로 서 있지도 못할 형편이었다.

깨지고 터진 상처의 장가촌 청년들과 그 앞에서 안면 근육이 마비돼 기괴한 표정으로 걷고 있는 이무심은 가끔씩 마주치는 양

민들을 먼 길로 돌아가게 만들었다. 누군가가 피해가는 것은 무림 출도 이후 처음 있는 일이라 이무심이 허탈하게 웃었다.

안면이 굳은 그의 웃음은 더욱 끔찍한 것이어서 장소룡마저도 감히 정면으로 바라보지 못했다.

# 第四章

# 가다 보면 알게 된다(去去去中知)

그렇게 강호를 맨몸으로 주유하던 이무심과 장소룡 일행이 무당파 사람들을 만난 것은 강호로 나온 지 어언 한 달 만의 일이었다.

제법 큰 마을에 도착한 일행이 종남산(綜南山)에서 어렵게 캔 약초들을 은자로 바꾸었을 때였다.

이무심이 정중하게 장소룡에게 말했다.

"장 대협, 오늘은 어째 큰 비가 내릴 것 같으니 오랜만에 객점에 드는 것이 어떻겠소?"

"그렇습니까?"

"저기를 보시오. 비가 오려면 산이 모자를 쓰고, 허리를 졸라매면 비가 안 온다고 하였소."

장소룡이 이무심의 말을 듣고 먼 산을 보니 과연 산봉우리에 많은 구름이 몰려 있었다. 그러고 보니 날이 아까부터 '약간씩 어두워졌다가 다시 밝아졌다(一黑一亮 大雨三又)’ 하는 것이 큰 비가 올 것도 같았다.

“그럽시다. 오늘 같은 날 노숙을 했다가는 큰 낭패를 당하겠습니다그려.”

일행이 주변을 휘둘러 보는데 마침 ‘천하객잔’이라는 이름이 눈에 들어왔다.

그들이 반가운 마음으로 우르르 객잔에 몰려 들어갔을 때 그곳에는 일단의 무림인들이 먼저 들어와 식사를 하고 있었다.

점소이 하나가 식탁 사이에서 뛰어나오며 말했다.

“어이쿠, 죄송하지만 더 이상 손님들께서 묵을 방이 없습니다.”

장소룡과 이삼인이 얼굴을 찌푸리며 뒤로 돌아서려는데, 앉아 있던 무리들 중 검은 수염의 도사 한 사람이 자리에서 일어나 다가오더니 아는 체를 했다.

“아니, 장 소협 아니시오? 강호 유람을 나오셨나 보구려.”

“어엇! 도천 도사님?”

장소룡이 반가운 얼굴로 허리를 깊숙이 숙였다. 비록 장소룡이 직접 그에게 가르침을 받지는 않았지만 도천 도사는 아버지 장진원의 스승이랄 수 있는 사람이다.

장소룡은 이렇게 험하고 낯선 곳에서 도천 도사를 만나니 눈물이 핑 돌 만큼 반가웠다. 도천 도사는 초라해 보이는 장소룡과 이무심 일행을 둘러보더니 말했다.

“만난 것도 인연인데 묵을 곳을 아직 정하지 않았다면 저희와 같이 묵으시는 것은 어떠시오? 우리가 방을 두 개 정도는 내드릴 수 있소만……”

“도사님께서 그렇게 해주신다면 감사할 따름입니다.”

장소룡은 속으로 오늘 밤뿐 아니라 사천성까지 같이 가게 해달라고 부탁하고 싶었다. 무당파와 같이 행동한다면 다시는 생명을 잃을까 봐 걱정하지 않아도 될 것 같았다.

도천 도사가 장소룡의 얼굴을 유심히 보니 근심이 가득해 보였다. 더 얘기하지 않아도 그간의 여정이 얼마나 힘들었을까 생각하니 측은한 마음이 들었다.

사실 장가촌에 있는 장진원의 무공이야 도천 도사가 가장 잘 알고 있는 터였다. 일찍이 도천 도사는 무당산에 올라온 장진원과 우연히 만나 교분을 맺게 되었고, 삼 년에 걸쳐 무당파의 기초 심법과 태극권을 가르쳐 준 일이 있다. 그 뒤로 장진원은 어디서 몇 가지 무공을 더 배운 뒤 장가촌에 돌아가 원무도장을 세웠다.

도천 도사가 생각해 볼 때 장진원이라 하더라도 장가촌 같은 시골에서야 힘깨나 쓸 수 있겠지만, 강호에 나와서는 목숨을 부지하기 어려운 것이었다. 그런데 그의 아들과 문하생들이 열 명이나 강호에 나온 것이다. 아마 풍문으로 들은 사천성의 무림 대회를 구경하러 가는 것이리라. 그 아버지와의 인연으로라도 이들을 모르는 척할 수는 없었다.

"이렇게 만난 것도 인연이니 가시는 길이 혹시 사천성이라면 그곳까지만 함께 동행해도 좋을 듯싶은데, 장 소협의 생각은 어떠시오?"

정중하게 물은 것이지만, 이 말은 사천까지는 데려갈 수 있지만 거기서부터는 따라다니지 말라는 이야기였다.

이 한 달 남짓 동안 강호를 유랑하며 장소룡은 눈치가 늘었다.

"도천 도사님, 사천성까지만이라도 동행을 허락해 주신다면 더 바랄 것이 없습니다."

장소룡은 혹시 도천 도사의 마음이 변할까 봐 몇 번이고 허리를 숙여 인사했다.

그들이 대화하는 동안 장염은 반가운 마음으로 도천 도사 앞으로 걸어갔으나 그는 장염을 쳐다보지 않았다. 그도 그럴 것이 오년 전 춘양진인이 천·지·일·원의 네 제자들을 데리고 천주교로 찾아갔을 때 장염의 상태가 나빠 춘양진인만이 홀로 그를 만나고 돌아갔던 것이다.

춘양진인은 기대를 가지고 찾아갔다가 피골이 상접하고 폐인이 되어버린 소년 장염을 보고 크게 실망하여 곧 돌아가고 말았다. 그리고 무당파와 장염의 관계에 대해 아무에게도 말하지 않았다. 폐인이 된 소년을 항렬 높은 무당파 어른으로 받아들이기가 쉽지 않았던 것이다.

혼자 어색함을 느낀 장염이 눈을 돌려 도천 도사의 뒤를 바라보니 무당파 사람들 가운데 젊은 남녀 네 명이 굽신거리는 장소룡을 바라보며 커다랗게 웃고 있었다. 마침 그때 은의(銀依)를 입은 청년이 홍색(紅色) 경장을 입은 아가씨를 향해 말했다.

"하하핫! 사매의 말이 맞아. 그들이 정말 먼 곳까지 무사히 온 것 같군. 이제 우리 사부님을 만났으니 앞으로는 안전할 거야."

"호호, 둘째 오라버니. 저들을 보니 생각나는데, 십 년 전 사조님과 사부님은 별 볼일 없는 장가촌에는 왜 가신 거죠?"

"글쎄, 모르지. 장씨라는 사람이 사부님께 간청을 했는지도. 어쩌면 자기 아들에게 우리 무당파 무공을 배우게 하려고 초대했었는지도 몰라."

은의의 청년의 말이 떨어지자마자 그 옆에 앉아 있던 금의(金

依)를 입은 청년이 입을 열었다.

"내 생각에는 다른 이유가 있었을 것 같다. 그렇지 않고서야 사조께서 그곳에 갈 리가 없지 않느냐."

그러자 말없이 앉아 있던 녹의(綠衣)를 입은 소녀가 고개를 끄덕이며 중얼거렸다.

"제 생각도 큰 오라버니의 생각과 같아요. 저는 어차피 들은 이야기라 자세히 알 수 없지만, 왠지 다른 사연이 있을 거 같아요. 어쩌면 사조께서 천주교에서 잠시 만났다는 그 사람 때문일지도 모르죠."

이들 네 사람은 작게는 오 년에서 보통 십 년 이상 무당파의 무공을 배워온 사람들로 무당 사검사로 불렸다.

녹의의 소녀가 조심스러울 수밖에 없는 것은 그녀가 제일 늦게 입문하여 그 당시의 일을 경험하지 못했다는 데 있었다.

그렇다고 다른 사람들의 기억이 정확한 것도 아니었다. 그들은 그 당시 겨우 십 대의 철부지들이었기 때문이다.

"사매, 사조님이 정말 그 소광자(小狂者)에게 볼일이 있으셨다고 생각하지는 않겠지?"

은의의 청년이 하는 말을 끝으로 장염은 고개를 돌렸다. 오늘에야 무당 장문인 춘양진인이 자기의 얘기를 무당파 제자들에게 하지 않았다는 사실을 알게 되었다.

가슴속으로 찬바람이 몰아쳤다. 남들은 자기를 인정해 주지 않는데 무려 십오 년 간 무당파의 일원으로 자기 자신을 대견하게 여기며 살아왔던 것이다.

얼굴이 화끈해졌다. 소광자(小狂者 : 미친 새끼)라니…… 분명 무당파 사람들은 자신을 그렇게 부르는 것 같았다.

장염은 발걸음을 돌려 장소와 이삼인의 옆으로 가서 섰다. 무당파가 자기를 알아보지 못하니 더 이상 무당파 사람의 곁에는 있을 수가 없다고 생각했던 것이다.

잠시 후 사람들은 삼삼오오 짝을 지어 객점의 빈자리를 찾아 앉았다. 장염은 장소와 이삼인이 이끄는 대로 구석의 자리로 갔다. 어쨌든 오늘은 모처럼 실내에서 인간다운 식사를 하게 된 것이다.

"주문은 알아서 받고, 일단 우리 일행의 탁자 위로 죽엽청 한 근씩만 돌려주시오."

장소룡의 말이 끝나기가 무섭게 단정하게 생긴 점소이가 주방으로 들어가 술을 내오기 시작했다.

"자아, 삼인아! 우리도 한잔하자."

"그래, 좋다."

장소와 이삼인이 주거니 받거니 하자 멀리서 장소룡이 소리쳤다.

"장소야, 장염에게도 한잔 돌리지 그러느냐?"

"사부님, 장염은 술을……"

장소가 머뭇거리자 장염이 묵묵히 술잔을 들어 앞으로 내밀었다. 이삼인의 눈이 동그랗게 떠지며 장염을 바라보았다. 장염이 장소를 바라보며 고개를 끄덕였다.

"그럼 조금, 아주 조금만 마셔라."

장소가 장염에게 술을 권하지 않는 데에는 그만한 이유가 있다. 그들은 어릴 적부터 함께 자라 온갖 말썽을 함께 피운 죽마고우들이다. 처음에는 그들도 장염과 함께 어른들 몰래 술을 마셔본 적이 있다. 그러나 장염이 한 모금의 술에도 쉽게 취하고 만다는 사실을 알게 된 후부터 그들은 장염에게 절대로 술을 권하지 않았다.

마음이 울적해진 장염은 자그마한 술잔에 반쯤 담긴 죽엽청으로 입술을 축였다.

장소룡 일행이 주거니 받거니 잔을 돌릴 때 각 자리마다 주문한 음식이 나왔다. 그리고 그렇게 시간이 조금 흘렀을 때였다. 갑자기 바깥이 어두워져 갔다.

"에그, 비라도 쏟아지려나? 날씨가 변덕스럽기는……."

계산대에 앉아 있던 주인의 중얼거림이 끝나기가 무섭게 빗방울이 쏟아지기 시작했다.

쏴아아아!

비가 쏟아지자 노상 위의 사람들이 뛰어다니기 시작했다. 장가촌 일행과 무당파 사람들은 서로 간에 말이 없이 단지 먹고 쉬는 일에만 열중하고 있었다.

그때였다. 다섯 명의 사람들이 비를 피해 객잔으로 뛰어 들어왔다.

우당탕탕!

"어이쿠, 무슨 놈의 비가 칼날 같구만……."

먼저 안쪽으로 들어온 사내가 중얼거리더니 점소이에게 소리쳤다.

"어이, 손님 안 받나?"

"……."

손님이 들어왔지만 점소이나 주인은 그들에게 인사를 하지 않았다. 천하객잔은 이미 무당파 사람들과 장소룡 일행에 의해 발 디딜 틈도 없이 꽉 차 있었다. 비가 오는 길거리로 손님들을 강제로 몰아낼 수도 없는 일이라 주인이 눈치를 보고 있을 때였다.

어정쩡하게 서 있는 그들을 바라보던 장소룡이 제자들에게 말했다.

"얘들아, 비도 쏟아지는데 너희가 조금씩 자리를 양보하면 몇 명은 더 앉을 수 있을 것 같구나. 허허헛!"

장소룡이 말을 마치자 장소룡 제자들이 자리를 조금씩 내주었다. 자리를 만들다 보니 장염 일행이 앉은 탁자에 빈 공간이 생겼다.

"감사하오이다."

짧게 눈인사를 한 사내가 안으로 파고들며 동료들에게 말했다.

"이보게들, 빈자리로 들어가 요기라도 좀 하세."

탁자로 다가온 사십 대 장한이 장염의 옆에 털썩 주저앉았다. 그러자 기다렸다는 듯이 나머지 사람들도 장소와 이삼인의 근처로 몰려들어 조금씩 비집고 앉았다.

갑자기 들이닥친 사람들 때문에 분위기가 어색해지자 장염과 친구들은 입을 다물고 묵묵히 음식을 먹기 시작했다.

"……"

어색한 침묵을 견디지 못한 사내가 입을 열었다.

"우리는 모두 강서(江西)에서 온 사람들이오. 강서 사람들은 나를 철장(鐵掌) 정개수(鄭開手)라고 부르오. 형제들은?"

철장 정개수가 장소에게 은근한 눈빛으로 물었다. 강서성에서 온 이들의 목적도 무림 대회이다 보니 자연 오가는 길에 마주치는 무림인들에 대해 궁금하지 않을 수 없었다.

안쪽에 앉은 사람들은 복장을 보니 무당파 도사들이 분명했다. 하나 지금 장개수가 알고 싶은 것은 입구 쪽에 앉은 무리들이었다.

"우리는 호북의 장가촌에서 왔습니다. 저는 장소라 하고 제 옆의 이 친구는 장염, 저 친구는 이무심입니다."

정개수가 둘러보니 바로 옆의 장염이라는 청년은 얼굴에 병색이 완연한 것이 요절할 상이요, 이무심은 바짝 마른 얼굴에 표독스런 기운이 가득했지만 쌀쌀맞게 생긴 거 외에는 별로 신경 쓰일 구석이 없었고, 말을 하고 있는 장소라는 사람은 통통한 몸집으로 좋게 말하면 호인의 풍모요, 냉정하게 말한다면 살찐 돼지로 보였다. 이 세 사람에게서 느껴지는 공통점이 하나 있었는데, 그것은 이들이 삼류에도 못 든다는 것이었다.

"소형제들은 왜 강호에 나왔나?"

은근슬쩍 정개수가 말을 놓아버렸다.

"그건, 사부님을 따라 무림 대회에……"

"참가를?"

"아닙니다. 견문을 넓히기 위해……."

장소가 말끝을 흐리며 대답했다. 얼마 전까지 호기롭게 무림 대회에 참가할 사람으로 선발되었다고 말하던 장소였으니, 그간의 강호 경험이 얼마나 사람을 성숙하게 만드는 것인가? 갑자기 장염이 크게 웃으며 고개를 끄덕거렸다.

"맞다, 네 말이 맞아. 하하핫! 우리는 모두 무림 대회를 구경하려고 가는 사람들이지."

장염이 크게 떠들자 객점 안의 사람들이 모두 그들을 바라보았다. 장염은 붉게 물든 얼굴로 벌떡 일어나 자기를 쳐다보는 사람들에게 일일이 포권하며 '감사합니다'라고 중얼거렸다.

"허허헛, 재미있는 소형제구만. 하기사 단.지. 구경 가는 것도 부끄러운 것은 아니지."

정개수가 조롱인지 칭찬인지 모를 말을 했다.

"그러시다면 정 대협은 단.지. 참가만 하시지 않고 곧 높은 자리에 오르시겠습니다? 아하하핫!"

장염이 '단지'라는 말을 되받아 즉각 반격하자 분위기는 금세 어색해져 버렸다. 생각해 보면 정개수 일행도 무슨 큰 무공이 있어서 가는 것은 아니다. 그들이 가봐야 대세에 영향을 미칠 수 없고, 어쩌면 그들도 구경만 하다가 되돌아갈 확률이 더 높았다. 그렇다고 해도 면전에서 이렇게 말한다는 것은 명백한 도전이다.

옆에 있던 이삼인이 장염에게 물 한 모금을 강제로 먹이며 말했다.

"이 친구가 술이 과했구만. 장염, 이 사람아, 정신 차려!"

그러나 장염의 말은 그것으로 그치지 않았다. 장염의 염(炎)은 '뜨겁다'는 뜻을 가지고 있다. 평소에는 순한 양처럼 온순하다가도 장염은 한번 취기가 오르면 이름 값을 톡톡히 했다.

"도대체가 말이야…… 강호는 무공이 조금 높으면 그게 법이란 말이거든. 자기들은 아무 말이나 막 해도 되고 상대는 안 된다는 말인가? 키키킥, 푸하하핫!"

장염의 목소리가 객점 안에 울려 퍼지자 이번에는 무당파 사람들 중 몇 사람이 자리에서 벌떡 일어났다. 장소룡 일행이 들어왔을 때 크게 웃던 은의 청년과 홍의 아가씨였다.

더는 못 봐주겠다는 듯 홍의 아가씨가 날카롭게 소리쳤다.

"흥! 실력이 없으면 무공을 수련해야지 왜 주변 사람들에게 주정을 부리는 것이냐?"

장염이 반쯤 풀린 눈으로 쳐다보더니 한마디 던졌다.

"왜, 그쪽도 마음에 걸리는 게 있소?"

"아니, 그래도 저자가……"

은의 청년이 발작을 일으키려 할 때였다.

"모두 그만두거라."

안쪽 자리에서 나지막한 음성이 흘러나왔다. 무당파 원로 고수의 음성이었다. 그 음성에는 은은한 내력이 깃들어 있어 무리들을 놀라게 하기에 충분했다.

무당파의 두 젊은이가 자리에 앉자 정개수도 그냥 시들해져 버렸다. 아직 기분이 풀리지는 않았지만 무당파 고수가 그만두라는데 더 시비를 걸 만한 담력도 남아 있지 않았다. 무림은 힘이 곧 법이니 지금은 어쩔 수 없었다.

'두고 보자, 애송이들!'

정개수는 속으로 이를 으드득 갈며 무당파 사람들의 눈치를 살폈다. 청산이 있는 한 땔나무 걱정할 필요는 없는 것이다.


그날 밤 무당파는 장가촌 일행에게 커다란 방 두 개를 내주었다. 방은 도천 도사의 배려로 무당파 사람들의 숙소 옆에 마련되었다.

장소룡은 이무심에게 그중 하나를 넘겨주었다. 무당파 사람들의 신세를 지기로 한 뒤부터 장가촌 일행은 장소룡이 이끄는 분위기가 되었다.

나이는 이무심이 두세 살 더 많았지만 장소룡의 아버지가 도천 도사와 인연이 깊으니 이무심은 그냥 조용히 뒤를 따라다니는 형세가 되고 말았던 것이다.

이미 팔방풍우 고독검 대종과 무림칠귀 등으로부터 쓴맛을 본 이무심은 주유천하의 미련을 포기한 터라 작은 방으로 제자들을 인솔해서 들어간 뒤로는 밖으로 나오지 않았다. 그 옆방에는 장소룡과 그의 제자들이 장염과 함께 들어갔다.

"장염, 오늘이 벌써 삼 일째인데…… 너, 괜찮겠냐?"

"응? 좋아좋아."

장염이 걱정스런 얼굴로 자기를 쳐다보는 장소의 등을 토닥여 주었다. 장소가 장염을 보니 아직도 취기가 가시지 않은 것이 확실했다.

'도대체 한잔 술에 이렇게 취할 수도 있다니…….'

이삼인이 묵묵히 다가와 장염을 부축하여 자리에 눕혔다. 장소와 이삼인이 서로를 바라보며 피식 웃는데 장소룡이 멀찍이서 말했다.

"장염이 며칠 잠잠한 것이 마음에 걸리니, 오늘은 모두들 귀를 막고 자도록 하자. 귓구멍을 꼭 틀어막고 잠을 잔다면 무슨 소리가 들리겠느냐?"

"아하! 그렇군요. 아버님 말씀대로 하면 오늘은 다들 편히 쉴 수 있겠습니다."

장소룡의 아들 무영이 맞장구를 치자 다들 서둘러 솜이나 헝겊 쪼가리를 찾기 시작했다.

방 안이 조금 어수선해지자 이무심은 장소의 어깨를 툭 쳐 보이고는 배정받은 숙소로 돌아가기 위해 자리에서 일어났다.

이무심이 방을 나서자 솜을 찾던 무영은 그를 따라 옆방으로 건너갔다. 그리고 다른 사람들에게도 오늘 밤은 귀를 막으라고 일러주었다.

사실 무림인이 객지에서 귀마개를 하고 잠을 잔다고 하는 것은 위험천만한 일이었지만, 강호의 경험이 없고 누구에게 원한 산 일

도 없는 그들은 신경 쓰지 않았다. 시간이 흘러 드디어 천하객잔
은 완전한 밤의 적막 속에 잠겨갔다.

＊　　　＊　　　＊

　장염은 그날 밤도 신선이 된 노스승과 만났다.
　진원청의 손에는 진검이, 장염의 손에는 진원청이 만들어준 목
검이 들려 있었다.
　매번 그랬듯이 진원청이 입으로는 쉬임없이 검결(劍訣)을 읊으
며 검을 휘둘렀다. 진원청의 검에서 태극검, 양의검, 오행검, 칠성
검, 구궁검, 태청검, 유운검, 소청검, 대라검, 현천검이 쏟아져 나왔
다.
　장염은 진원청이 쏟아붓는 검기의 바다를 유운신법과 현천보를
밟으며 유유히 헤쳐 나갔다. 그리고 질 수 없다는 듯이 같은 초식
으로 진원청을 공격했다.
　진원청이 돌연 몸을 회전시키더니 구궁연환검을 펼쳐 장염을
찔러왔다.
　장염의 목검이 진원청의 공격에 맞서 연환탈명검을 펼쳤다.
　한참 만에 진원청의 몸이 뒤로 물러나 두 발을 벌려 무량검(無
量劍)의 기수식을 취하는가 싶더니 장염을 향해 서서히 중검(重
劍)이 밀려왔다. 깃털처럼 가벼워 보이는 검의 그림자 뒤에는 만
근(萬斤)의 힘이 담겨 있었다.
　장염은 목검을 상단의 자세로 들어 올렸다가 천천히 정면으로
내밀었다. 무량검 이초식 붕검(崩劍)이었다.
　진원청의 검과 장염의 목검이 잠시 얽혔다가 떨어졌다. 장염의

온몸은 이미 땀으로 축축히 젖어 있었다.

"으으! 스승님, 이제 그만, 제발……"

그의 애원을 들었는지 진원청이 검을 내려놓았다.

장염이 안심을 하고 목검을 바닥에 던지자 권법의 구결이 귓전을 울린다. 그리고 무당파의 태극권, 무극권, 칠성권, 배운신권이 장염의 몸으로 떨어져 내렸다.

장염이 몸을 비틀어 주먹을 피한 뒤 천강복마권으로 마주해 나갔다. 그러나 진원청의 주먹이 장염의 몸을 몇 차례 두들기더니, 이내 장염의 손을 붙잡아왔다.

진원청이 십단금과 접기타기술로 장염의 손목을 움켜쥐려고 하자, 장염이 무영신나수로 진원청을 맞잡아갔다. 두 손이 강하게 부딪쳤다.

그 순간 진원청이 움직임을 멈추고 이해할 수 없다는 표정으로 장염을 바라보았다.

이번에는 진원청의 손바닥이 장염의 몸으로 날아들었다. 진원청의 면장을 장염이 비장으로 받아내자, 진원청은 진천철장으로 다시 받아쳤다.

장염이 몸을 빼며 구궁신행장과 회풍장을 쏟아놓았다. 그러자 진원청이 한 소리를 크게 내지르며 태청산수의 조공으로 장염을 찍어왔다.

장염은 허리를 틀며 대솔비수와 운수라는 절정의 조공으로 진원청의 갈고리 같은 손을 맞이했다.

두 사람의 손가락이 파공음을 내며 맞부딪쳤다가 떨어지기를 몇 번 반복했을 때였다. 진원청의 주먹이 풍차처럼 돌아가며 장염을 향해 몰아쳤다. 진원청의 주먹이 순식간에 천지를 뒤덮었다. 돌풍처럼 휘몰아치는 수백 개의 권영(拳影) 중에 어느 것이 진짜이고 어느 것이 가짜인지 알 수 없었다.

"헉, 천마선풍권!"

장염이 탄식을 터뜨리며 투명하게 변한 손을 들어 마주쳐 갔다.

"치잇, 그렇다면 저는 소수마공(素手魔功) 입니다."

수백 개로 보이던 진원청의 손이 하나씩 장염의 손짓에 부서져 나갔다.

계속해서 진원청이 정·사·마의 절정 기공을 장염에게 쏟아놓았고, 장염은 기괴한 초식으로 그것들을 하나씩 풀어나갔다.

두 사람이 그렇게 한참을 싸우다가 서로의 몸을 한 차례씩 치고 떨어졌다. 지난 이틀 동안은 이쯤에서 진원청이 손을 멈추었다. 그러나 오늘의 진원청은 도무지 끝낼 생각을 하지 않았다.

진원청의 손이 천천히 땅을 향했다. 바닥에 떨어져 있던 검이 허공으로 둥실 떠올라 진원청의 손에 잡혔다.

장염이 입술을 깨물고 목검을 향해 손을 뻗치자 목검도 장염의 손을 향해 빨려들었다. 진원청이 천천히 검무를 추기 시작했다. 검무 사이사이로 날카로운 검기가 줄기줄기 뻗쳐 장염 쪽으로 밀려왔다.

장염이 목검을 세우니 어느덧 목검과 몸이 하나가 되었고, 검기는 그를 비껴 지나갔다. 한동안 검무를 추던 진원청이 검을 허공으로 던졌다.

진원청의 두 손은 하늘과 땅을 가리키고 있었다.

장염이 목검에 내력을 불어넣고 손을 떨치자 목검은 하늘을 향해 날아갔다. 그러나 장염이 필생의 공력을 실어 이기어검으로 날린 목검은 진원청의 검에 부딪치자마자 산산조각이 나고 말았다.

진원청의 검이 잠시 허공에서 머뭇거리는가 싶더니 곧 하얀 광채로 변해 장염의 가슴을 관통했다.

"끄아아악!"

천하객잔은 삽시간에 아수라장이 되고 말았다. 강호에서 잔뼈가 굵은 무당파 사람들은 시퍼렇게 날이 선 장검을 뽑아 들고 도천 도사의 방문 앞으로 집결하였고, 무당파와 동행하던 남녀 무림인들도 저마다 병장기들을 휴대한 채 안뜰로 나왔다. 천하객잔의 뜰은 무당파 사람들과 그들의 동행인, 그리고 정체를 알 수 없는 몇몇 무림인들로 가득 찼다.

"어디냐? 무슨 일이냐?!"

"적이 침입했다. 제자들은 사방을 경계하라!"

잠자다 놀란 몇 명의 무림인들이 적이 침입했다고 떠들어대자 무당파 도사들은 만일을 대비해 마당에 오행검진을 펼쳤다.

도천 도사의 속가제자들도 마당으로 나왔다. 그중 은의와 금의를 입은 남자 둘은 지붕 위로 올라갔다.

계속해서 무당파 사람들과 몇 명의 무림인들이 사방을 살펴보았지만 사람이 침입한 흔적이나 시체는 발견되지 않았다.

뒤늦게 뛰어나온 도천 도사의 사제인 무영풍(無影風) 이원지(李原地) 도인(道人)이 제자들을 향해 물었다.

"어디서 시작된 비명인지 알아보았느냐?"

"그것이, 아직 확인이 안 되었습니다."

"그렇다면 우리 무당 제자들은 모두 무사한 것인가?"

거듭된 이원지의 질문이 끝나기가 무섭게 무당파 도사들은 즉시 서로를 호명하며 인원을 점검하기 시작했다.

원래 무당파 사람들은 무당파 원로인 추풍검(秋風劍) 심방(心枋)과 만리검(萬里劍) 양극(陽極), 춘양진인의 네 제자 중 도천 도사와 이원지 도인, 도천 도사의 속가제자인 무당 사검사(四劍士), 이원지의 제자 무당 오행검(五行劍), 그리고 무당파 문하생 일곱 명을 합해 스무 명이었다.

추풍검 심방과 만리검 양극은 비천무영 창허자의 제자들로 나이가 팔십이 넘은 무당의 원로였다. 그들은 무낭 장문인의 간청이 없었다면 무당산을 내려오지 않았을 것이다. 이들을 통해 무당파에서 이번 사천의 무림 대회를 얼마나 중요하게 생각하고 있는지 엿볼 수 있다.

도천 도사와 이원지 도인은 둘 다 춘양진인의 제자였는데, 도천 도사는 지금까지 강호 활동을 한 일이 없었다. 그 반면 이원지 도인은 하산하여 십 년이 넘게 강호 활동을 했고, 지금의 길 안내도 그가 맡고 있었다.

두 사람에게는 각각 아끼는 제자들이 있었다.

도천 도사는 네 명의 속가제자를 두어 자기가 하지 못한 강호행을 시켰다. 강호에서는 그들 남녀 네 사람을 무당 사검사라고 불렀다.

이원지 도인은 다섯 명의 도사들을 가르쳤는데, 강호에 소문이 나기를 사형이 가르친 무당 사검사보다 사제가 가르친 다섯 도사들의 오행검이 더 날카롭다고 하였다.

그들 외에도 무당파의 무공을 배운 문하생 일곱 명을 동행하게 하였다.

이들은 모두 사부가 달라서 은연중에 경쟁을 하기도 했고, 상대를 질시하기도 하였다. 하지만 지금은 다들 한마음으로 살인자를 찾아내기에 열중하고 있었다.

　그러나 아무리 둘러보아도 죽거나 다친 사람은 발견되지 않았다.

　주위를 둘러보던 이원지 도인이 도천 도사를 향해 작게 말했다.

　"사형, 아직 장가촌의 일행은 아무도 나오질 않았습니다. 혹시 그들에게 무슨 변고가……"

　"그렇구나. 너희들은 장가촌 일행이 머물고 있는 방을 확인해보도록 해라."

　도천 도사가 일곱 명의 도사들을 향해 소리치자 그들은 바람같이 숙소로 달려갔다. 그런데 그들이 달려가고 있는 그 순간, 다시 한 번 더 끔찍한 비명이 터져 나오는 것이었다.

　"사형, 확실히 그들이 머물고 있는 숙소입니다."

　"모두들 자기 자리에서 경계를 늦추지 마라. 사제, 가보세."

　두 사람의 신형이 사라졌다. 호기심 강한 홍의와 녹의를 입은 두 여제자가 그들의 뒤를 따라 자리에서 사라졌다. 은의와 금의의 제자는 지붕 위에서 사방을 경계할 뿐 감히 내려올 생각을 하지 못했다.


　한편 먼저 출발했던 일곱 명의 무당 검수들은 방문을 열어놓은 채 입을 벌리고 서 있었다. 도천 도사와 이원지 도인도 도착하자마자 말을 잃었다. 그 소란 속에서도 장소룡 일행은 세상에서 가장 편한 자세로 잠을 자고 있었던 것이다.

　무당파 사람들의 눈에 오직 한 사람이 가슴을 쥐어뜯으며 우두커니 앉아 있는 것이 보였다. 자세히 들여다보니 저녁 무렵 술에 취해 소란을 일으켰던 젊은이였다.

도천 도사가 천천히 입을 열었다.

"소형제, 이 방에서 지금 무슨 일이 벌어졌나?"

"아, 도사님. 아무 일도 아닙니다. 단지 제가 악몽을 꾼 것 같습니다."

"아니, 악몽이라니?"

"죄송합니다. 저는 장염이라고 합니다. 십오 년 전부터 악몽에 시달려 왔는데 오늘도 그만……."

그제야 도천 도사와 무당파 사람들의 눈이 휘둥그레졌다.

"소형제가 바로 그 장가촌의 소광자(小狂者)… 음, 미안하네. 그 장염이라는 사람이었구려."

삽시간에 그들의 뒤로 장가촌의 미치광이가 발작을 일으켰다는 말이 퍼져 나갔다. 장염은 도천 도사의 말을 그냥 듣고만 있었다. 비록 그들보다 배분이 높지만 그들이 그 사실을 모르니 구태여 그들의 무례함을 탓하고 싶지는 않았다.

"이만 돌아들 가라. 이 소형제는 원래 큰 병이 있는 사람이니, 아무도 오늘의 일을 가지고 그를 나무라지 말거라."

도천 도사가 주변을 둘러보며 주의를 주자 사람들은 조용히 숙소로 돌아갔다.

녹의 소녀는 무언가 할 말이 있다는 듯 장염을 향해 다가가다가 아쉬운 표정으로 그 자리를 물러났다. 그렇게 무당파 사람들은 더러는 웃고 더러는 화를 내며 모두 사라졌다.

웅성거리던 사람들이 모두 돌아가자 장염은 가부좌를 틀고 앉았다. 그러나 머리 속에 가득한 잡념으로 정신을 집중할 수 없었다. 마음이 흐트러지자 기혈이 뒤엉켜 더욱 고통스러웠다. 진원청의 얼굴과 무당파의 무공, 그리고 부모님의 근심 어린 얼굴이 떠올랐다.

얼마 후 감겨진 그의 눈으로 뜨거운 눈물이 주르륵 흘러내렸다.

곁에 누워 있던 장소가 몸을 뒤척였다. 사실 아무리 헝겊으로 막았다 해도 그 큰 비명과 무당파 사람들이 몰아닥쳤을 때의 소리를 듣지 않을 수는 없었다. 장소는 몸을 일으키려다가 장염이 우두커니 앉아 우는 듯하자 계속 잠든 척했다.

장소의 옆에서 잠자던 무혼이 중얼거렸다.

"나쁜 놈들, 미친놈이 뭐야, 아픈 사람에게……."

무영의 손이 잠결에 무혼의 입을 툭 건드렸다. 다시 무혼이 뭐라고 말하려고 하자 그 손은 입을 덮어버렸다.

장소룡의 코고는 소리가 갑자기 요란해졌다. 장소룡의 두 아들은 움찔 놀라며 움직임을 멈추었다.

작은방에는 다시 적막이 감돌았다.


날이 밝자 천하객잔에는 다시 활력이 흘러넘쳤다. 무당파 사람들은 아침을 먹자마자 서둘러 짐을 꾸렸다.

장소룡 일행도 짐을 꾸려 떠날 준비를 하였다. 장소룡 일행이 먼저 객잔 앞에 모였다.

무당파 사람들도 하나둘씩 객잔 앞으로 모여들었다.

제일 먼저 나온 사람들은 무당 사검사라고 불리는 속가제자들이었다. 그들 중 은의를 입은 청년과 홍의를 입은 아가씨는 낄낄거리며 자기들이 하던 얘기를 멈추지 않았다.

"크크큭, 그러니까 그 방 사람들도 귀를 막고 자더란 말이지, 사매?"

"호홋, 그렇다니까요. 장문인 제자 일곱 명이 방을 다 돌아보았는데 오직 두 방에서 사람들이 나와보질 않았대요. 아무 소리도 못 들었으니까 못 나왔죠."

"그렇다면 이거야말로 무림의 괴사라고 할 수 있겠다. 푸하하 핫! 검진강호에서 귀를 막고 잠을 잘 수 있다니, 간이 배 밖으로 나왔거나 강호를 전혀 모르는 사람들 아니냐?"

"그러게요, 칼은 왜 차고 다니는지 이해할 수가 없다니까요. 호 호호!"

"오죽하겠냐? 목숨 아까운 줄 모르고 주정이나 하는 촌놈 일행 인 것을……."

"사제, 그리고 사매. 이제 그만들 해라. 다른 사람들이 듣고 있지 않느냐."

은의를 입은 청년과 홍의를 입은 아가씨는 금의를 입은 청년이 나무라자 그제야 조용해졌다. 아닌 게 아니라 어느덧 장가촌 일행 뿐만 아니라 무당파 사람들도 거의 나와 있었다.

무당파 사람들은 엉거주춤하게 서 있는 장가촌 일행을 볼 때마 다 웃음을 억지로 참는 듯했다.

목숨 아까운 줄 모르고 주정이나 하는 촌놈이라는 마지막 말이 장염의 가슴에 박혔다. 장염은 애써 덤덤한 표정으로 하늘을 바라 보았다. 눈이 시리도록 맑았다.

얼마 후 도천 도사와 이원지가 무당파의 두 원로인 추풍검 심 방과 만리검 양극을 모시고 밖으로 나왔다. 심방과 양극은 밖으로 나오자마자 장염을 한번 쳐다보았는데 그들의 눈빛이 매우 복잡 해 보였다. 장문인은 말하지 않았지만 심방과 양극은 사부인 창허 자를 통해 폐인이 된 장염이 그들의 사백이라는 사실을 이미 알 고 있었다.

　그러나 장문인의 경우와 마찬가지로 도저히 아는 척할 엄두가
나질 않았다. 십 년 전 춘양진인을 통해 어느 정도 이야기를 전해
듣기는 했지만 어젯밤의 주정과 새벽의 발작을 직접 목격하니 여
간 실망스럽고 부끄러운 게 아니었기 때문이다.

＊　　　　＊　　　　＊

　일행이 천하객잔에서 나온 지 칠 일쯤 지났다. 그동안 무당파
사람들은 객잔으로 들어갔고, 여비가 떨어진 장가촌 일행은 노숙
을 했다. 물론 도천 도사가 방을 잡아주겠다고 했지만 장소룡은
웬일인지 한사코 거절했다. 무당파 사람들은 처음에는 어색해했지
만 그런 일이 몇 번 반복되자 자연스럽게 밤이 되면 서로 헤어졌
다가 아침에 다시 만나 동행을 했다.
　비록 낮 동안만의 동행이었지만 서로 조금씩 친해지는 사람들
도 생겨났다. 그중 유난히 눈에 띄게 친해진 사람이 있다면 장염
과 녹의 소녀였다.
　"여기서 잠시 쉬기로 하자."
　이원지가 다섯 제자들을 향해 말하고 도천 도사와 함께 지쳐
보이는 심방과 양극을 모시고 그늘로 찾아갔다. 무당파 사람들과
장가촌 일행은 저마다 그늘을 찾아 앉거나 누워 지친 몸을 달랬
다. 한낮의 뜨거운 태양 때문에 계속해서 움직인다는 것이 무리였
던 것이다.
　"아니, 사매. 또 그 장가(張家)에게 가는 건가?"
　은의의 청년이 어디론가 가려는 녹의의 소녀를 향해 말을 걸
었다.

"둘째 오라버니, 그냥 놔두세요. 저러다가 흥미가 없어지면 다시 찾아가지도 않을 거예요. 원래 영화(英貨) 사매가 호기심 많은 걸 모르는 사람이 어디 있어요?"

홍의의 아가씨가 별일 아니라는 듯이 말했다. 그러나 은의의 청년은 여전히 불만이 가득한 음성으로 중얼거렸다.

"그래도 그렇지, 이젠 넷째 사매도 다 컸는데 사람들의 구설수에라도 오르면……"

"핏! 제 일에 상관하지 말고 둘째 오라버니의 일이나 잘하세요."

녹의의 소녀가 은의의 청년에게 한마디를 던지고 몸을 돌렸다.


장가촌 일행은 자유롭게 사방에 흩어져 있었다. 영화는 무리에게서 약간 떨어진 나무 그늘 아래에 앉아 있는 장염을 쉽게 찾을 수 있었다.

"장 오라버니!"

장염이 돌아보니 녹의를 입은 소녀가 빙긋 웃고 있다. 무당 사검사 중 막내인 매화검(梅花劍) 영화였다.


칠 일 전 장염은 그녀와 처음으로 인사를 나누었다.

"장 소협, 안녕하세요? 저는 풍림장(風林莊)에서 온 영호화(英號化)라고 해요. 저를 아는 사람들은 다들 영화(英化)라고 부르죠."

그녀는 불쑥 다가와 자신이 당금 무림의 삼장(三莊) 중 하나인 풍림장 영호성(英號星)의 셋째 딸이며, 무당파의 도천 도사 밑에서 무공을 배우고 있다고 말한 뒤 장염에 대해 이것저것 물었다.

그날 장염에게 다가온 영화는 정말 한 떨기 설매화(雪梅花) 같

았다. 그렇게 한번의 만남으로 끝나 버릴 것이라 생각했던 인연은
그 뒤로 영화가 틈이 날 때마다 찾아와 계속 이어지고 있었다.

"아! 영화 소저."
장염의 얼굴이 환하게 밝아졌다.
'이 아가씨를 보면 언제나 기분이 좋아지니 별일이구나.'
장염은 몽롱한 가운데 있다가도 영화만 다가오면 찬물을 들이
킨 듯 정신이 번쩍 들곤 했다.
영화는 장염의 밝은 표정을 보니 쌓인 피로가 날아가는 듯했다.
"자꾸 소저라고 부르시면 제가 어찌 오라버니라고 부를 수 있
겠어요?"

나이 열여덟의 영화가 장염을 오라버니라고 부르며 따르는 데
는 그만한 이유가 있었다.
그녀는 지난 칠 일 전 소광자 장염에게 호기심을 가지고 접근
했다. 처음 영화의 눈에 비친 장염은 평범하게 생기고 비쩍 마른
스물세 살의 시골 청년에 불과했다.
그러나 시간이 지날수록 그녀는 장염을 다시 보게 되었다. 장염
의 입에서 나오는 말들은 언제나 새롭고 신선했다. 영화는 자기가
알고 있던 사실도 장염이 얘기하면 마치 처음 듣는 것처럼 새롭
게 느껴졌다.
가까이하는 시간이 길어지면서 그녀는 장염의 깊고 온화한 눈
빛과 차분한 음성에서 삶에의 신비와 진지함을 발견할 수 있었다.
그것은 십팔 세 소녀의 순수한 방심(芳心)을 흔들어놓기에 부족
함이 없었다.

그렇게 마음을 열어버린 영화는 조금이라도 장염과 가까워지기
위해 부단히 노력하고 있었다.


"하하하!"

어색해진 장염이 그저 웃기만 하자 영화가 입술을 삐죽이며 성
큼 다가왔다.

"엇, 조심하세요!"

장염이 곁으로 다가오는 영화에게 짧게 소리쳤다. 영화가 의아
한 얼굴로 장염을 바라보자 장염이 조용히 손끝을 아래로 가리켰
다.

개미였다. 한 떼의 개미가 나무 그늘 아래서 일렬로 이동하고
있었다. 영화의 발이 그 개미들의 열을 끊고 있었다.

"어멋! 몰랐어요."

황급히 발을 떼고 영화가 한 걸음 뒤로 물러섰다.

'일부러 그런 것도 아니지만 그렇다고 이렇게까지 소리를 칠
건 뭐람?'

장염이 손짓으로 멀뚱하게 서 있는 영화를 불렀다. 그리고 조용
히 말했다.

"여기 작은 몸을 보세요. 이들도 머리가 있고, 몸통이 있고, 손과
발이 있어요."

영화가 쪼그리고 앉아 개미 떼를 바라보자 과연 작은 몸이지만
아기자기한 구조 속에 갖출 것은 다 갖추고 있었다.

"이들은 지금 이사를 가는 걸까요? 아니면 먹을 것을 찾으러 가
는 것일까요?"

영화는 개미를 이리저리 살피며 한편으론 장염의 말에 귀 기울

였다.

"어쩌면 우리처럼 멀리 비무를 하러 가는 길인지도 모르죠."

개미들이 비무라. 영화는 한 번도 그런 생각을 해본 적이 없었다.

장염의 말은 계속되었다.

"우리도 무당파 사람들을 만나기 전까지 수도 없이 강한 사람들에게 밟혔답니다. 이 녀석을 보세요."

영화의 눈이 그중 한 마리를 향했다. 한 마리의 개미가 몸을 뒤집으며 떨고 있었다. 아마도 조금 전 자기의 발끝에 어딘가를 밟힌 것 같았다. 서 있을 때는 몰랐는데 앉아서 가까이 바라보니 영락없이 사람이 고통스러워하는 몸짓과 닮아 있었다.

"강하다는 것은 모두 상대적이랍니다. 개미들 중에 강한 개미는 세상에서 자기가 가장 힘이 센 줄 알 거예요. 그러나 한 마리 곰이 출출할 때 개미는 맛있는 부스러기에 불과하게 되죠. 그 커다란 곰도 사냥꾼의 손을 피하진 못해요. 사람은 어떨까요? 천하에 누가 가장 강할까요?"

그렇다면 사람 위에 무엇이 있으니 사람도 별 볼일 없다는 말인가? 영화는 장염이 하고자 하는 말의 의도를 알기 위해 계속 생각했다. 계속해서 생각하는 것, 그것이 요즘 장염을 만나면서부터 영화에게 생긴 새로운 습관이었다.

"무림인들은 모두가 강해지려고 노력하죠. 소저도 강해지고 싶으시죠?"

영화가 미미하게 고개를 끄덕였다. 세상은 강한 사람이 존중받는다. 약하면 우연히 밟힌 한 마리 개미처럼 언제 자신의 신세가 처량해질지 알 수 없는 것이다.

"그렇다면 앞으로는 어려운 길로 가보세요. 틀림없이 강해질 겁니다."
"어려운 길이란 뭐죠?"
"우선은 남들이 쉴 때 열심히 수련을 하는 것이겠죠?"
영화가 '후훗' 하고 웃음을 흘렸다.
"조금 힘들지만 보다 확실한 길이 있어요."
영화가 웃으며 이번에는 무슨 말을 할까 하고 장염을 지켜보았다.
"쉬운 것과 쉽지 않은 것을 구별한 뒤 쉽지 않은 쪽을 택해보세요. 그럼 좋은 연공이 될 겁니다."
"무슨 말인지 잘 못 알아듣겠어요."
"간단해요, 걸을 수도 있고 뛸 수도 있어요. 그렇다면 어느 쪽을 택하겠어요?"
"걸어야겠지요?"
"아니에요. 뛰어야 한답니다."
"앉을 수도 있고 설 수도 있어요. 어느 쪽을 택해야 하죠?"
영화가 잠시 생각하다가 말했다.
"그럼 서 있어야 하는 거군요?"
장염이 고개를 끄덕이며 즐거운 듯 소리쳤다.
"소저는 정말 기재(奇才)예요!"
영화는 그런 걸로 기재가 된다면 세상에 기재 아닌 사람이 없겠다고 생각하며 피식 웃었다.
"죽고 싶을 만큼 고통스러울 때가 있어요. 어느 쪽을 택하죠?"
죽는다는 것이 얼마나 끔찍하고 무서운 것인가 생각하던 영화가 중얼거렸다.
"스스로 죽어야 하나요? 그것도 수련인가요?"

"아니랍니다. 고통스럽게 사는 게 더 힘들죠. 아무리 고통스러워도 살기 위해 더 노력해야 하는 거랍니다. 그게 연공입니다."

아! 고통스러운 삶이 죽음보다 어려운 선택이었구나!

문득 영화가 침묵 속으로 빠져들었다. 과연 검술도 그런 이치일까? 넓은 길보다 좁은 길을 선택하는 것이 효과적이란 말인가?

"오라버니는 그런 걸 어떻게 다 아세요?"

장염이 웃으며 개미의 행렬을 위해 자리에서 일어나 한 걸음 비켜섰다.

"개미가 되었다가 사람이 되기를 반복하면 누구나 다 알 수 있답니다."

영화가 무심코 고개를 끄덕였다. 잘은 모르겠지만 뭔가 심오한 의미가 있는 것 같았다. 그 느낌은 무당파에서 생활할 때의 분위기와 같으면서도 다른 것이었다.

'장 오라버니는 왠지 무당파와 잘 어울릴 것 같아. 나중에 사부님께 말씀드려서 무당파와 인연을 맺을 수 있도록 해야겠다.'

그의 음성에서 느껴지는 초연함에 영화는 눈을 들어 장염을 다시 한 번 바라보았다. 자기보다 겨우 몇 살 더 많은데 그의 생각은 늘 그녀가 미치지 못하는 곳에 가 있었다. 영화는 그게 신기하기만 했다.

아직 젊은 장염에게서 그런 분위기가 자연스럽게 흘러나오는 것은 아마도 지난 십오 년 동안 목숨을 건 꿈속의 비무 때문일 것이다. 죽을힘을 다한 뒤 맞이하는 새로운 생명의 시작을 장염만큼 많이 맛본 사람이 또 있을까?

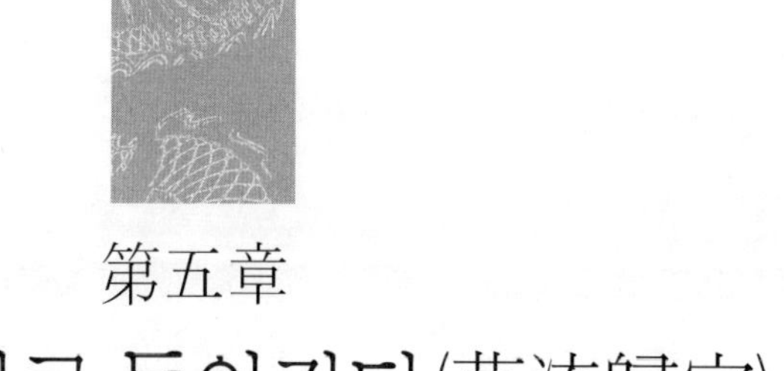



# 만물은 하나로 돌아간다(萬流歸宗)

일행은 잠시 쉬었다가 더위가 한풀 꺾이자 다시 출발했다.

영화는 무당파 사람들에게 돌아가지 않고 장염의 곁에서 끊임없이 말을 걸어왔다.

저녁 무렵까지 함께 있던 영화는 무당파 사람들이 객점으로 들어갈 때가 되어서야 장염에게 작별을 고하고 떠나갔다.

"어이, 장염. 숨겨둔 재주가 있었구나."

장소가 이죽거리며 다가와 장염의 옆구리를 쥐어박았다.

장염이 웃으며 평평한 자리를 찾아 잠자리를 마련하기 시작했다. 이삼인도 다가와 장염의 주위를 맴돌았다.

"왜? 무슨 볼일이라도 있는 거냐?"

"응, 너의 어머니가 무척 좋아하시겠다. 푸흐흐훗!"

"이런……"

지켜보던 장소가 크게 웃음을 터뜨렸다.

"크하하하!"

두 사람의 웃음이 밤하늘로 시원스럽게 퍼져 나갔다.

*　　　　*　　　　*

다음날 날이 밝자 무당파 사람들과 장가촌 일행은 다시 동행을 시작했다. 어제 반나절 동안이나 친근하게 따르던 영화는 웬일인지 장염에게 다가오지 않았다.

장염은 맥없이 터덜거리는 걸음으로 길을 걸었다.

'왜 그녀는 다시 와서 말을 걸지 않는 걸까? 그렇군, 그녀가 다시 와서 말을 걸어야 할 의무는 없지.'

정오가 가까워지자 장염은 무릎이 후들거릴 정도로 쉽게 지쳐 버렸다.

"안 되겠다. 너무 더우니 오늘도 여기서 잠시 쉬었다 가야겠다."

앞서 가던 무당파의 이원지 도인이 제자들에게 말한 뒤 다시 심방과 양극을 모시고 적당한 그늘로 찾아 들어갔다.

장가촌 일행은 무당파 사람들이 가면 가고 서면 함께 서는 처지라 그저 말없이 이리저리 흩어질 따름이었다.

뒤쳐져 걷던 장염은 일행과 조금 떨어진 곳에 흐르는 개울가로 걸어갔다. 눈에 띄는 펑퍼짐한 바위에 엉덩이를 붙이고 강물에 맨발을 천천히 밀어넣었다.

발가락 사이로 빠져나가는 물살의 느낌이 좋았다. 발바닥에 닿는 시원한 자갈의 매끈한 감촉을 즐기고 있는데 뒤에서 작은 음성이 들렸다.

"장 오라버니, 뭐가 그리 재미있나요?"

그 순간 장염은 반갑다 못해 가벼운 현기증마저 느꼈다. 온몸의 피가 다리를 통해 개울물로 다 빠져나간 듯했다.

"아, 영화 소저! 그냥 물에 발을 담그니 옛날 생각이 나서요."

영화가 장염의 곁에 쪼그러 앉으며 말했다.

"영화 소저가 뭐예요? 그냥 영화라고 부르시라니까요."

"하하핫! 그게 익숙치 않아서 말입니다."

영화는 큰 소리로 웃는 장염을 바라보며 미소를 지었다. 문득 영화는 인연이란 알 수 없다는 생각이 들었다. 사문인 무당파에서 소광자라고 소문난 사람을 오라비라 부르며 그와 이처럼 가까이 지내는 사이가 된 것이다.

"너무 더워요. 어서 여름이 지나고 가을이 왔으면 좋겠어요."

영화가 중얼거리자 장염이 웃으며 말을 받았다.

"덥다면 가을보다 이왕이면 추운 겨울을 생각하세요."

"그럴까요? 겨울이 오면 이 사람들은 어디서 무얼 하고 있을까요? 그런데 이 짧은 여행을 끝으로 오라버니를 다시 못 보는 것은 아니겠죠?"

"……."

느닷없는 말에 당황한 장염이 우물쭈물거리자 영화가 재빨리 입을 열었다.

"참! 겨울에 엿을 훔쳐 먹다가 크게 혼이 난 적이 있어요."

영화는 어린 시절에 제사용 엿을 훔쳐 먹다가 들킨 이야기를 했다.

"대체 겨우 엿 하나 가지고 왜 그러는지 모르겠어요. 귀신도 엿을 좋아하나요?"

장염이 웃으며 부뚜막 신과 엿의 이야기를 자세히 해주었다.

"부뚜막에는 남신(男神) 조왕야(竈王爺)와 여신(女神) 조내내
(竈奶奶)가 살고 있어요. 둘은 부뚜막 위에서 그 집안 사람들의 행
실을 지켜보다가 착한 일을 하면 선의 두레박에, 나쁜 일을 하면
악의 두레박에 그 숫자를 세어 넣죠. 그러다가 음력 섣달 스무사
흗날(12월 24일) 밤에 이 두 개의 두레박을 가지고 하늘에 올라가
옥황상제에게 그 집안의 일을 보고하는 거예요. 옥황상제는 그 애
기를 듣고 선악의 행동이 같으면 그냥 두고 선행이 많으면 그 다
음 해에 복을 내려요. 반대로 악행의 수가 더 많을 경우에는 그
집안에 화를 내리죠. 그래서 사람들은 부뚜막 신이 하늘에 올라가
는 날 미리 제례를 지내는데, 그때 엿을 꼭 드린답니다. 엿을 먹다
가 조왕야와 조내내의 입이 붙어서 고자질을 못하게 하려고 그러
는 거죠. 움믐움믐……."
　말을 하던 장염이 우물거리며 입이 붙은 흉내를 내자 영화가
낄낄거렸다.
　"키키킥!"
　"하하핫! 그러니 엿이 얼마나 중요하겠어요."
　영화가 머리를 끄덕이며 즐거워하자 장염이 신이 나는지 계속
애기했다.
　"그날은 붉은 등을 켜고 그 집안의 남자들이 순서대로 절을 올
리죠."
　"저는 멀리서 구경만 했어요."
　"하핫! 구경만 하는 게 나아요. 안 그러면 사람들의 뻔뻔한 말
들을 듣게 되거든요."
　"뭐라고 하는데요?"
　"하늘에 가셔서 나쁜 일은 이르지 마옵시고 착한 일만 말씀하

여 주옵소서."

"어머 정말요?"

"그리고 다른 말도 있어요."

"……."

"착한 일은 많이 말씀하시고 나쁜 일은 조금만 말씀하여 주옵
소서."

"푸훗!"

한동안 웃음을 흘리던 영화가 장염을 보며 말했다.

"장 오라버니, 고향 얘기를 해주세요."

장염이 잠시 흐르는 물살을 바라보았다. 집을 떠난 지 얼마 되
지도 않았는데 벌써 몇 년이 지난 것 같은 느낌이 들었다.

"고향이라, 내 고향은 호북성 균현의 장가촌이랍니다. 나는 그
곳에서 태어나 한 번도 그곳을 벗어난 일이 없지요. 장가촌에는
개울이 하나 흘러요. 개울에는 이름이 없는데 개울에 놓인 다리에
는 이름이 있어요. 천주교라고 하는데, 저의 아버지가 놓은 거랍니
다. 호북성은 수해(水害)가 심한 곳이죠. 아버지는 개울물이 불어
다리가 끊어지면 몇 번이고 다시 다리를 세우셨어요."

"아버님 혼자 다리를 만드세요?"

영화는 아버님이라고 말한 뒤 얼굴을 붉히며 슬쩍 장염의 표정
을 보았다. 그러나 둔한 장염은 별 생각 없이 말을 계속할 뿐이었
다.

"그럼요."

"왜요?"

"그냥 아버지는 그러고 싶으셨다고 해요. 그러다가 나중에는 몸
이 약한 저를 위해서 다리를 놓아주셨죠. 공덕을 쌓기 위해서라고

하시더군요. 그 덕분에 저는 몸이 건강해졌답니다."

장염은 진원청을 만나 몸이 건강해졌다는 얘기를 아버지가 공덕을 쌓아 건강해졌다고 돌려서 말했다.

그러나 진원청을 떠올리는 순간 비록 짧은 만남이었지만 잊혀지지 않는 스승에 대한 그리움으로 숙연해졌다.

영화는 그런 장염을 바라보며 뭔가 사연이 있으리라고 짐작했다.

"제게는 형제 같은 친구 둘이 있어요. 저기 나무 밑에서 잠든 척하고 우릴 엿보고 있는 장소와 이삼인이죠."

"그렇군요."

영화는 장소와 이삼인이라는 이름을 몇 번 되뇌었다. 장염과 관계가 있는 사람들이라면 기억해 두고 싶었다.

그때 장염이 불쑥 말했다.

"영화 소저, 이렇게 발을 물에 담그고 있으면 아주 시원해서 피로가 싹 가신답니다."

영화는 장염의 발이 담긴 개울물을 보았다. 맑고 깨끗했다. 영화가 머뭇거리자 장염이 말했다.

"발 담궈봐요. 굉장히 차가와요."

중원에서 여자의 발을 본다는 것은 금기 중의 하나였다. 사람들은 여자가 멀리 달아나지 못하도록 전족을 시키는가 하면, 남편의 눈에 보기 좋으라고 전족을 시키기도 했다.

그리고 남편과 부모 이외의 남자가 여자의 발을 본다는 것은 있을 수도 없는 일이었다. 여자의 발을 본다는 것은 알몸을 보는 것과 다름이 없다고 여겼기 때문이다. 이렇게 발이 크지 말라고 묶어놓는 전족은 일반 백성들에까지 널리 퍼져 있었다.

그러나 장가촌에 사는 사람들은 전족을 몰랐다. 그러기에 장염이 어렵지 않게 말하고 있는 것이다.

무림의 여인들은 대부분 전족을 하지 않았다. 그렇다고 해서 아무 곳에서나 쉽게 발을 보이지도 않았다.

영화는 잠시 망설였다. 그러나 곧 그녀는 얼굴을 붉히면서 가죽신을 벗고 개울에 발을 담갔다. 시원한 물이 뼛속까지 스며들었다.


두 사람이 웃고 떠들 때 멀리서 그들을 곱지 않은 눈으로 바라보는 남자가 있었다.

은의를 입은 청년이 부르르 떨며 말했다.

"사형, 저기 장가 놈이 감히 넷째 사매와……"

"어머! 신까지 벗고 함께 앉아 있다니… 망측해라."

금의를 입고 다니는 청년은 무당 사검사 가운데 첫째로 분광검(分光劍) 이청(李淸)이었다. 그는 눈앞에서 둘째 사제 환영검(幻影劍) 노호(盧號)와 셋째 사매 설상검(雪上劍) 소소(素素)가 자신에게 하는 말을 묵묵히 듣기만 하였다.

둘째 사제 노호가 막내인 영화를 은근히 좋아하고 있다는 것은 알고 있었다. 그러나 남녀의 일이란 게 어디 무공이나 함께 보낸 시간만으로 해결되는 것이랴!

대제자 이청은 무어라 할 말이 없었다.

이청이 대꾸하지 않자 노호는 쉬고 있던 나무 그늘에서 벌떡 일어나 개울가로 다가갔다.

"호호! 큰 오라버니, 둘째 오라버니가 저 장씨 청년을 어떻게 하려는 걸까요?"

"글쎄, 설마 노호가 무공을 모르는 그를 건드리기야 하겠느냐?"

노호가 개울가로 다가오자 영화는 큰 소리로 노호를 향해 소리 쳤다.

"호호홋, 사형. 이리 와보세요. 물이 아주 시원해요."

"시끄럽다! 영화야, 너는 얼른 물에서 발을 빼지 못하겠느냐?"

노호가 버럭 화를 내며 말하자 영화는 놀란 얼굴로 사형을 바라보았다. 언제나 다정하고 친절하던 사형이 왜 화를 내는 것일까?

노호는 이어서 장염에게 냉랭한 음성으로 말했다.

"장 소협, 그대가 어디에서 무공을 배웠는지는 모르겠지만 무얼 믿고 우리 무당 사검사를 희롱하는 것이오?"

"네? 무슨 말씀이신지……"

장염이 깜짝 놀라 노호를 바라보았다.

'내가 나도 모르게 그들에게 무슨 실례를 저질렀다는 말인가?'

"사형, 갑자기 왜 그러세요?"

노호는 영화를 쳐다보지도 않은 채 장염에게 소리를 쳤다.

"네 이놈! 나는 지금 네놈이 감히 무얼 믿고 무당파 사검사 중 하나인 영매에게 수작을 걸고 있는지 묻고 있는 것이다."

장염은 처음에는 놀랐지만 그 다음은 화가 났다. '네놈'과 '감히'라는 말이 비수처럼 가슴에 꽂혔다.

장염이 분노하여 얼굴이 달아오르자 영화는 어찌할 바를 몰랐다. 장염이 모욕을 당하니 당황스럽기도 했지만, 부드럽기만 하던 사형이 무섭게 화를 내자 그만 정신을 못 차릴 지경이었다.

"사형, 어쩌면 그렇게 심한 말을……"

"사매, 너는 그만 큰 사형에게 가보거라."

　영화는 큰 사형이 자기를 부른 줄 알고 장염과 노호를 번갈아 쳐다보다가 자리를 떠났다.
　노호가 장염에게 바싹 다가와 그의 어깨에 손을 올리고 속삭였다.
　"차후에 다시 이와 같은 일이 있을시 네놈의 팔다리 중 하나를 부러뜨릴 것이다."
　장염이 뭐라고 말할 틈도 없이 노호가 자신의 손을 통해 내가 진력을 장염의 몸으로 쏟아넣었다. 그러자 장염의 몸이 견디지 못하고 비틀거렸다.
　"으음……."
　장염의 입에서 신음이 터지자 노호가 얼른 손을 떼었다. 그리고 장염의 어깨를 두어 번 툭툭 치더니 무당파 사람들이 모여 있는 곳으로 돌아갔다.
　노호가 사라지자 장염은 어깨가 끊어질 듯한 통증을 느꼈다. 노호가 가볍게 어깨를 톡톡 치는 시늉을 하며 내력으로 장염의 뼈를 상하게 한 것이었다. 내상을 입은 장염의 기혈이 무섭게 끓어올랐다.
　"우웩!"
　이윽고 장염이 입으로 한 사발의 피를 토하며 서서히 쓰러져갔다. 천지(天地)가 뒤바뀌었다고 느끼는 순간 장염은 진한 풀 냄새를 맡았다. 그리고 꿈처럼 몽롱한 가운데 장소와 이삼인이 외치는 소리를 들었다.


　진원청의 손이 다시 하늘과 땅을 가리켰다. 장염은 자포자기한 심정으로 소리쳤다.

"스승님, 이제 더는 견디지 못하겠습니다. 저를 그냥 죽여주십
시오!"

진원청의 검이 하늘로 날아올랐다. 그리고 다음 순간 장염의 몸
을 향해 하얀 빛무리가 날아들었다.

"<u>끄으으윽!</u>"


장염이 눈을 뜨니 장소룡과 이무심이 걱정스런 표정으로 그를
바라보고 있었다.

"끄응, 이게 어떻게 된 일입니까?"

장염이 억지로 몸을 일으켜 앉았다.

장소룡이 걱정스런 얼굴로 말했다.

"장염아, 나는 네 아버지의 부탁이 아니더라도 너를 무사히 장
가촌으로 데리고 돌아가고 싶구나. 되도록 무당파 사람들의 비위
에 거슬리는 행동은 하지 말거라."

"……."

장염이 보니 장소룡이 묵던 천막 안에 자신이 누워 있었다. 장
소룡과 이무심은 특별히 더 할 말이 없는지 묵묵히 장염의 상세
를 만져 보기 시작했다. 그리고 착잡한 표정으로 장삼을 바라보았
다. 검은 피를 토하고 맥도 고르지 못하니, 내가중수법에 의해 내
장이 상한 것이 분명했다. 두 사람은 애써 밝은 표정으로 장염의
등을 토닥여 주고 나갔다.

그 뒤를 이어 장소와 이삼인이 들어왔다.

"장소, 어떻게 된 일인지 말해 줘."

"너는 이틀 간 정신을 잃고 있었어. 무당파 사람들은 어제까지
함께 있다가 무림 대회를 준비해야 한다며 먼저 떠났고……."

장소의 말이 끝나자 이삼인이 이를 뿌드득 갈며 말했다.

"노호, 그 죽일 놈이 무공을 모르는 네게 상처를 입히다니. 무당 파도 이제 한물 갔구나. 그런 놈을 후기지수라고 내놓다니!"

"삼인아, 그래도 그중 두 사람은 장염을 돌보다가 가지 않았느 냐. 어쩌다가 그런 놈이 무당파에 기어 들어가서 물을 흐리는 지……."

"장소, 나를 돌보다가 간 두 사람이 누군지 말해다오. 나중에라 도 은혜를 갚아야겠다."

"너를 잘 따르던 영화 소저와 금의를 입은 남자였어."

"그래, 그녀와 첫째인 이청이 다녀갔군. 다른 사람은 정말 아무 도 들르지 않았었나?"

"사실 도천 도사를 비롯해 무당파 사람들은 네가 노호에게 당 한지도 몰라. 다들 쉬쉬했거든……."

장염은 영화로부터 그들 무당 사검사의 이야기를 들은 바가 있 기에 단번에 금의를 입은 남자가 첫째인 분광검(分光劍) 이청(李 淸)이라는 것을 알았다. 그나저나 다른 사람은 아무도 다녀가지 않았다니, 자신의 신세가 처량했다.

'나는 무당파에게 무얼 기대했던 것일까?'

속으로 생각해도 알 수 없는 일이었다.

"도천 도사가 먼저 가게 되서 미안하다며, 앞으로 열흘 정도 더 가면 사천성이라고 하더라. 사천에 가서 그 빌어먹을 놈의 면상을 한번 더 보고 기회가 닿는다면 어떻게든 삼인과 내가 꼭 빚을 갚 아주겠다."

"……."

장염은 조용히 눈을 감았다. 친구들의 실력으로 복수란 계란으로 바위를 치는 것과 같았기 때문이기도 했지만, 그는 복수 같은 살벌한 말을 싫어했다.

가만히 생각해 보니 지난 칠 일이 꿈과 같았다. 대낮에 그처럼 정신이 맑아보기도 처음이고, 누군가와 다정하게 자기 이야기를 해보기도 처음이었다.

그러나 이제 행복한 시간은 끝났고, 아마 다시 오기 힘들 것이다. 갑자기 삭신이 쑤셔오며 정신이 아득해져 갔다.

*　　　　*　　　　*

장염의 몸은 이미 정상에서 벗어나 있었다. 원래 잠을 못 자서 체력이 약한 데다가 내상마저 입었으니 몰골은 말이 아니었다.

나중에는 장소와 이삼인조차 유심히 보지 않으면 알아보지 못할 만큼 살이 푸석푸석해지고 얼굴도 홍해졌다.

드디어 내상을 입은 지 삼 일 만에 장염은 곁에서 부축하지 않으면 걸을 수 없는 지경이 되고 말았다.

뼈에 금이 간 어깨는 퉁퉁 부어올랐고, 내상으로 배와 가슴이 부어오른 장염은 숨쉬기마저 불편했다. 잠시 쉴 때마다 일원무극 심법을 운용했지만 내력은 여전히 백회혈에 모인 채 움직이지 않았고, 가슴의 통증은 심해만 갔다.

음식을 먹지도 못했고, 눈만 감으면 비명과 함께 깨어났다. 내상을 입은 장염이 꿈속에 나타난 진원청의 공격을 반 초식도 상대하지 못했기 때문이다.

결국 장염은 아예 잠을 자지 않기로 마음먹었다. 그러다가 죽으면 그 또한 하늘의 뜻이라고 생각했다.

생사의 집착을 버린 장엄이 밤낮으로 일원무극심법과 경천일기공의 법문을 묵상한 지 사 일째 되던 날 밤이었다.

장염은 지독하게 찾아오는 고통 속에서 몸부림쳤다.

"크윽, 누가, 으으으…… 날, 좀, 죽여줘……."

알고 있던 모든 심법 구결들이 정신없이 엉클어지고, 무공 초식들이 뒤죽박죽이 되었다.

장염이 고통 속에서 죽음을 생각할 때 문득 진원청의 얼굴이 떠올랐다. 처음으로 마음껏 달릴 수 있게 해주고, 맘껏 숨쉴 수 있게 해준 스승이 손에 잡힐 듯 가까이 느껴졌다.

진원청은 여전히 부드러운 얼굴로 장염을 바라보고 있었다.

아! 이렇게 죽어가나 보다.

장염이 한없이 슬프고 외로운 중에 눈물을 흘리는데 스승의 음성이 들리는 듯했다.

"…때가 되면 깨달음이 있을 것이다. 연정화기(煉精火氣) 연기화신(煉氣化神) 연신환허(煉神還虛) 연허합도(煉虛合道) 무의무념(無意無念) 무사무심(無事無心) 성령독요(性靈獨耀) 초화만신(超化萬神)……. 그러고 보니 너와 나는 참으로 인연이 깊은 게로구나."

"스승님, 으흐흑!"

아무 대가 없이 베풀어주기만 하고 세상을 떠나가신 스승을 생각하자 장염의 눈에서 폭포 같은 눈물이 흘러내렸다.

많은 사람을 겪어보니 스승이 준 사랑이 얼마나 큰 것이었는지 비로소 알게 되었던 것이다. 누가 생면부지의 사람에게 그런 사랑을 베풀 수 있다는 말인가?

고통도 잊고 한참 동안 눈물과 콧물을 흘리던 장염이 다시 가부좌를 틀고 앉았다. 스승을 생각해서라도 이대로 무기력하게 죽을 수는 없는 것이다.

"연정화기 연기화신……."

눈물로 마음을 비운 장염이 서른두 자의 내단연기법과 진원청을 떠올리자 그의 정혈 속에 녹아 있던 분노와 고통의 기운이 서서히 정화되기 시작했다.

어디선가 한줄기 시원한 바람이 스치고 지나갔다. 장염은 정신이 맑아지고 마음이 안정되자 그제야 그동안 자신이 얼마나 많은 마음의 상처를 안고 살아왔는지 알게 되었다.

지난 십오 년 간 겪은 세상의 무관심과 조롱은 자신도 모르게 세상에 대한 분노와 열등감으로 바뀌어져 있었던 것이다. 그것이 어쩌면 그의 수련을 방해한 것인지도 모른다.

사부 진원청은 도사 중의 도사 아닌가? 도사의 제자가 삿된 마음을 가득 안고 있었으니 진전이 있으면 도리어 이상한 것인지도 몰랐다.

장염의 눈앞에 그간 살아온 회한의 날들이 하나씩 떠올랐다가 기억 저편으로 사라져 갔다. 그럴 때마다 장염은 눈물과 웃음을 흘리며 고개를 끄덕였다. 마음 한편으로 끈질기게 살아왔구나 라는 감탄과 함께 자신에 대한 연민이 한없이 떠올랐다.

정과 기가 안정되고 상처 입은 마음이 치유되자 드디어 장염은 육체의 고통이 주는 한계를 초월할 수 있게 되었다.

장염은 즉시 일원무극심법과 경천일기공을 떠올렸다. 일순간 찾아온 무의무념(無意無念)한 상태에서 일원무극심법과 경천일기공의 법문을 암송하던 장염은 문득 이 두 가지 신공이 서로 같은 뿌리를 가지고 있다는 것을 깨달았다.

“아!”

일원무극심법이 도가에서 말하는 태극 이전의 혼돈 상태인 무극의 원리로 우주와 인간의 모든 기를 생성하는 것이라면, 경천일기공은 생성과 합일의 신공으로 일원무극심법의 출발점이며 동시에 결과이기도 했던 것이다.

깨달음이 주는 희열 속에서 장염은 지혜의 빛을 보았다. 그 빛은 장염의 머리를 관통하고 천지사방(天地四方)과 조화를 이루었다.

장염이 눈을 뜨고 살짝 걷혀진 천막 사이로 밤하늘을 바라보니 저 멀리 보이는 별의 끝까지도 생각이 미칠 것 같았다. 이전에 알지 못했던 많은 문제들이 일목요연하게 그 실체를 드러냈다.

장염은 진원청이 전수해 준 모든 무공들이 조금씩 서로를 닮았다는 것을 발견했다. 그리고 마침내 스승이 보여준 마지막의 검무조차도 다른 무공들과 유사하다는 것을 깨달았다.

왜 모든 무공이 서로 비슷비슷하게 느껴질까? 무공의 궤적들을 머리 속에 그리던 장염은 저도 모르게 그만 깊은 잠에 빠지고 말았다.


꿈속에 아버지의 모습이 보였다.

“이제 너도 올해로 여덟 살이다. 그러니 오늘부터는 칡풀을 베어오도록 해라.”

“예……”

그리고 와룡산과 친구들의 모습이 나타났다.

이삼인이 목검을 비스듬히 어깨 위에 걸치고 장염을 바라보며 물었다.

“장염아, 너는 별호를 무엇으로 할 테냐?”

장염이 뭐라 대답하려고 하는데 진원청의 음성이 멀리서 들려
왔다.

"…일찍이 진인(眞人)이 내게 당부하신 말씀처럼 하늘의 이치
를 잘 따르고 생명을 중히 여기는 사람이 되기를 바란다."

장염이 무어라고 중얼거리자 다시 스승이 말했다.

"이제 보니 네가 말재간은 약간 있구나. 너는 누구며 장차 무엇
을 하고 싶으냐?"

"저는 장가촌에 살고 있어요. 아버지의 이름은 장삼이구요, 저
는 장염이라고 해요. 한여름에 태어났다고 장염이래요. 나중에 커
서는…… 음, 내가 하고 싶은 일들을 할 거예요."

다시 스승이 장염을 향해 엄숙하게 말했다.

"애야, 네가 무언가 나에게 배우려고 한다면 우선은 나에게 절
을 아홉 번 해야 하는 것이란다."

동틀 무렵 스승이 다시 장염의 집으로 찾아왔다.

"장염의 사부가 부인께 인사드립니다. 허허허."

"에그머니나, 도사님! 잠시만 기다리시어요."

이씨가 방으로 뛰어 들어가는가 싶더니 곧 온 가족이 우르르
쏟아져 나왔다. 아버지와 어머니의 함박웃음이 흐릿한 어둠 속에
서도 환하게 보였다.

그 새벽에 장염은 풀잎에 맺힌 이슬을 바지로 털어내며 스승을
따라 와룡산에 올랐다.

동굴 속에서 스승이 슬픈 얼굴로 장염에게 말했다.

"이 현묘한 신공은 강호에서 이미 실전된 지 오래니 무림에서
오직 너만이 익히는 것이구나. 이것이 마공이라 불리는 것은 아마
도 전수자의 모든 내력을 앗아간다는 극한의 수련 방법 때문이

아닌가 싶다. 네가 눈을 뜨면 다시 빈둥거릴지라도 나는 더 이상 너를 원망하지 않겠다. 사람이라면 반드시 잠이 들 터, 이 신공은 잠을 통해서만 익히는 것이니 너도 나를 원망하지 말거라."

장염이 대답했다.

"스승님, 저는 한 번도 빈둥거린 적이 없습니다. 스승님의 가르침을 따라 지난 십오 년을 밤낮없이 공부하였습니다. 저는 스승님을 원망하지도 않습니다."

진원청이 검을 천천히 뽑았다.

"이것은 우리 무당파의 검법으로……."

장염이 목검을 들어 진원청 앞에 마주 섰다. 장염의 키는 어느새 훌쩍 커서 진원청과 나란히 설 정도였다.

진원청이 무당파의 절기를 펼치자 장염의 목검도 춤을 추기 시작했다.

장염이 처음으로 스승께 질문을 했다.

"스승님, 왜 모든 검법은 서로 비슷비슷한 것입니까?"

진원청이 말없이 검법을 펼쳤다. 장염의 목검과 진원청의 검이 만나자 진원청의 검이 부르르 떨렸다.

진원청이 검을 내려놓고 권과 장과 지를 날렸다.

"무당파의 권법은……."

"스승님, 이처럼 만물은 결국 하나로 돌아가는 것(萬流歸宗)입니까?"

진원청의 권(拳)·장(掌)·지(指)는 장염이 떨친 손 그림자에 밀려 더 이상 다가들지 않았다.

어느 순간 진원청이 손을 서서히 들어 올렸다. 바닥에 놓였던 장검이 허공으로 딸려 올라왔다. 진원청이 신비의 검무를 추기 시작했다. 검기가 줄기줄기 뻗쳐 나왔다.

그러나 장엽은 지난 십오 년 간 매일 밤낮으로 들었던 목검을 집어 들지 않았다. 장엽의 눈에 너무나도 낯익은 진원청의 검무가 고스란히 드러났다.

"아아! 어디서 보았다 했더니, 태극검이로구나. 또 양의검이로구나. 이건 삼재검, 오행검이로구나. 그리고… 칠성검, 구궁검, 태청검, 소청검이로구나!"

진원청은 모든 것을 잊어가며 검무를 추었는데 장엽은 오히려 진원청의 검무 속에서 무당파 검의 원류를 찾아내고 있었다.

수많은 검기가 날카롭게 다가왔다가 오히려 장엽의 몸 안으로 스며들었다. 장엽의 전신이 찌릿찌릿해졌다.

장엽이 바라보니 스승의 손이 어느덧 하늘과 땅을 가리키고 있다.

"아아! 천지일원(天地一元)이라…… 스승의 검은 천지에 담기고 천지는 검 속에 머무니 어찌 저 검을 피할 수 있겠는가?"

진원청의 검이 하얀빛을 발하자 장엽이 그제야 손을 뻗쳤다.

장엽의 목검이 서서히 허공으로 떠올랐다.

장엽이 손을 떨치자 목검이 수백 개의 검영을 만들어내며 진원청의 검 쪽으로 날아갔다. 두 개의 검이 허공에서 잠시 멈칫거리더니 곧 맹렬하게 부딪쳤다.

꽈광—!

장엽의 검이 가루가 되어 날아가고 진원청의 검이 다시 장엽의 가슴으로 날아들었다.

"끄아악!"

가슴이 찢어지는 듯한 고통과 함께 장염이 벌떡 일어났다. 온몸이 뜨겁게 달아올라 있었다.

장염은 즉시 가부좌를 틀고 앉아 운기(運氣)를 시작했다. 단전에서 작지만 분명한 기운이 느껴졌다.

장염은 소리라도 지르고 싶을 정도로 기뻤다. 내력이 느껴진다는 것은 몸이 조금이라도 회복될 기미가 있다는 것이기 때문이었다.

이제야 스승의 검무가 제대로 눈에 보였는데 허무하게 여기서 끝낼 수 없다고 생각한 장염은 내력을 일주천시키기 시작했다.

차 한잔 마실 시간이 지나자 장염은 가슴과 어깨의 통증이 완화된 것을 느꼈다. 단전에서 희미하게 느껴지던 내력은 경천일기공에 흡수돼 흔적도 없이 사라졌지만 내상은 거의 치료가 되어 있었던 것이다.

장염은 비단 통증뿐 아니라 마음속에 응어리졌던 한이 풀어지고 자신의 깨달음도 더 깊어졌다는 사실에 희열을 느꼈다. 지난 오 년 간 풀리지 않던 스승의 검무가 이제 어렴풋이 보이기 시작한 것이다. 그렇다면 언젠가 자신의 금제도 풀릴 수 있을 것이다.

장염이 몸을 일으켜 천막 밖으로 걸어나가니 밖은 아직도 어두웠고 천막 가까이에는 장가촌 일행이 누워 있었다.

장염이 하늘을 올려다보자 별빛 사이로 언뜻 스승의 웃는 얼굴이 보이는 듯했다. 장염은 문득 가슴이 뭉클해짐을 느끼고 옷깃을 여미었다.

밤바람이 시원하게 불어왔다. 장염의 눈이 바람을 따라가자 멀리 고고하게 서 있는 산봉우리가 보였다. 저 산만 넘으면 어쩌면 사천성이 보일지도 몰랐다.

                    *              *              *

　　장염이 건강을 회복했다는 소식은 삽시간에 장가촌 일행을 흥
분의 도가니로 몰아넣었다. 단지 약하다는 이유로 핍박을 당하여
목숨이 위태로웠는데 이제 건강해진 것이다. 사람들은 자기 일처
럼 기뻐해 주었다.
　　사실 그들이 강호에 나온 뒤로 아무 이유 없이 험한 일을 당한
것이 어디 한두 번이었던가? 그 모든 원인은 장가촌 일행의 무공
이 워낙 약했기 때문이었다.
　　사람들은 장염 때문에 나름대로의 아픔을 키우고 있었다. 장염
은 당사자이니 말할 나위도 없었지만, 이무심과 장소룡은 인솔자
로서 장염을 보호하지 못했다는 자책감에 빠져 있었다.
　　그러나 이제 다시 모든 것이 원래대로 회복되었다. 장가촌 일행
은 기운차게 눈앞에 보이는 산을 향해 걷기 시작했다.
　　장염은 터덜터덜 걸어가는 장소룡의 뒷모습을 바라보다가 다시
이무심을 바라보았다.
　　텁수룩한 뒷모습과 허술한 옷 매무새는 한눈에 봐도 순박한 시
골 무사의 차림이다. 장가촌에 살던 어린 시절 이 두 사람은 장염
과 친구들의 우상이었다.
　　사실 장염은 진원청에게 무공을 전수받고 나서도 얼마 동안 원
무도장과 천무도장을 기웃거렸었다. 어린 장염에게 두 도장은 거
대한 것이었다.
　　그러나 자라면서, 그리고 밤마다 비몽사몽(非夢似夢) 간에 무공
을 터득하면서 다시 보게 된 도장은 그렇지 않았다.

장염의 눈에 사람들은 아주 초보적이고 허술한 무예의 투로를 가지고 아침저녁으로 땀을 흘리고 있었다. 그러나 그들은 순박한 마음에 맞게 열심이었고, 그 모습이 장염에게는 오히려 정겹게 느껴졌다.

몸이 좀 좋아지자 이 사람들에게 자기가 알고 있는 상승의 무공을 가르쳐 줄까도 생각했지만 무당파의 규칙을 알 수 없었기에 그만두었다.

게다가 자기의 말을 믿고 누가 배우겠다고 나설지 자신도 없었다. 한편으로는 장가촌 사람들이 무림에 깊이 관여되지 않기를 바라는 마음이 더 컸는지도 모른다.

장염이 생각하기에 장가촌만큼 편하고 아름다운 세상도 없었다. 그런 생각은 사천성으로의 여행을 통해 더욱 강하게 장염의 마음 속에 자리 잡혔다.

강호는 정말 칼날 위의 세계였던 것이다. 사람들은 특별한 원한이나 이유도 없이 서로를 살상하려고 했다.

장염은 장가촌의 순박한 사람들이 무공으로 인해 변하지 않기를 바랐다. 그러나 사람 사는 일이 뜻대로 되는 것은 아니다.

*　　　　　*　　　　　*

"자아, 여기서 잠시 쉬기로 하자."

장소룡이 한마디 던지고 나무 그늘로 찾아 들어가자 무영과 무혼 두 형제가 사람들을 몇 패로 나누었다. 장가촌 사람들은 장소룡과 이무심만 남겨두고 먹을 것과 돈이 될 만한 것들을 구하러 주변으로 흩어졌다.

장염도 장소, 이삼인과 함께 길옆의 소로(小路)를 따라 숲으로 들어갔다.

장염이 친구들과 얼마쯤 걸어 들어갔을까? 드디어 소로의 끝에 도달했다.

그들의 눈앞에는 짐승이나 사냥꾼들이 다녔음직한 길이 잡목들 사이로 뚫려 있었다.

앞서 가던 장소가 몸을 돌려 뒤따라오던 장염에게 말했다.

"장염아, 왠지 으스스해서 못 가겠다. 돌아가자."

뒤에서 따라오던 이삼인도 장소의 말을 받았다.

"나도 어째 기분이 영 이상하다……."

이삼인의 몸은 어느새 반쯤 돌아서 있었다. 더 가고 싶지 않은 것이다. 장염은 그렇지 않아도 아까부터 끈적끈적한 느낌과 함께 전해오는 야릇한 냄새에 신경이 곤두서 있었다.

"저기서 이상한 냄새가 나는 것 같으니까 거기까지만 가보자."

말발과 호기심 강한 장염이 턱으로 구부러진 희미한 길의 끝을 가리키자 두 사람도 미미하게 고개를 끄덕이고 다시 전진했다. 어느새 잡목은 세 사람의 몸을 완전히 가릴 정도로 우거져 있었다.

세 사람이 힘들게 풀숲을 헤치고 나가서 발견한 것은 끔찍한 광경이었다.

"우욱!"

장소가 몸을 황급히 돌리며 구토를 시작했다. 그 다음은 장염이, 그리고 뒤늦게 도착한 이삼인이 허리를 꺾으며 음식물을 쏟아놓기 시작했다. 따끈따끈한 노란 토사물이 검붉은 땅 위에 가득 쌓였다.

그들이 도착한 곳에는 쓰러져 가는 움막이 한 채 있었다. 장염 일행이 뚫고 들어온 작은 마당에는 이전에 사람이라고 불리웠을 몇 구의 시신이 널브러져 있었다.

시신 근처에 반짝이는 것들은 토막난 검 조각들이었다. 사지는 분리되어 마당 이곳저곳에 널려 있었는데, 자세히 보지 않으면 무엇인지도 모를 지경이었다.

얼마나 많은 피가 흘러내렸는지 마당 전체가 검붉게 물들어 있었다. 한낮임에도 불구하고 땅은 아직도 축축했다.

모든 것이 정지된 상태에서 팔다리를 잃어버린 몸통만이 조금씩 꿈틀거렸는데, 그것은 새까맣게 뒤덮은 파리 떼가 움직이는 것이었다.

"어, 어, 어떻게 하지?"

장소가 장염과 이삼인을 바라보았다. 난생처음 본 토막난 시체로 인한 매스꺼움이 사라지자 장염이 짧게 대답했다.

"묻어줘야지."

"힉! 저걸, 묻어주자구?"

장소가 부를부를 떨며 되물었다. 이전의 장염이라면 시체를 마주할 생각도 하지 못했을 것이다. 그러나 공부가 깊어질수록 외부로부터 강한 자극을 받더라도 평상심(平常心)의 회복이 빨라졌다.

장염 일행이 마당으로 들어가자 파리 떼들이 '윙!' 소리와 함께 사방으로 날아다니기 시작했다.

"에잇, 퉤! 퉤! 퉤!"

파리 몇 마리가 입에 달라붙자 세 사람은 요란하게 침을 뱉으며 마당으로 들어갔다.

장염과 이삼인이 마당 구석에 세워져 있던 연장으로 구덩이를 파기 시작하자 장소는 주춤거리며 움막 안으로 들어갔다.

단출한 가재도구가 두 구의 시신이 뿌려놓은 피에 흠뻑 젖어 있었다. 장소는 더 이상 견디지 못하고 움막에서 뛰어나왔다.

"헉, 헉, 이곳에도 두 구가 더 있어!"

땅을 파다가 잠시 일을 멈춘 장염이 생각을 굴렸다. 계산을 해 보니 밖에 있는 시신 세 구와 안에 있다는 두 구를 합치면 모두 다섯 명이나 죽어 있는 셈이었다. 그러나 아무리 보아도 움막은 한두 사람이 살기에 적당할 뿐 다섯 사람이 기거하기에는 모자람이 있었다.

장소가 나온 움막으로 이번에는 장염이 들어갔다.

사지가 뽑히고 머리가 부서진 두 구의 시신이 보였다. 뽑혀진 시체의 오른손은 각각 한 자루의 검과 암기를 움켜쥐고 있었다. 옷을 자세히 보니 남녀의 시체였다.

"모두 무림인 같은데… 누가 이렇게 잔인한 짓을 저질렀을까?"

장염이 시체를 끌어내기 위해 손을 대자 시체의 옷자락이 스르르 벌어졌다.

"으음!"

잔인하게도 살해된 시체의 왼쪽 가슴에 가로와 세로로 한 뼘쯤 살가죽이 벗겨져 있었다. 누군가가 칼로 예리하게 살가죽을 벗겨갔던 것이다.

장염은 여자로 보이는 몸통의 가슴도 젖혀 보았다. 그러나 몸통의 왼쪽 가슴에 커다란 구멍이 뚫려 있어서 살가죽은 확인할 수 없었다.

시체에 구멍을 내고, 살가죽을 벗겨가는 살인마가 있다니! 장염은 치를 떨며 두 구의 시체를 하나씩 밖으로 끌어냈다.

장염은 장소, 이삼인과 함께 구덩이를 파기 시작했다. 세 사람이 땅을 파자 구덩이는 금방 다섯 구의 시신을 묻을 만큼 커졌다. 그들은 시신을 구덩이에 밀어 넣고 흙으로 덮었다.

"이거 볼래?"

장소가 다가와 발로 흙을 다지던 장염과 이삼인 앞으로 무언가 불쑥 내밀었다.

"그건 뭐냐?"

장염의 질문에 장소가 대답했다.

"밖에 있던, 카악, 퉤! 옷가지 속에 있던 거야. 죽은 사람에게는 필요없을 거 아니냐."

"그런가?"

장소의 손에 들린 것은 검은 가죽 주머니였다. 장소가 가죽 주머니를 열고 내용물을 꺼내었다.

무슨 가죽인지는 모르겠지만 부드럽고 맨질맨질한 검은 주머니 속에는 금 두 조각과 은자가 가득했다.

"와아!"

이삼인이 감탄을 터뜨렸다. 은자는 얼핏 보아도 오십 냥은 되어 보였다.

"어서 돌아가자. 다들 걱정하겠다."

장염의 말에 퍼뜩 정신이 든 장소는 서둘러 주머니를 품 안에 갈무리했다. 장염 일행은 서둘러 장소룡과 이무심이 있는 곳으로 되돌아왔다.


장소는 돌아가자마자 사부 장소룡에게 늦은 이유를 장황하게 늘어놓았다.

장소의 말이 끝나자 장소룡은 크게 기뻐했고 이무심은 근심으로 가득한 얼굴이 되고 말았다. 장소룡은 도적 맞기 전보다 더 많은 돈을 주워 왔다는 사실에 기뻐했고, 이무심은 근처에서 비명횡사했다는 무림인의 비참한 최후에 신경이 쓰였던 것이다.

그렇게 일희일비(一喜一悲) 하는 가운데 일행은 어느덧 사천성 경계로 진입하고 있었다.

장소룡 일행은 사천성 경계에 들어서면서부터 약초나 음식을 구하러 돌아다니지 않아도 되었다. 장소가 시신에서 가져온 검은 주머니 하나로 그들은 여행은 물론이고, 고향으로 돌아갈 만큼의 충분한 여비를 확보했던 것이다.

# 하늘이 정한 대로 간다

그러나 그렇다고 해서 그들의 길이 마음처럼 편하기만 한 것은 아니었다. 처음에는 장염과 친구들만 시신을 보았었지만 얼마 못 가서 장소룡 일행 전부가 수많은 시신들을 만나야 했다. 사천성으로 진입하는 곳곳에 정체를 알 수 없는 무림인들이 대여섯 명에서 많을 때는 수십 명씩 한꺼번에 죽어 있었다.

"허어, 이거 여기도 사람이 죽어 있네……."

장소룡은 이무심과 함께 걸음을 멈추고 관도에서 조금 벗어난 숲 속을 바라보았다. 그곳에는 세련된 옷을 입은 젊은 무림인들이 무더기로 쓰러져 있었다. 그들은 목에는 한줄기 검흔이 뚜렷하게 새겨져 있었다.

"사부님, 이들의 품도 뒤져 볼까요?"

장소가 장소룡을 향해 말을 하자 장소룡이 짧게 대답했다.

"됐다. 이미 여비가 충분하니 괜한 오해받을 일은 만들지 말아라."

장소룡이 장소에게 한마디하고 걸음을 옮길 때였다.

"잠깐 멈추시오."

숲에서 십여 명의 사람들이 쏟아져 나와 장소룡의 앞을 막았다. 그들 중 우람한 체구의 백염 노인이 형형한 안광을 빛내며 장소룡에게 말했다.

"당신들은 어디의 누구며, 이곳에서 무엇을 하고 있었는지 말해 주셔야겠소."

초면에 이런 식으로 다그쳐 묻는 것은 예의가 아니나 무림삼장 중 하나인 비월장 장주 금거산(金巨山)은 그런 것에 일일이 신경 쓸 여유가 없었다.

무림에서 태산장법(泰山掌法)으로 이름을 날리는 금거산은 무림삼장 중 비월장의 장주이기도 하지만 당금 무림의 십대고수 중 한 사람이다. 그런 만큼 무림에서 차지하는 그의 위치는 대단히 높았다.

금거산은 사천의 무림 대회에 참관인으로 와달라는 무림맹주 경재학의 부탁을 받고 제자들과 함께 가던 중이었다. 그러다가 훗날 사천혈사(四川血史)라고 명명된 사천성 경계에서 일어난 수많은 살육의 현장을 목격하게 된 것이다.

금거산은 십대고수 중 하나이자 무림 대회를 주관하는 사람으로서 이번 일을 방치할 수가 없었다. 그래서 사흘 전부터 홍수를 찾기 위해 돌아다녔지만 언제나 한 발 늦게 시체만 수습해야 했다.

그런데 이제 살육의 현장에서 살아 있는 사람들을 처음으로 만났으니 어찌 그냥 보낼 수 있단 말인가?

장소룡이 금거산을 힐끔거리며 퉁명스럽게 되물었다.

"노인장은 뉘신데 그렇게 묻는 것이오?"

"장주님께 무례한 자는 용서할 수 없다."

돌연 금거산의 등 뒤에서 검은 경장의 건장한 중년인이 한 걸음 성큼 걸어나오며 장소룡을 향해 손을 뻗었다.

장소룡은 뭔가 검은빛이 번쩍이는가 싶더니 팔이 마비되고 몸이 꺾이자 더 이상 서 있을 수가 없었다. 정신을 차리고 보니 어느덧 자신의 팔은 뒤로 비틀려 있고 두 무릎은 땅에 닿아 있었다. 검은 수염의 사내가 내력을 가했는지 장소룡의 내부는 심하게 들끓고 있었다.

장염은 금거산 일행이 나타날 때 그들의 검은 옷깃 끝에 새겨진 비월이라는 글을 보고 어느 정도 긴장을 풀고 있었다.

일전에 영화가 말하기를, 무림삼장(武林三莊)은 정도를 걷는 사람들로 행사가 공명정대하다고 했기 때문이다. 그런데 그들이 이렇듯 마구잡이로 사람을 핍박할 줄이야!

'무림이라는 곳은 정말 인의(仁義)와는 거리가 먼 곳이구나.'

장염은 비월장의 행사에 크게 실망을 했지만 이제는 조용히 넘어갔으면 하고 바랄 뿐이었다. 정도를 걷는 사람들이니 무고한 사람들에게 더 이상의 살수는 쓰지 않으리라 믿으며 장염이 눈길을 돌렸을 때였다.

이무심이 크게 한 소리 치며 검을 뽑아 들었다. 시체를 보고 잔뜩 긴장한 상태에서 갑자기 나타나 핍박하는 이들에게 심리적인 두려움을 느꼈기 때문이다.

비검(飛劍)이라는 별호답게 이무심은 검을 뽑으면서 장소룡을 구하기 위해 암암리에 소검 두 자루를 날렸다.

그러나 그가 날린 소검은 어느새 검은 수염의 소매 속으로 빨려 들어가 버렸고, 검을 잡은 이무심의 오른쪽 손목으로 흰빛이 번쩍 스치고 지나갔다.

이 모든 일들이 찰나지간에 벌어졌다.

"악! 아버지!"

이무심의 아들 무쌍이 비명을 질렀다.

"크윽!"

이무심은 숨을 멈추고 자신의 오른손이 아주 천천히 땅으로 내려앉는 것을 보았다.

장소룡도 땀을 흘리며 괴로워하다가 '툭' 하고 땅에 떨어진 이무심의 손을 멍한 표정으로 바라보았다.

이무심의 손목이 땅으로 떨어지자 이무심과 장소룡의 제자들은 공포에 몸을 부르르 떨었다. 장염도 갑자기 벌어진 일에 입을 다물지 못했다.

비월장 일행은 빠른 속도로 장소룡 일행을 둘러쌌다.

장염은 멍한 눈으로 이무심의 잘린 손목을 바라보았다. 손목에서는 피가 분수처럼 솟구치고 있었다.

이무심의 아들 무쌍도 놀라 말을 잊고 부들부들 떨고 있을 뿐이었다.

"쯧쯧……."

그제야 금거산은 이들이 삼류에도 들지 못하는 강호인임을 알아보았다. 그는 머리를 저으며 이무심에게 다가가 지혈을 시작했다.

금거산이 지혈을 마칠 때까지 이무심은 공포와 고통 속에서 조금도 움직이지 않았다.

"금철심(金鐵心)아, 너는 언제나 그 급한 성질을 버릴 셈이냐? 이들의 무공이 누구를 해칠 정도는 아닌 듯한데… 쯧쯧, 애꿎은 피만 보지 않았느냐?"

금거산이 그의 조카 금철심을 향해 한마디를 던졌다. 그제야 비월장의 사람들도 포위를 풀고 금거산의 뒤로 돌아갔다.

금거산은 몸을 돌려 무릎을 꿇고 있는 장소룡을 일으켜 세웠다. 그 짧은 순간 조카 금철심은 이 사내의 혈도를 제압하고 다른 사내의 손목을 자른 것이다. 금거산이 대충 장소룡 일행이 행색을 보니 사천의 무림 대회를 구경하러 고향을 떠나온 사람들이 분명했다.

장소룡은 혈도가 풀리자마자 이무심에게로 다가갔다. 이무심의 눈 깊숙한 곳에는 공포와 절망이 가득 차 있었다.

금철심은 그런 이무심을 힐끗 쳐다보더니 아무 말도 하지 않고 금거산의 옆으로 가서 섰다.

잠시 동안 두 무리의 사람들이 어색하게 마주 보았다.

금거산은 금철심에게 무어라고 말을 하려다가 그만두었다. 교만하고 성질 급한 것이 어디 한두 마디 말로 고쳐질 수 있는 문제이던가? 짧은 순간 금거산은 어쩌면 자신도 젊은 시절에는 혈기 왕성한 조카와 같았을지도 모른다고 생각했다.

금거산이 터득한 바에 의하면 인생은 강한 자가 더 대접받고 약한 자는 조금 손해보는 것이 순리였다. 어쨌든 저들도 자신에게 무례를 범한 것은 사실이니 조카를 크게 탓할 일도 아니었다. 금철심은 이번의 작은 일을 교훈 삼아 나름대로 배움이 있었을 것이다.

마음을 대충 정리한 금거산은 장소룡 일행을 향해 짧게 말했다.

"나는 비월장의 금거산이오, 훗날 찾아온다면 보상하겠소."

금거산은 그렇게 말하면서도 이들과 다시 만날 일이 없을 거라고 생각하고 있었다. 감히 어느 누가 비월장까지 원한을 갚으러 찾아올 수 있다는 말인가? 금거산이 주변을 오만하게 쓸어보고 조용히 몸을 돌려 자리에서 벗어났다.


금거산 일행이 완전히 사라지자 장가촌 일행은 길에서 벗어나는지도 모르고 아무 데로나 걷기 시작했다.

"이 형, 팔은 좀 어떠시오?"

장소룡이 이무심의 곁으로 다가오며 물었다.

"견딜 만하오, 장 형."

모진 일을 겪은 탓인지 두 사람은 더 친밀감을 느꼈다. 장가촌에서는 서로 거들먹거리며 대협이라고 불렀지만 강호에 나오니 그간의 모든 일들이 덧없이 여겨졌다. 그나마 서로의 처지가 비슷하니 그런대로 두 사람은 서로에게 의지가 되었다.

"장 형, 나는 지난 한 달 간의 강호행을 통해 배운 게 많다오."

"……."

이무심이 침울한 표정으로 뒤따르는 아들 무쌍을 힐끔 바라보고 계속 말했다.

"우리는 어쩌면 강호에 맞지 않는 사람인지도 모르오. 장 형은 아니라고 생각하겠지만… 적어도 나는 그렇소. 강호는 우리 장가촌과 달리 인정도, 의리도, 법도 없는 곳 같소. 장가촌에서야 그럭저럭 살 수 있겠지만 강호는 정말 나에게는 어울리지 않는 곳이오. 나는 무림 대회를 끝으로 다시는 강호에 나오지 않겠소."

"이 형……."

자신이라고 더 무슨 말을 할 수 있겠는가. 장소룡은 이무심의 심정을 누구보다 더 잘 이해할 수 있었다. 원무도장과 천무도장이 장가촌 일대에서는 최고의 무가였지만 강호에 나와 보니 시정 잡배들과의 싸움에서나 유용할 수준이었다. 장소룡도 말은 하지 않았지만 아들과 제자들을 볼 면목이 없었다.

강호행은 그들뿐 아니라 장소와 이삼인에게도 큰 깨달음을 주었다. 그들은 이제 사부와 자신들의 무공이 형편없다는 것을 알게 되었다.

그렇다고 사부를 떠날 수는 없었다. 의리도 의리지만 천하에 누가 자기들같이 별 볼일 없는 사람들을 제자로 받아주겠는가?

사람 일은 모르니 어쩌면 그들은 운 좋게 표사가 될 수 있을지도 몰랐다. 설령 표사가 되지 못한다 해도 장가촌 주변의 이씨, 표씨, 초씨 마을에는 도장이 없으니 아직 기회가 있었다.

그것은 어쩌면 장소룡과 이무심의 제자들이 공통으로 가지고 있는 생각인지도 몰랐다.

사람들의 발걸음이 느려지는가 싶더니 어느 한순간 완전히 멈춰 버리고 말았다. 길이 끝난 것도 아니고 누가 서라고 해서도 아니다. 그냥 목적도 없고 맥도 없이 터덜터덜 걷던 발걸음이었으니 자연히 그렇게 된 것이었다.

일행이 멈춰 서자 장소룡이 몸을 돌려 한마디 던졌다.

"그래, 모두 잠시 쉬도록 하자. 이 사부의 몸도 불편하시니 말썽 일으킬 일은 아예 하지도 말고."

장소룡이 너는 특별히 더 주의하라는 듯 장소를 쳐다보았다.

"예……."

제자들이 풀 죽은 소리로 대답하고 나무 그늘로 찾아들었다. 장염도 장소와 이삼인과 함께 근처의 커다란 나무 밑으로 들어갔다. 입이 아파도 말을 아끼지 않는 장소가 입을 열었다.

"휴우, 강호란 정말 넓고 위험한 곳이구나. 삼인아, 우리가 정말 강호에서 출세할 수 있을까?"

"글쎄, 조상님이 돌봐주신다면……."

장염은 그들이 하는 얘기를 들으며 땅바닥에 누웠다.

청명한 하늘에는 양떼구름이 천천히 흘러가고 있었다. 바람이 불자 구름은 만나서 뭉치는가 싶더니 다시 흩어졌다.

사람들은 왜 서로를 용납하지 못하는 것일까? 장염은 이무심과 장소룡 일행에게 무공을 가르쳐 자신의 권리를 지키게 하고 싶었다.

그러나 좀 더 깊이 생각하면 자신의 무공을 전수받은 이들도 강호의 생리상 언젠가 타인을 억압하게 될지 모른다.

장염은 왜 스승이 넉이십 세가 될 때까지 제자를 정하지 못하셨는지 조금은 이해할 수 있었다.

무공을 익히는 것은 자신을 보호하고 타인을 도와주기 위해서인데, 그가 지금까지 본 무림인은 모두 남을 업신여기고 생명을 하찮케 여겼다.

마도인뿐만 아니라 정도를 걷는 사람들조차 그 부분에 있어서는 마찬가지였다.

한참을 고민하던 장염은 결국 자기의 무공을 조금만 이들에게 전수해 주기로 마음먹었다. 이대로 일행을 방치해 두기에는 장가촌 사람들이 당한 수치와 모멸이 너무 컸다.

비단 체면 때문만은 아니었다. 장가촌 사람들이 강호를 떠돌아다니다가 죽임을 당해 고향으로 돌아가지 못할 수도 있는 것이다.

이들이 무공을 익혀 올바른 길을 가준다면 좋겠지만 그러지 못할 수도 있다. 그러나 모든 것은 결국 하늘이 정한 이치대로 되어질 것이다. 그리고 사람들은 각자 자기가 행한 대로 그 보응을 받을 것이다. 하늘이 그렇게 하지 않는다면 자신이라도 반드시 바른 도리를 지키게 하겠다고 거듭 맹세한 후에야 장염은 자리에서 일어났다.

장염은 이무심과 장소룡이 앉아 있는 곳으로 다가갔다.

장염이 다가가자 이무심이 의아한 눈빛으로 그를 바라보았다. 더 이상 자신들에게 무슨 볼일이 있는 것이냐는 듯한 얼굴이었다.

"두 분께 드릴 말씀이 있습니다."

그리고 장염은 간략하게 자기가 무당파의 어느 기인에게 약간의 재간을 사사받았었노라고 말했다. 그리고 몸이 허약해 자신은 익힐 수가 없어 무용지물(無用之物)이니 두 분이 제자들과 함께 이 재간을 익혀보시는 것이 어떻겠는가, 라는 말을 끝으로 입을 꾹 다물었다.

"……"

"……"

이무심과 장소룡은 처음에는 이게 웬 헛수작이냐는 듯한 얼굴이었지만 무당파라는 말에 귀가 솔깃해졌다. 그리고 어떤 떠돌이 약장사의 차력 같은 잡기술이 아니라 무당파의 노기인이 전수해 준 재간이라는 말에 거부할 수 없는 강한 유혹을 느꼈다.

잠시 후 그들은 장염은 믿을 수 없지만 무당파는 믿을 수 있다고 결론 내리고 흔쾌히 고개를 끄덕였다. 그러면서도 속으로는 변변치 않은 헛수작으로 어른을 놀린 것이라면 용서하지 않겠다고 다짐했다.

장염은 두 사람을 따로 데리고 가서 무극일원심법의 삼백육십오 개 법문 중 전반 백이십 글자의 법문을 알려주었다.

무극일원심법은 원래 내공요결인 전반부 백이십 자와 치상요결인 중반부 백이십 자, 그리고 선천지공을 위한 후반부 백이십오 자의 법문으로 되어 있었다. 장염은 그중 내공요결을 모두 가르쳐 준 것이다.

그리고 자신이 그간 무당파의 태극검과 양의검을 수련하다가 결합시킨 태극양의검법과 마교의 천마파천권을 가르쳐 주었다. 아무래도 무당파의 무공은 가르치기가 부담스러웠기 때문이다.

"이것은 태극양의검의 제일초인 천뢰무망(天雷无妄)이라는 초식입니다. 이초식은 한 가닥 파사(破邪)의 기운을 담은 검기로 상대를 제압하는 초식입니다."

장염이 천천히 초식의 구결과 동작을 설명해 주었다. 두 사람은 몇 번을 다시 물어서야 외울 수 있었다.

"제이초는 천산둔형(天山遯形)이라는 초식으로 상대의 기운에 맞서지 않고 몸을 검기의 그늘에 가리는 수법이므로 호신을 위한 검공이라고 말할 수 있습니다."

이초식에 이르러서도 두 사람은 장염에게 묻고 또 묻기를 반복한 뒤 어느 정도 외울 수 있었다.

그러나 제삼초식인 뇌천대장(雷天大壯)이나 사초식인 뇌화풍비(雷火豊飛)에 이르러서는 장염이 아무리 설명을 해주어도 두 사람이 잘 이해하지 못했다.

"두 분이 우선은 구결과 동작을 외워두셨다가 수련을 하시면서

의문 나는 것을 물어주시기 바랍니다."

장염은 자신이 창안한 태극양의검법을 가르쳐 준 후에 다시 스
승에게 전수받은 천마파천권의 상(傷:으스러뜨리고), 벽(闢:벼락치
듯 때리고), 고(鼓:두드리고), 집(輯:다시 모은 후), 멸(滅:없애고)
파(破:깨뜨리는)의 권결을 전수해 주었다.

시간이 지날수록 이무심과 장소룡은 놀란 입을 다물지 못했다.
태극양의검법과 천마파천권의 그 극과 극인 상승 무학에 대한 감
탄과 그동안 미처 알지 못했던 장염이라는 사람에 대한 경외감
때문이었다.

그들은 장염의 가르침이 너무 자세하고 완벽해서 장염 앞에 서
있을 때 무학의 일대 종사를 대하는 듯한 느낌이 들었다.

장염은 그들이 놀라거나 말거나 내력이 없는 비실비실한 몸으
로 무공을 일일이 시연해 보이고, 그들이 어느 정도 이해했다고
생각하자 가르침을 끝냈다.

장염이 비 오듯 흐르는 땀을 닦으며 말했다.

"휴우~ 이제 두 분이 수련하시면서 제자들에게 전수해 주시면
훗날 큰 어려움은 없을 것입니다."

이무심과 장소룡은 경탄과 감동으로 장염을 바라볼 뿐이었다.
그들도 비록 변변치 않은 실력이지만 어려서부터 무가에서 자라
나 지금 장염이 가르쳐 준 내용이 얼마나 극상승의 무공인지 알
수 있었다. 이런 무공은 배우기도 어렵지만 누군가에게 전수해 주
기는 더욱 어려운 것이었다.

그런데 지금 자신들이 하찮케 여기던 장염에게서 그것을 배운
것이다.

"장 소협, 감사하오……"

  이무심이 얼굴에 경련을 일으키며 장염에게 인사를 했다. 아까 손목이 잘린 것이 이런 큰 복을 불러들이기 위한 것이었나 하는 생각조차 들었다.

  장소룡도 포권한 두 손을 부들부들 떨며 장염에게 인사를 했다.

  "장 소협! 이 은혜 잊지 않겠소. 훗날 나더러 죽으라고 한다면 언제든 죽어드리겠소."

  "괜찮습니다. 두 분은 시간 나는 대로 익히시다가 막히면 언제든 제게 말씀해 주십시오."

  장염은 고맙다고 계속해서 허리를 숙이는 두 명의 장가촌 사부에게 마주 인사하고 슬며시 자리를 떠났다.

  장염이 자리를 비켜주자 이무심과 장소룡은 머리를 맞대고 그들이 외운 법문과 구결, 그리고 동작 하나하나를 서로 확인하며 익히기 시작했다.

  그 시간 이후로 장가촌 일행은 걸음을 멈추고 정신없이 무공을 수련했다.

  이무심과 장소룡은 처음에는 각자 자기 제자들에게만 가르쳤는데 나중에는 자연스럽게 함께 모여 익히기 시작했다. 자신들의 법문과 무공 구결, 그리고 동작이 맞는지 서로 간에 확인하기 위함이었다.

  그리고 어느 정도 법문을 외우고 구결과 동작을 잊지 않게 되자 장가촌 일행은 다시 사천으로 발걸음을 재촉했다. 어쨌든 고향을 떠난 이유는 무림맹의 행사를 구경하기 위한 것이었기 때문이다.


  짧은 기간 동안 동안 장가촌의 두 사부는 크게 변화된 모습을 보여주었다. 두 사람이 서로 간에 호형호제(呼兄呼弟)하기 시작한 것이다.

장소룡은 나이가 세 살 많은 이무심을 형님이라고 부르며 깍듯이 모셨다. 그리고 이무심과 장소룡은 장염에게 존대를 하며 극히 어려워하는 자세를 취하기 시작했다.

그러나 장염이 무공을 전수했다는 것을 알게 된 청년들은 조금 달랐다. 물론 그들도 처음에는 장염을 어려워했지만, 곧 젊은 혈기와 치기로 격의없이 지낼 수 있게 되었던 것이다.

장염도 오히려 그게 편해서 이무심과 장소룡에게도 말씀을 놓으라고 간곡히 부탁했지만 두 사람은 막무가내였다. 청년들은 느끼지 못했지만 두 사람은 장염의 일신기도가 자신들과 다르다는 것을 알아차렸기 때문이다.

두 사람은 장염을 대할 때면 늘 무학(武學)의 종사(宗師)를 대하는 듯한 자세를 취했고, 언제부터인지 호칭도 아예 장 사부라고 부르기 시작했다.

두 사람이 이토록 장염을 높이 인정하는 것은 어쩌면 무가에서 자란 그들의 환경 탓인지도 몰랐다. 그들은 몇 번 장가촌 젊은이들을 불러 장 사부에게 예의를 다하라고 타일렀지만, 사실 그것은 소귀에 경 읽기였다. 다른 젊은이들이야 장염에게 직접 배운 적도 없고, 어려서부터 한 마을에서 자라며 지내온 정리(情理) 때문에 갑자기 사부로서 예의를 표해야 한다는 것이 어색했던 것이다.

장가촌 사람들의 무공은 그때부터 일취월장(日就月將)으로 향상되기 시작했다. 그것은 가르치는 자나 배우는 자들이 모두 낮은 자세로 임했기 때문이다. 게다가 삼사 일에 한 번씩 들리는 심야(深夜)의 비명 소리는 부동심(不動心)과 극기(克己)의 훈련에 매우 도움이 되었다.

*     *     *

그럭저럭 장가촌 일행이 사천성의 성도(成都)에 들어선 것은 천하 무림 대회를 하루 앞둔 날이었다.

그들은 성도에 진입했을 때 우선 많은 수의 사람에 놀랐다. 어디서 이 많은 사람들이 생겨났을까 싶을 정도로 길에는 사람들로 넘쳐 났다.

사천성은 중국 남서부 양자강(陽子江) 상류에 있는 성으로 한족(漢族)과 이족(彝族), 장족(藏族), 묘족(苗族), 회족(回族), 강족(羌族) 등 여러 종족이 살고 있었고 성도도 번화했다. 더구나 시기적으로 천하 무림 대회를 앞두고 있는 터라 도시는 무림인과 장사치들로 바글바글거려서 장가촌 일행의 눈에는 인간 시장(人間市場)으로 보였다.

식사라도 하려고 길을 걷는 장가촌 일행은 거의 다섯 발자국에 한 번 꼴로 사람들과 부딪쳤다. 그때마다 부딪친 사람들은 인상을 찌푸리며 그들을 아래위로 째려보았다. 주위를 기웃거리는 장가촌 일행의 행색이 영락없는 촌거지의 모습이었기 때문이다.

그간 얻어맞아 찢긴 옷들과 무공을 익힌답시고 숲에 틀어박혀 보낸 보름 간의 노숙 생활로 장가촌 일행의 몰골은 말이 아니었다. 마치 타지역의 거지가 사천성으로 단체 유람 온 것으로 보였던 것이다.

그래서 그런지 가끔씩 마주치는 거지들도 경계의 눈초리로 장가촌 일행을 주시했다.

그들의 게슴츠레한 눈초리에 자존심이 상한 장소룡이 들으라는 듯 큰 소리로 말했다.

"형님, 어디 객점에 가서 짐을 풀고, 옷이라도 좀 갈아입읍시다."

"그래야겠네, 잘 좀 둘러보라구."

두 사람이 우리는 거지가 아니라 여행자라는 것을 광고한 직후 장소룡은 지나가던 한 사내와 심하게 어깨를 부딪쳤다. 두 눈이 위로 쭉 찢어져 흉악하게 생긴 사람은 눈알을 부라리면서 장소룡을 쳐다보았다. 기가 질린 이무심은 눈길을 멀리 던졌고, 장소룡도 그를 못 본 척 외면했다.

오가는 사람들이 워낙 많았기에 잠시 어색하던 순간도 금방 지나가고 말았다. 숨 몇 번 쉴 동안 사람의 물결에 휩쓸린 장가촌 일행이 번화한 중심지로 접어들었기 때문이다.

그곳에서 장가촌 일행은 마침내 '사천제일루(四川第一樓)'라는 금색 바탕의 붉은 간판을 발견하게 되었다.

"형님, 저리로 가십시다."

이무심이 장소룡을 바라보니 장소룡이 거대한 객점을 가리키고 있었다.

"그러세."

장소룡은 이무심이 사람들 사이를 비집고 자기에게 다가오자 장소가 주워다가 바친 품 안의 검은 가죽 주머니를 믿고 성큼성큼 발걸음을 옮겼다. 장가촌 젊은이들이 환호성을 지르며 두 사람의 뒤를 따라갔다.


사천제일루는 삼 층짜리 거대한 객점이었다. 일 층에는 약 이백

석 규모의 음식점이 자리하고 있었고, 이 층으로 올라가는 나무 계단은 나선형으로 휘어져 위로는 뭐가 있는지 보이지도 않았다. 게다가 옆으로 열린 문을 통해 들여다보이는 안채의 객실은 객점보다 더 커보였다. 가히 사천제일루라는 이름에 부끄럽지 않은 크기였다.

"어섭셔!"

너무 단정해서 무림의 귀공자가 아닌가 싶을 정도로 깔끔한 점소이가 일행을 반갑게 맞이했다. 그간 길거리에서의 눈길에 비하면 이해할 수 없을 정도의 친절함이었다.

넉살 좋은 장소조차도 깜짝 놀랐는지 움찔거리며 오히려 한 걸음 뒤로 물러섰다. 그 모습을 본 점소이가 샐샐거리며 다시 한 번 우렁차게 소리쳤다.

"어섭셔! 손님!"

점소이의 눈에 자신들이 개방이나 그 비슷한 방파의 무리들로 보였는지도 모른다고 결론 내린 장소룡은 껄껄 웃으며 커다란 식탁으로 걸어갔다.

"장 사부, 이리 앉으십시오."

이무심과 장소룡이 의자를 빼주고 장염이 자리에 앉기를 기다렸다. 장염은 거북했으나 주위의 눈길을 끌기 싫어 재빨리 의자에 몸을 실었다.

장염이 자리에 앉자 이무심과 장소룡이 앉았고, 의자를 끌어다가 나머지 청년들도 자리를 잡았다.

"무엇으로 드릴까요, 손님?"

어느 틈에 점소이가 단정하게 서 있었다.

역시 도시의 점소이는 기도가 다르다고 고개를 끄덕이던 장소룡이 말했다.

"뭐, 뭐, 되나?"

잘생긴 점소이의 얼굴이 잠시 밋밋해지는 듯싶더니 짤막하게 대답했다.

"네, 약 백오십 종류의 요리가 준비되어 있습니다. 다 불러드릴까요, 손님?"

"허……."

오던 길에 들른 천하객점의 십삼 종 음식을 염두에 두고 던진 질문이었는데, 장소룡은 그만 기가 질리고 말았다.

"여기서 잘하는 요리 몇 가지를 우리 인원 수에 맞춰 넉넉하게 내오게."

점소이의 얼굴에 다시 샐샐거리는 웃음이 번지는 듯싶더니 몇 가지 이름을 늘어놓았다.

"생폭염전육(生爆鹽煎肉), 어향소활육(魚香小滑肉), 웅장단소봉포(熊掌蛋所鳳脯), 용안산호록육(龍眼珊瑚鹿肉), 궁보계정(宮保鷄丁)과 어향육사(魚香肉絲), 백과소계(白果燒鷄), 그리고 소룡분증우육(小籠粉蒸牛肉) 말씀이십니까, 손님?"

점소이의 심한 사천 사투리를 잘 알아듣지도 못하는 장소룡은 무조건 그래그래 하며 고개를 끄덕였다.

"주문하신 요리와 함께 간식과 별식으로 청탕초수(淸湯抄手)와 빙탕홍초원(氷糖紅茗圓), 그리고 동채포자(冬菜包子)를 가져다 드리겠습니다, 손님."

점소이는 한참을 서서 중얼거리며 끄적거리더니 주방 쪽으로 걸어가 뭔가를 넘겨주었다.

얼마 뒤 쏟아져 나온 요리는 열한 명의 장가촌 일행이 먹기에 부담스러울 만큼 화려했다. 커다란 탁자 두 개에 가득 차려진 요리들은 매콤하고 향긋한 사천 요리 특유의 냄새로 진동을 했다.

지금까지 장가촌 일행이 먹은 것이라야 기껏해야 소면에 만두, 야채볶음, 간단한 잉어탕 등이었다.

그런데 오늘 사천제일루의 식탁에 차려진 것은 이름도 알 수 없고, 형체도 처음 보는 것들이었는데 공통적으로 기가 막히게 맛이 좋았다.

장가촌 일행은 자기들이 먹고 있는 요리가 곰 발바닥인지, 노루고기인지, 소고기인지, 돼지고기인지, 닭고기인지 알지도 못했지만 지켜보던 점소이가 감동할 정도로 허겁지겁 먹어댔다. 그리고 늦여름에 얼음과자를 먹는 즐거움을 끝으로 짧은 행복은 막을 내렸다.


"은자 열닷 냥입니다."

'어헉! 비싸다.'

장소룡은 잠시 휘청거렸다. 계산대에서는 염소수염의 주인이 사람 좋은 웃음을 연신 흘리며 그를 바라보고 있었다.

장소룡은 강한 모습을 보여주리라 마음먹고 껄껄 웃으며 품 안으로 손을 집어넣었다.

그러나 없었다. 검은 가죽 주머니가 만져지지 않았다. 그동안 익숙해질 대로 익숙해진 검은 가죽 주머니의 감촉이 손끝에서 느껴지지 않았다.

장소룡은 몸을 빙글 돌려 주인의 얼굴을 등으로 가렸다. 그리고 장가촌 일행과 잘생긴 점소이가 보는 앞에서 장포를 벌려 안을 확인해 보았다.

여전히 없었다. 검은 가죽 주머니를 곱게 모셔두었던 앞섶의 비상 주머니는 길게 찢어져 있었다.

'말도 안 돼……!!'

장소룡의 등에서 식은땀이 흐르기 시작했다. 아침까지, 아니, 사천 성도에 진입할 때까지 몇 번이고 확인했던 주머니였다. 은자 오십 냥과 금덩이 두 개가 든 검은 가죽 주머니가 사라진 것이다.

문득 길거리에서 큰 소리로 떠들 때 유난히 심하게 부딪쳐 왔던 한 사람이 생각났다. 그 흉악하게 찢어진 눈이 왜 이제야 떠오른 것일까?

장소룡의 계산이 늦어지자 사천제일루 안에는 묘한 긴장이 감돌기 시작했다. 손님들도 이상함을 느꼈는지 하나둘 장소룡과 장가촌 일행을 향해 눈을 돌렸다.

그들의 눈은 '없어 보이는 주제에 우라지게 비싼 진수성찬을 양념도 안 남기고 다 먹어 치운 짐승 같은 놈들'이라고 말하고 있었다.

장소룡은 이무심에게 앞섶을 보이고 마른침을 꿀꺽 삼켰다. 이무심이라고 무슨 뾰족한 수가 있을 리 없었다.

이미 객점 입구는 건장한 체격의 요식업소 기강 단속원들에 의해 막혀 있었다. 아무래도 장소룡이 돈을 낼 것 같지 않자 염소수염이 재빨리 작은 비상 줄을 잡아당긴 것이다.

염소수염이 다시 장소룡에게 정중히 요청했다.

"손님, 은자 열닷 냥입니다. 계산하셔야죠."

"주인장…… 험, 험!"

장소룡이 헛기침만 해대자 보다 못한 이무심이 나섰다.

"아무래도 장 아우가 돈을 도둑 맞은 듯싶소. 주인장, 며칠 말미를 주면 식대를 계산해 드리도록 하겠소."

이무심의 말이 떨어지기 무섭게 염소수염이 고함을 질렀다.

"이런 짐승들이 있나! 귀한 음식을 처먹었으면 돈을 내야 하는 것 아니냐!"

그의 말이 신호라도 되는 듯 입구를 막았던 건장한 청년들이 달려들어 이무심과 장소룡을 붙들었다. 그리고 눈 깜빡할 사이에 어디선가 십여 명의 사내들이 나타나 나머지 장가촌 젊은이들을 에워쌌다.

"이들을 모두 뒤뜰로 끌고 가라."

염소수염이 냉랭하게 소리쳤다.

"사지가 멀쩡한 놈들이 어디서 공짜 음식을 처먹으려고…… 이 우라질 자식들이!"

염소수염이 장가촌 일행의 뒤에다가 욕설을 퍼부을 때였다.

"아버지, 너무 그들을 욕하지 마세요."

염소수염이 돌아보니 어느 틈에 왔는지 눈에 넣어도 아프지 않을 귀여운 딸 소백(素白)이 입구에 서 있었다.

"소백아, 아비가 가게에는 출입을 하지 말라고 하지 않았더냐."

그녀는 사천제일루의 자랑이자 사천 청소년의 우상인 사천 제일 미녀, 옥돌 민(珉) 자를 쓰는 민소백(珉素白)이었다.


염소수염의 이름은 민주려(珉周廬)로 사천 토박이였다. 민씨는 사천에서 삼 대째 요식업소를 운영했는데, 민주려 부친의 대에 이르러 가업이 팽창하여 사천에서 모르는 사람이 없을 정도로 부자가 되었다.

민주려의 부친은 아들이 요식업계의 일인자가 되기를 바라는 마음으로 두루두루 업소를 살피라고 주려(周廬)라 이름을 지었다.

그런 민주려가 말년에 가서야 딸을 하나 얻었는데, 진짜 옥같이 희고 고운 피부에 얼굴마저 천하 절색이었다. 너무너무 하얗다고 소백이라고 이름을 지었는데, 소백이 사춘기를 넘기면서 사천제일루는 더욱 급성장했다. 그녀의 미색에 청소년과 홀아비 고객이 부쩍 늘었기 때문이다.

사천제일루란 이름도 딸 때문에 얻은 것이었다. 민가(珉家)의 주루는 본래 사천루였는데 딸의 미색이 사천 제일이라고 칭찬하던 어느 오십 대의 총각 학자가 거금을 들여 사천제일루라는 현판을 달아준 것이다.

그 뒤로 염소수염은 딸 하나만큼은 잘 키우고 싶어서 객점에 발을 못 붙이게 했다. 그런데 오늘 무슨 바람이 불었는지 소백이 사천제일루에 들른 것이다.


"아버지, 그들의 행색을 보니 도적을 만난 사람들 같던데 잘 대해주세요."

"도적을 만난 놈들이면 더 더욱 비싼 음식을 처먹지 말았어야지!"

차마 사랑스런 딸에게 큰 소리는 치지 못하고 부들부들 떨던 염소수염이 뒤뜰로 걸음을 옮겼다.

소백도 조용히 아버지의 뒤를 따라 걸어갔다. 아무래도 자기가 곁에 있어야 아버지가 그들을 잘 대해줄 것 같았기 때문이다. 초면의 사람들에게 어쩌다가 이렇게 큰 동정심이 생겼는지 알다가도 모를 일이었지만, 어쨌든 소백은 감정이 이끄는 대로 걸음을 옮길 뿐이었다.

*       *       *

"이놈들아! 네놈들의 음식 값이 은자 열닷 냥에다가 여기 이 장정들을 불러모으느라 다시 열 냥을 썼으니, 이 거금을 어떻게 다 갚을 생각들이냐?"

염소수염이 말을 마치자 장소룡이 기다렸다는 듯이 말했다.

"주인 어른, 우리는 모두 무술을 익힌 건장한 사람들인데 어디 가서 일하면 은자 삼십 냥인들 못 벌겠소? 얼마간 말미를 주면 죄다 갚으리다."

염소수염이 그 말을 듣고 보니 과연 체격이 좋고 건강한게 돈을 벌게도 생겼다. 그러나 한편으로 이들을 어떻게 믿고 그냥 돌려보낸단 말인가? 그리고 어디 은자 스물닷 냥이 적은 돈이던가? 한 사람이 한 달 일해야 은자 한 냥 겨우 모을 터인데, 열한 명이 먹고 자면서 은자 스물닷 냥을 모으려면 적어도 한 달 이상은 걸릴 것 같았다.

"정히 그렇다면, 한 달 간 말미를 주겠다. 그때까지 은자 스물닷 냥을 가져오도록 해라. 단, 그때까지 한 사람은 내 곁에 남아서 이자만큼의 일을 거들어줘야 할 것이다."

말이 이자만큼의 일이지 사실상 볼모로 잡혀 있어야 한다는 말이었다. 그나마 딸 소소의 앞이라 염소수염이 더 지독하게 굴지 못했지, 소소만 아니었으면 이자에 영업 방해 등의 명목으로 은자 오십 냥 이상을 요구했을 것이다.

장가촌 사람들은 염소수염의 말을 듣고 고민하기 시작했다. 누구를 남겨두어야 할 것인가?

"제가 남아서 여기 일을 거들겠습니다."

장가촌 사람들의 눈이 뜨악하니 떠졌다. 말한 사람이 바로 장염이었기 때문이다.

"저는 어차피 몸이 약해 밖에 나가면 한 사람만큼의 일을 감당하지 못하니 은자를 제대로 벌지 못하고 축내기만 할 것입니다. 그러나 여기서는 축낼 은자도 없고 단지 함께 있어주며 일을 거들기만 하면 되니, 제게는 여기가 오히려 낫습니다."

장가촌 일행이 장염의 말을 곰곰이 생각해 보니 일리가 있는 것 같았다. 장가촌 사람들이 망설이자 염소수염은 대뜸 장염의 팔을 붙들고 건장한 사내들을 향해 소리쳤다.

"이 녀석이 남아서 일을 거들기로 했으니, 모두 내보내라! 그리고 은자 스물닷 냥을 가져오기 전까지는 사천제일루 근처에 얼씬거리지도 못하게 해라!"

미처 장가촌 사람들이 작별 인사를 나누기도 전에 장정들은 장가촌 사람들을 모두 밖으로 끌어냈다. 삽시간에 안뜰은 텅 비게 되었다.

염소수염은 그제야 장염을 찬찬히 뜯어보았다.

'이런 빌어먹을! 잘못 잡았군.'

염소수염의 뇌리에 처음으로 스친 생각이었다. 사람이 많을 때는 눈에 잘 안 띄었는데 이제 자세히 보니 영락없는 부실 덩어리였다.

삐쩍 마른 얼굴은 하얀 건지 누런 건지 모르게 떴고, 몸통은 뼈에다가 가죽 부대를 씌워놓은 것 같았다. 두 눈동자만 가끔씩, 정말 아주 가끔씩 생기있게 반짝일 뿐 대체적으로 송장이라고 해도 믿을 지경이었다.

하지만 이미 엎질러진 물이었다. 이 젊은 놈을 놓치면 생돈이 날아갈 판이다.

"그래, 자네가 할 줄 아는 일이 뭔가?"

"목수의 일을 약간 할 줄 압니다."

'미친놈, 그 몸에 목수라니……'

욕설이 목구멍까지 밀려왔지만 염소수염은 다른 말을 했다.

"여기서는 목수 일이 없으니 객점에서 주방 보조로 일을 하게. 열심히 하지 않으면 밥을 주지 않을 테니 밥값은 해야 할 걸세. 따라오게."

염소수염이 휭하니 몸을 돌렸다.

장염은 염소수염 뒤에서 자기를 쳐다보고 있는 절색의 소녀를 보자 저도 모르게 고개가 숙여졌다. 장염이 염소수염을 따라 걸음을 옮겼다.


염소수염은 장염을 객점의 주방으로 데리고 갔다.

주방은 객점의 규모답게 크고 넓었다. 사방에서 지글거리는 소리와 함께 매콤 달콤한 양념 냄새가 진동을 했다. 주방에는 대여섯 명의 사내들이 흰 옷을 걸치고 분주히 움직이고 있었다.

"이 숙수(李熟手), 보시게나!"

염소수염이 소리치자 제일 깊숙한 곳에서 심각한 얼굴로 돼지 고기 바라보던 초로(初老)의 노인이 걸어왔다.

그는 오자마자 대뜸 장염의 손을 붙들고 손끝을 유심히 살폈다.

"이 사람을 데리고 당분간 지내주시게."

염소수염은 말을 마치자마자 주방의 문을 쾅! 닫으며 나가 버렸다. 장염은 그것이 무언의 협박으로 보였다. 마치 '널 이곳에 가

둔다'고 말하는 것 같았기 때문이다.

염소수염이 나가자마자 이 숙수라는 사람은 장염에게 일장 연설을 늘어놓았다.

"본좌의 대명(大名)은 이대추(李待秋)이시다. 본좌는 사천제일루의 으뜸 숙수이시며, 본좌는……."

그는 끊임없이 '본좌는, 본좌는'이라고 말했다. 그날 밤 장염이 자리에 누웠을 때도 귀에 '본좌는'이란 말이 윙~ 하고 울릴 정도로 그는 모든 말머리에 '본좌는'이라고 했다.

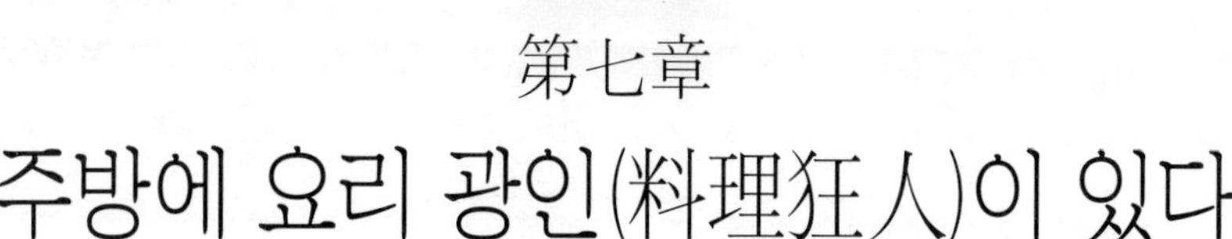

第七章

# 주방에 요리 광인(料理狂人)이 있다

　한편 이무심 일행은 죄책감과 부끄러움으로 사천성 일대를 돌아다녔다. 우선 눈이 위로 쭉 찢어진 그 흉악한 화상을 잡아야 직성이 풀릴 것이라고 장소룡이 주장했기 때문이다.

　그러나 하루 종일 돌아다녔어도 찾지 못했다.

　나중에 다들 지쳐서 쉬고 있을 때 장소가 돈부터 벌어야 하지 않겠냐고 말했다.

　"그래, 벌어야지… 한데 무엇으로 돈을 번단 말이냐?"

　장소룡이 한숨을 내쉬며 무리들을 둘러보았다. 장소룡의 단순한 머리로도 이 무리들로는 돈벌 재간이 없다는 결론이 쉽게 났기 때문이다.

　"사부님, 저기를 보십시오. 돈입니다, 돈."

　장소가 가리키는 곳에 풍상에 시달려 너덜거리는 벽보가 하나 붙어 있었다.

【표사 및 잡부 대모집】

기간 : 상시 모집

자격 : 신원 확실하고 신체 건강한 자

신용 제일 용마표국


이무심과 장소룡의 눈이 크게 떠졌다. 이제 하나의 실낱같은 희망이 보인 것이다. 일행이 흩어지지 않고 돈을 벌 수 있는 최적의 장소였다.

"형님, 한번 가봅시다."

"그래, 일단 가서 우리가 무얼 할 수 있는지 알아보세."

말은 그렇게 했지만 그들은 이 기회에 표사의 일을 해볼 작정이었다.

이무심과 장소룡의 말에 장가촌 청년들은 기뻐 날뛰었다. 어쩌면 꿈에도 그리던 표사가 될지도 모르는 것이다.

장가촌 사람들은 지나가는 사람들을 잡고 물어물어 용마표국으로 향했다. 용마표국은 중원의 삼대표국 중 하나로 이름을 드날리고 있어서 아주 쉽게 찾을 수 있었다.


일행은 표국을 찾으러 나선 지 이각 만에 거대한 대문 앞에 도달하게 되었다. 현판에는 용사비등한 필체로 '신용 제일 용마표국'이라고 적혀 있었다.

장소룡이 눈짓을 하자 장소가 문을 두드렸다.

탕! 탕! 탕!

문은 두드리자마자 소리도 없이 열렸다. 그리고 상의와 하의를 온통 검은색으로 입은 사십 대의 남자가 불쑥 나타났다.

"어떻게 오셨습니까?"

사내의 낮게 깔리는 음성에는 무시 못할 힘이 담겨 있었다.

문지기가 이 정도 수준이라니! 이무심과 장소룡은 내심 긴장하지 않을 수 없었다.

두 사부의 기가 죽은 얼굴을 보고는 눈치 빠른 장소가 재빨리 대답했다.

"우리는 모두 구인 광고를 보고 왔습니다."

장소룡은 '그 녀석 참 재치가 있군' 하며 만족한 미소를 지었다. 자신의 입으로 표사든 잡일이든 먼저 꺼내지 않았으니 낯 부끄러울 일은 일단 면한 셈이었다.

"따라오시오."

사내는 일행을 마당 한가운데로 안내했다. 그리고 마당 한가운데 어른 두 사람이 손을 맞잡고 둘러야 간신히 감싸 안을 만큼 거대한 검은 통나무를 가리키며 말했다.

"이 흑철목(黑鐵木)을 들어 올려 일곱 발자국을 걸으면 표사고, 그렇지 않으면 잡부요. 물론 신원이 확실하다는 전제 하에 말이오."

사내는 흑철목이라고 했다. 그런데 장가촌 사람들은 그런 나무가 있다는 소리를 들은 적이 없었다. 그냥 나무도 들기 힘든데 이상야릇한 이름의 흑철목이라니.

사실 이 흑철목이란 보통의 나무를 특수하게 조제한, 기름에 오랜 기간 절이고 말리기를 반복한 것이었다. 원래는 이름이 없었는데 용마표국에서 흑철목이라고 부르기 시작하자 다들 그냥 그렇게 부르고 있었다.

흑철목은 이십 년 전 교하국의 사람들 중 외문기공의 고수가 근력 단련을 위해 어깨에 메고 다니던 것이었다.

그는 무림맹에 의해 중원에서 쫓겨날 때 이것을 양자강에 던져 강바닥에 가라앉혔는데, 훗날 용마표국이 건져 내 오늘에 이르게 된 것이었다.

용마표국이 흑철목을 마당에 가져다 놓은 것은 그것의 무게가 상당하기 때문에 표사를 가름하는 기준으로 삼기 위해서였다. 흑철목은 나무 둘레가 일장에 높이가 이 장이나 되었다.

"내가 한번 해보리다."

까짓 나무인데 무게가 얼마나 되랴 싶어서 장소룡이 먼저 나섰다. 바위라면 모를까, 나무라면 가능하지 싶은 마음이 들었다.

"끙! 끙! 끙……."

장소룡이 강아지 신음 소리를 내며 힘을 썼지만 흑철목은 꼼짝도 하지 않았다. 장소룡은 장염에게 전수받은 무극일원심법의 법문에 따라 진기를 두 손에 모으고 기합을 넣었다.

"으랏차차차차!"

이번에 흑철목은 장소룡의 무릎 높이까지 올라왔지만 그것으로 끝이었다. 장소룡이 익힌 내공은 천하제일이었지만, 겨우 한 달도 안 된 그가 무슨 내력이 쌓였다고 이런 기물(奇物)을 들고 일곱 걸음이나 움직일 수 있단 말인가?

장소룡의 뒤를 이어 그의 아들 무영과 무혼, 그리고 장천, 장소가 힘을 썼지만 흑철목은 아예 요지부동이었다. 한 손뿐인 이무심은 흑철목의 곁에 가지도 않았다.

젊은 혈기로 이무심의 아들 이무쌍과 장이, 장명, 이삼인도 달려들었지만 흑철목에 붙은 매미처럼 버둥거리다가 떨어졌다.

"안됐구려. 모두 잡부로 가야겠소."

"잡부라도 좋습니다. 하루에 얼마나 받게 됩니까?"

이무심의 말에 사내는 멀뚱한 표정으로 이무심을 바라보았다.

"여기는 표국이라 하루씩은 계산하지 않소. 표물을 나르면 도착지에서 계산이 되오."

이무심이 황급히 다시 물었다.

"그럼, 보통 한 번 표행에 얼마나 받게 됩니까?"

지금 그들에게 보수로 받을 은자는 매우 중요한 것이었다.

"표사는 계약 기간을 정해서 받소만, 잡부는 한 번 표행에 은자 다섯 냥을 받소. 아시겠지만 우리는 큰 물건만 맡기 때문에 한 번 표행이 보통 석 달이오."

장가촌 일행이 표행이 석 달이라는 소리를 듣고 아무 말도 하지 않자 사내가 다시 입을 열었다.

"한 달 뼈빠지게 일해야 은자 한 냥 벌 수 있으니 석 달에 다섯 냥이면 좋다고 보오만. 더구나 아무런 기술도 없이 단지 짐을 좀 들고 걷기만 하면 되는 것이니 이보다 수월한 일이 어디 있겠소? 게다가 석 달 동안 먹을 것과 잠자리까지 제공해 주니 달리 돈 쓸 일도 없을 게요."

"혹시 가불(假拂)도 가능하오?"

이무심이 묻자 사내는 어이없다는 듯이 피식 웃으며 말했다.

"댁들이 누군지 알고 국주께서 가불을 해주겠소? 더구나 나는 문지기에 불과할 뿐이오."

이무심은 가불이 되면 사천제일루의 장염을 모시고 와서 함께 길을 떠나려고 했는데, 그것이 힘들 것 같자 몹시 갈등이 되었다.

그러나 별수 없었다. 이왕지사 떨어져 있게 되었는데 한 달이면 어떻고 석 달이면 어떻단 말인가?

이심전심(以心傳心)이었을까, 장소룡이 하나 남은 이무심의 손목을 붙들고 고개를 끄덕이고 있었다.

그 뒤의 일은 의외로 간단했다. 장가촌 일행은 총관을 만나 고향과 그들이 당한 처지를 말했고, 총관은 선선히 고개를 끄덕이며 그들을 잡부로 받아주었던 것이다.

그 뒤 장가촌 일행은 용마표국의 잡부들이 기거하는 허름한 방에 머물며 몇 번이고 사천제일루 주변을 기웃거렸다. 그러나 늘 주방에 갇혀 생활하는 장염을 만나볼 수 없었다.

"내일이면 표행을 떠나니 오늘 저녁에는 무슨 수를 쓰더라도 장 사부에게 소식을 전하고 오너라."

"예, 사부님."

장소룡의 말에 장소와 이삼인이 고개를 숙이며 대답했다.


두 사람은 해가 떨어질 무렵 표국에서 나와 천하제일루의 주변을 어슬렁거렸다.

"어이, 당신들 뭐요?"

"……."

장염에게 소식을 전하기 위해 초저녁부터 천하제일루를 찾아와 서성이던 장소와 이삼인은 젊은 사내 하나가 다가와 캐묻자 우물쭈물거리며 할 말을 찾지 못했다.

"아하, 이제 보니 그때 돈없이 음식을 잔뜩 먹고 사라진 사람들이구먼. 이곳에서 얼쩡거리다가 민 대인에게 들키는 날이면 그때는 크게 경을 칠 거요."

사내의 경고를 듣고 걸음을 옮기던 장소가 몸을 돌려 다시 사내를 바라보았다.

"형제, 한 가지 부탁을 좀 합시다."

"뭐요?"

"우리가 이제 용마표국의 일로 서너 달 있어야 돌아올 텐데, 남아 있는 우리 일행에게 그 말을 좀 전해주시오."

"알겠수, 어서 가시우."

사내가 너무 시원스럽게 대답하자 장소는 왠지 불안한 마음마저 들었지만 그렇다고 어쩔 것인가?

장소와 이삼인은 어깨를 축 늘어뜨리고 그 자리를 떠날 수밖에 없었다.

장소와 이삼인이 멀리 사라지자 사내가 중얼거렸다.

"원 별 시답잖은 얘기를 가지구서……."

사내는 땅바닥에 침을 한번 '퉤' 뱉고는 길 건너편의 주루로 휘적휘적 걸어 들어갔다.

그는 자기가 늘 앉던 구석의 빈자리에 털썩 주저앉더니 점소이를 향해 소리쳤다.

"여기 소홍주를 가져오너라."

"노(盧) 소협, 오늘은 어째 일거리가 없수? 초저녁부터 술을 찾으시게."

주루의 주인이 슬며시 다가와 사내에게 말을 걸었다.

이 노씨는 이 근처의 객점과 주루에서 발생하는 소란스러운 일을 담당하는 하오문의 사람이었다. 이 사내가 하는 주된 일은 손님들 중 돈을 지불하지 않는 사람을 적당히 손봐주는 일이었기 때문에 주루의 주인들은 그를 무시하지 못했다.

"그러게 말이우. 엊그제 한 건 있더니 통 잠잠해 기운 쓸 일이 없구면."

점소이가 소홍주와 돼지고기 볶음을 가져다 놓자 사내는 새벽까지 술을 퍼마시고는 그 자리에 엎어져 잠이 들고 말았다. 물론 장소와 이삼인을 만난 일은 이미 그의 기억 속에서 사라진 지 오래였다.

장소룡과 이무심은 밤늦게 돌아온 장소와 이삼인을 불러 조용히 물었다.

"그래, 장 사부에게 말은 전했느냐?"

"그것이…… 직접은 만나보지 못하고 다른 사람을 통해 전해 달라고 했습니다."

장소룡의 질문에 장소가 조심스럽게 대답했다.

이무심과 장소룡은 침중한 얼굴로 고개를 끄덕였지만 다른 말은 더 하지 않았다.

"이제 날이 밝는 대로 표행을 떠난다고 하니 어쩔 수 없다. 소식이 잘 전해지기를 바랄밖에……."

다음날 새벽 장가촌 일행은 표물을 가지고 북경을 향해 떠나가는 삼십 명의 잡부들 틈에 끼었다. 그리고 그때부터 힘겨운 장염의 홀로서기가 시작되었다.

*　　　　　*　　　　　*

처음 장염이 주방에서 일을 배울 때만 해도 비교적 사람들의 대접은 양호한 편이었다. 일행이 돈을 벌어 그를 데리러 올 것이라고 믿었기 때문이다. 그래서 주방 제일 숙수 이대추도 장염을 심하게 대하지 않았다.

　그렇게 장염이 사천제일루에 몸을 담은 지 나흘째 되던 밤이었다.

　사천제일루는 객잔이 생긴 뒤 처음으로 어마어마한 손해를 봐야 했다. 그것은 장염의 심야 비명 때문이었다.

　어찌나 처절하게 비명을 질렀던지 투숙객의 절반이 그날 밤 당장 나가 버렸다.

　염소수염은 부들부들 떨면서도 장염을 쫓아내지 않았다. 이왕 손님이 나간 건 어쩔 수 없다고 생각했기 때문이다.

　오히려 장염이 그 일로 부끄럽게 생각하고 달아날까 봐 찾아와 다독거려 주기까지 했다. 그리고 놀라서 뛰어나온 이대추에게도 장염에게 너무 고된 일은 가급적 시키지 말라고 부탁했다. 병약한 사람에게 일이 벅차 잠자리가 편치 않았을 거라고 생각했기 때문이다.


　"소장(少壯 : 씩씩함이 적다)아, 본좌가 첫날 너의 손끝을 왜 보았는지 아느냐?"

　심야 비명 사건 다음날 아침 이대추가 장염을 불러 넌지시 물었다. 이대추는 장염이 비실비실하고 기운이 없다고 처음부터 소장이라는 이름으로 불러왔다.

　아직 본격적인 영업 시작 전이라 허드렛일을 하는 사람들이 주방을 드나들며 재료를 나르고 있었다.

　"이 대가(大家), 모르겠습니다."

　장염은 이 초로의 숙수에게 대가라고 부르기가 차마 어색했지만, 모두들 주방에서는 그를 대가라고 부르니 어쩔 도리가 없었다.

　"본좌의 손끝을 보라."

장염이 이대추의 손끝을 보니 마디마디가 고된 노동으로 뭉그러져 있었고, 손목에는 기름이 튄 자국으로 크고 작은 화상이 가득했다.

장염이 이대추의 손끝에서 보여지는 인생고(人生苦)에 잠시 머뭇거리자 이대추가 다시 물었다.

"본좌의 손끝에 무엇이 보이는가?"

장염은 차마 '고난이 엿보입니다'라고 말할 수 없어서 입을 꾹 다물었다.

"본좌에게 요리를 가르친 스승께서는……."

이대추는 스승이라는 단어에 이르러 잠시 말을 멈추고 자세를 바르게 했다.

"이십여 년 전, 처음 본좌의 손을 보시고 미식계(美食係)의 큰 별이 될 것이라고 예견하셨다. 본좌같이 손가락이 길면서도 뼈대가 굵고, 불필요한 살이 붙지 않은 손은 그야말로 하늘이 내린 요리계(料理係)의 기보(奇寶)인 것이다."

장염은 장황하게 늘어놓는 이대추의 대사를 하나도 빼지 않고 머리 속에 담아두었다. 이런 인생고의 상흔을 지닌 사람의 말은 귀담아 들을 필요가 있었다.

"본좌는 그 뒤로 수상(手相)을 연구하며, 과연 본좌의 손이 요리계의 큰 별이 될 수 있다는 확신을 얻게 되었다. 본좌의 나이어언 일갑자(육십 세). 이제 살 만큼 살았지만, 애석하게도 본좌의 일신절기를 전할 재목을 미처 찾지 못하였다."

다른 주방의 요리사들이 올 때까지 이대추가 늘어놓은 말을 요약하면, 한마디로 장염의 손이 이대추의 손을 닮았다는 것이었다.

그러므로 장염은 요리계의 신성(新星)이니 자신의 처지를 잘 깨달아 요리를 열심히 배우라고 했다. 요리를 열심히 배우라는 말까지는 좋았는데, 그러기 위해서는 이대추의 훈련 방법에 따라 적어도 삼 년 간 완벽한 허드렛일을 해야 한다는 것이 문제였다. 그간 해온 바닥 청소와 무쇠 솥을 닦는 일은 그 첫 번째 과정이었다는 것이다.

이대추는 물끄러미 장염을 바라보며 말했다.
"왜 본좌의 질문에 대답이 없느냐?"
'이런!'
너무 지루해서 잠시 장염이 다른 상념에 빠졌을 때 이대추가 질문을 던졌던 모양이다.
이대추가 빤히 바라보고 있었다. 대답을 기다리고 있는 것이다.
"이 대가, 이 대가의 말씀을 들으니 어두웠던 눈이 밝아지고, 하늘이 새로이 열리는 듯합니다. 이제라도 이 대가 같은 분을 만났으니 삼생(三生)의 영광입니다. 이 대가의 가르침을 따르겠으니 분부만 내려주십시오."
일단 상대를 추켜세운 뒤 장염이 이대추의 얼굴을 살피니 과연 흡족해하는 것이 보였다.
이대추는 자기가 무얼 물어보았는지도 잊어버리고 장염의 대답에 아주 만족해했다.
"소장(少壯)은 앞으로 본좌의 수발을 들며 요리를 배우도록 하여라."
장염은 이대추에게 크게 절을 올리고 나물과 고기가 쌓인 탁자로 걸어갔다. 나물을 손질하고, 고기의 피를 빼는 일이 오늘 아침 그가 해야 할 일들 중 하나였던 것이다.

그 뒤로 장염은 이대추의 지시에 따라 몇 가지 일을 해야 했다. 이대추도 처음 하루 정도는 염소수염의 말대로 일을 많이 시키지 않았다. 그러나 그것도 잠깐이었다. 이대추는 다시 무슨 생각이 들었는지 장염을 호되게 부려먹기 시작했다.

장염은 아침이면 나물과 야채를 다듬거나 고기를 물에 담궜고, 하루 세 때 식사 시간이 되면 산더미처럼 쌓이는 그릇을 닦았다. 그리고 저녁이 되면 쓰레기장같이 변한 주방의 넓은 바닥을 윤이 나게 닦았다.

장염이 처음으로 일을 시작하던 날, 주방의 바닥은 검은빛이 돌며 반질거렸다. 어찌나 광택이 돌던지 장염은 귀한 흑단목으로 바닥을 깔아놓은 줄 알았다. 그러나 장염이 삼 일 동안 아침저녁으로 갈고 닦으니, 흑단목은 마침내 연한 갈색의 평범한 나뭇결을 드러냈다.

장염은 본래 무엇인가 배운다는 것을 즐기는 사람 중 하나였다. 그는 이대추가 자기에게 요리를 가르치려 한다는 말을 그대로 믿었다. 자기와 같은 처지의 사람에게 나서서 거짓말을 할 사람은 없다고 생각했기 때문이다.

장염이 요리에 대한 기대를 가지고 모든 일을 군소리 하나 없이 척척 해주니 이대추가 따로 잔소리할 필요도 없었다.

*　　　*　　　*

장염이 주방에서 부지런히 파와 마늘을 다듬고, 장가촌 일행이 표물을 등에 지고 북경으로 향하고 있는 동안에도 사천 일대는 삼 년 만에 열린 천하 무림 대회로 떠들썩했다.

무림 대회는 하루도 조용한 날이 없었고, 그럴 때마다 무수히 많은 신진 고수들이 혜성처럼 등장했다. 마침내 칠 일 만에 무림 대회가 막을 내렸을 때 사천무림에는 일룡(一龍), 이봉(二鳳), 삼절(三絶), 사검(四劍)이라는 신진 고수 열 명이 탄생했다.

＊　　　　＊　　　　＊

천하 무림 대회가 막을 내린 그날이었다.

장염은 아침 일찍 사천제일루의 인기 요리인 궁보계정(宮保鷄丁)과 궁보하인(宮保蝦仁)에 쓰일 닭고기 손질을 막 끝내고 땅콩 껍질을 벗기고 있었다. 둘 다 사천에서 반찬이나 술안주로 자주 애용되는 것들이었다. 장염이 흥얼거리며 재료와 조리법마저 비슷한 이 두 요리의 차이는 뭘까 생각하고 있을 때였다.

"나는 낙산(樂山)에서 온 헌원일광(軒院日光)이라고 하네."

주방에서 일하는 선배 하나가 장염의 옆에 엉덩이를 걸치고 앉으며 대뜸 자기 고향 이야기를 늘어놓기 시작했다.

"사천성에서 제일 유명한 곳이 바로 낙산 아닌가. 자네도 물론 알고 있겠지만……."

장염은 강호 초출이라 사천성에는 아는 곳이 없다. 집으로 돌아가라고 등을 떠밀어도 길을 몰라 찾아가지 못할 정도로 세상 경험이 없는 사람인데, 헌원일광이라는 거창한 이름을 가진 사내는 말끝에 '자네도 알고 있겠지만'이라고 했다.

"이전에는 가주(嘉州)라고 불렸었다지. 자네도 알고 있겠지만……."

장염은 속으로 '난 모르오, 당신 고향의 속 사정을 내가 어찌 일일이 알 수 있겠소'라고 대답했다.

그런 장염의 속을 아는지 모르는지 헌원일광은 계속 주절거렸다.

"고향을 떠나올 때 낙산대불(樂山大佛) 아래서 그녀에게 다짐했었지. 자네도 알고 있겠지만……"

장염은 또다시 속으로 '낙산대불도 모르고 그녀도 모르오'라고 대답했다.

"반드시 삼 년 안에 일류 숙수가 되어 돌아오겠다고, 그래서 난 성도로 올라왔다네. 자네도 알겠지만……"

'처음 만난 내가 그 사정을 어찌 알았겠소. 금시 초문이오.'

그렇게 한참 뜸을 들이며 망설이던 헌원일광은 자신이 사천제일루에 온 지 칠 년째이며, 그동안 얼마나 많은 저질들을 경험했는지 털어놓았다.

"…그래서 그 뒤 광천수(廣天手) 숙수께서는 사천제일루를 떠나야 했다네. 자네도 알겠지만……. 이대추가 광천수 숙수의 요리에 상한 숙주를 남몰래 집어 넣었거든. 물론 광숙수도 이대추의 어향가화(魚香茄花 : 가지로 만든 요리)에 시들시들한 가지를 집어 넣었지만 말일세. 자네도 알겠지만……. 시들은 것과 상한 것은 분명한 차이가 있지 않은가? 이대추가 자네에게도 요리계의 희망인 손을 가졌다고 얘기했겠지?"

장염은 계속되는 수, 숙수, 숙주의 얘기에 정신이 하나도 없었다. 그래서 결국 '자네도 알겠지만'이라는 얘기만 듣기로 했다. 그리고 그 말이 나올 때마다 무심코 고개를 끄덕였다.

조금 충격적이었던 것은 이대추가 아무나 부려먹으려 할 때

'요리계의 신성이 될 손을 가지고 있다'고 추켜세웠다는 사실이었다.

헌원일광도 그 말에 속아 한때 그를 위해 중노동을 했다고 말했다. 헌원일광은 한참 후에 머슥해진 표정으로 자리에서 일어났다.

고개만 끄덕이는 상대와 얘기 나누자니 피곤하기만 했던 것이다. 헌원일광의 경험에 의하면 이쯤이면 함께 이대추의 험담이 나와야 하는데, 장염이라는 젊은이는 그렇게 혹사를 당하고도 보살의 현신인지 그저 웃고만 있었다.

헌원일광은 그런 장염의 모습이 어쩐지 고향의 옥불좌상(玉佛坐像)인 낙산대불을 닮았다고 생각했다. 그러나 세상은 마냥 좋은 얼굴로 살 수는 없었다.

그가 지켜본 이대추와 광천수가 그랬다. 결국 광천수는 이대추보다 모질지 못해 사천제일루를 떠나야 했던 것이다. 그게 헌원일광이 깨달은 인간사였다.

낙산대불이 진짜 부처가 아니라 옥으로 조각한 앉아 있는 부처상에 불과하듯이, 인간 세상은 기대와 달리 더러움의 연속이라는 것이 헌원일광의 생각이었다. 그래서 그는 항상 한쪽 발을 시궁창에 처박은 기분으로 살아왔다.

"그럼, 나중에 또 보세. 자네도 알겠지만…… 오늘은 예약 손님이 좀 많은 날이라."

장염은 헌원일광이 씁쓰름한 얼굴로 떠나가자 미안한 느낌이 들었다. 그리고 헌원일광도 나름대로 사연이 많은 사내라고 생각했다.

그런데 그는 어떻게 이대추와 광천수의 암투를 알고 있을까?

장염이 복잡한 생각을 떨쳐 내려고 땅콩 껍질 까기에 매달렸다. 옆에 수북이 쌓인 땅콩이 그의 손길을 기다리고 있었다.

장염은 하나씩 땅콩을 잡아가다가 장난치듯 좌우로 손을 털었다. 순간 손 그림자가 땅콩을 가득 덮었다. 눈 깜짝할 새에 장염은 수북하게 쌓인 땅콩의 껍질을 모두 벗겨낼 수 있었다.

장염이 속으로 중얼거렸다.

'땅콩에는 무영신나수가 제일 어울리는구나.'

방금 그의 손이 보여준 놀라운 기술은 바로 사부가 전수해 준 절정 금나술 중의 하나였다. 본래는 수백 개의 손 그림자로(掌影) 사람의 팔다리 혈도를 잡아 제압하는 수법이었는데, 장염은 그것으로 산더미 같은 땅콩의 껍질을 벗겨냈던 것이다.

"아니, 그 많던 땅콩을 언제 다 깐 거유?"

그동안 얼굴을 익힌 청소 담당 허(虛) 아주머니였다.

"정말 일 하나는 귀신같이 한다니까! 그러다간 요리두 금방 배우겠수."

"정말요? 제가 요리를 빨리 배우게 되면 허 아주머니에게도 한 번 대접해 드리겠습니다."

말은 그렇게 해도 일 년 이상 허드렛일을 해야 요리를 배울 처지가 된다는 걸 장염도 어렴풋이 느끼고 있었다.

그것은 우선 경쟁자가 너무 많아서였다. 주방에 왔다 갔다 하는 모든 사람이 따지고 보면 그의 앞길을 막는 사람들이었다.

어느 누구도 장염에게 재료 다듬는 법 이외에 다른 것을 가르쳐 주려 하질 않았다. 심지어 어패류(魚貝類) 전문 요리사 곡(曲) 노인은 장염의 진도가 너무 빠르다고 숙수 이대추에게 항의하기도 했다. 자기는 육 개월이나 걸려 재료 다듬기에 도달했는데, 장염은 겨우 육 일 만에 이르렀다는 것이 그의 불만이었다.

　이래저래 오가며 마주치는 사람들이 장염의 빠른 진도에 불만을 가지고 있었으니, 주방에서 요리를 배운다는 것은 엄두도 내지 못할 일이었다.


　장염은 그날도 여느 때와 마찬가지로 분주하게 하루를 보냈다. 그리고 마침내 장염이 두려워하고 염소수염 민주려가 상상도 못하고 있던 공포의 밤이 시작되었다.


＊　　　　　＊　　　　　＊


　장염은 진원청의 앞에 서 있었다. 오늘의 진원청은 어제와 달리 처음부터 황홀한 검무를 추기 시작했다.

　장염은 스승의 검무를 바라보다가 오늘은 따라서 춰보기로 했다. 따라서 춤추다 보면 혹시 뭔가 새로운 깨달음이 생길지도 모른다는 막연한 기대감 때문이었다.

　십오 년을 보아온 검무라 장염은 눈감고도 따라 출 수 있을 것 같았다. 그러나 이상했다. 도저히 손발과 전신의 부드러운 움직임이 진원청의 몸을 따라갈 수 없었다.

　진원청은 장염이 사천제일루의 주방에서 처음 본 문어(文魚)라는 물고기처럼 완벽하게 흐느적거리고 있었다.

　어떻게 저렇게 움직일 수 있단 말인가!

　스승의 몸은 도저히 장염이 따라잡을 수 없는 경지의 것이었다.

　진원청이 어기적거리듯 춤추는 장염을 향해 돌아섰다. 어느새 진원청의 두 손은 각각 하늘과 땅을 향해 있었다.

그렇다면 검은?

장염이 진원청의 텅빈 손끝을 멍청하게 바라보는데 눈앞에서 백광(白光)이 작열(灼熱)했다.


"끄아아악!"

사천제일루는 나흘 만에 다시 뒤집어졌다. 무림인들은 날 선 장검을 빼 들고 객점의 마당으로 속속 날아들었다. 일반 투숙객들도 방에 불을 밝히고 문틈으로 내다보았다.

근처에서 야간 순시를 돌던 도성의 포두들이 사천제일루의 문짝을 부서져라 열어젖히고 들어와 횃불을 밝혔다.

도성 일대가 떠들썩하도록 심야의 비명 소리는 괴기스러웠던 것이다.

사람들은 하나둘 소리의 진원지로 모여들었다. 그러나 단말마적인 비명은 단 한 번 터져 나오고 더 이상 들리지 않았다.

사람들은 이곳저곳을 수색해 보다가 뿔뿔이 흩어졌다. 그리고 간신히 잊고 다시 잠들만 했을 때 다시 끔찍한 비명이 길게 터져 나왔다.

"끄아아아아악—!"

이번에는 사람들이 비교적 소리의 진원지까지 쉽게 접근할 수 있었다. 비명은 주방의 일꾼들이 묵고 있는 객점 뒤뜰의 오래된 숙소에서 새어 나온 것이었다.

사람들은 그곳에서 하얗게 질린 얼굴로 경기를 일으키고 있는 몇 명의 주방 보조원들과 온몸이 흠뻑 젖은 채 떨고 있는 장염을 보았다.

염소수염은 그날 밤 드디어 장염을 끌어내 창고에 가두어 버렸다.

그러나 일은 거기서 끝난 것이 아니었다. 다시 나흘이 흘렀을 때 창고에서 장염의 비명이 또다시 터져 나온 것이었다.

결국 민주려는 장염을 볼모로 잡은 지 보름 만에 모든 것을 포기하고 그를 풀어주리라 마음먹었다. 은자 스물닷 냥은 둘째치고 흉흉한 소문에 영업을 하기가 곤란했던 것이다.

소문은 두 가지였는데, 하나는 사천제일루에서 음식에 인육(人肉)을 첨가한다는 것이었고, 다른 하나는 주방에 요리 광인(料理狂人)이 일하고 있다는 것이었다.

*      *      *

날이 밝자마자 민주려는 장염을 사천제일루에서 쫓아내기로 작정했다.

'이놈을 데리고 있으면서 손해를 본 것이 받을 돈인 은자 스물닷 냥보다 많구나. 앞으로 얼마나 더 있어야 이놈의 일행이 돈을 가지고 올지 모르니 일찌감치 내보내는 게 낫겠다.'

민주려가 속으로 중얼거리며 부지런히 발을 놀리는데 점소이 하나가 멀리서 뛰어왔다.

"헉헉, 주인 어른. 성주님의 특사가 오셨습니다."

잘생긴 점소이가 헐떡거리며 전해준 말에 민주려는 창고로 가던 발걸음을 돌렸다.

'사천성주는 외부의 행사에 별로 관심을 가지지 않았는데 무슨 일일까?'

민주려는 불길한 예감에 서둘러 안채로 달려갔다.

과연 안채의 대청에 관복을 입은 흰 수염의 노인이 혼자서 차를 홀짝이고 있었다.

"대인, 이 누추한 곳까지 어인 일이십니까?"

민주려는 허리가 휘어지도록 굽신거렸다.

특사는 민주려가 뛰어오자 자리에서 일어나 간단하게 포권을 해보이고는 자리에 앉았다.

"이번 달 들어 성도에 기묘한 일들이 많이 생겼다고 들었소이다. 성주께서 제게 길조인지 흉조인지 민심을 알아보라고 하셔서 나왔다가 사천제일루까지 오게 되었구려."

민주려는 등골이 오싹해지는 것을 느꼈다. 민심을 흉흉하게 했다는 말이 성주의 귀에 들어가는 날이면 사천제일루는 문을 닫아야 할 판이었다.

"대체 어떻게 된 일인지 자세히 설명을 해보시구려."

드디어 관부의 특사가 성도에 떠도는 소문을 듣고 찾아온 것이다. 소문은 두 개였으니 그중 하나를 잘 선택해야 했다.

민주려는 부르르 떨리는 손으로 염소수염을 매만지다가 한참만에 입을 열었다.

"사실은 저희 사천제일루에 얼마 전에……"

거짓말을 하려니 등골을 타고 식은땀이 주루룩 흘러내렸다.

"젊은 요리 광인 한 명이 기거하게 되었습니다."

"오호, 그래요? 성도에 떠도는 소문이 과연 사실이었구려."

이왕 내친김에 민주려는 떠벌떠벌 있는 말 없는 말 해대기 시작했다.

"그분은 황궁에서 사천 요리 전문 숙수로 일하시다가 더 큰 요리의 세계를 창조하기 위해 아예 사천으로 낙향을 했다고 합니다. 저희 사천제일루에서 천운(天運)이 닿아 그분을 모시고 요리를 전수받고 있던 중이온데, 꿀꺽……."

"한데요?"

특사가 지나친 관심을 보인다 싶어 약간 경계하는 마음이 들었지만 설마 무슨 일 있으랴 싶어 민주려는 계속 과대 광고를 해댔다. 어찌 됐든 특사는 미래의 우수 고객이 될지도 모르는 것이다.

"사나흘에 한 번씩 자신의 요리에 인간으로서의 한계를 느끼시다가 그만 광기가……. 그분은 혼신의 힘을 다해 저희에게 천하일미의 사천 요리를 전수해 주시지만, 가끔씩 비명을 질러대는 터에 저희도 감당하기가 벅찬 지경이라……."

'이제 그만 떠나 보낼까 하던 중입니다' 라는 말을 막 하려는 참인데 특사가 자기 무릎을 탁 쳤다.

"저런! 이런 기사(奇事)가 있나. 그런 분이 계신 줄 알았다면 진작에 모셔서 한번쯤 요리를 부탁드렸어야 하는데. 민 대인, 이번에 나를 한번 도와주면 내 잊지 않고 민 대인을 기억하리다."

민주려가 가만 생각해 보니 화(禍)인지 복(福)인지 갈피를 잡을 수가 없었다. 무엇인지 모르지만 도와주면 기억한다는 말은 도와주지 않을 때도 기억한다는 말이 아니겠는가?

"대인께서는 하명만 하여주십시오. 분골쇄신(粉骨碎身)하더라도 도와드리겠습니다."

"그리 어려운 일이 아니오. 사실 성주께서 근래에 들어 기력이 쇠해지시고 입맛도 잃으신 터라, 모시고 있는 입장에서 여간 괴로운 것이 아니오. 보름 후면 마침 공주 마마의 생신이시고 하니 이번에 사천제일루에서 그 요리 명인을 모시고 오셔서 연회를 베풀어주시오. 그리만 해주신다면 섭섭지 않게 해드리리다."

민주려는 자기가 드디어 호랑이 등에 올라타고 말았다는 것을 깨달았다. 입이 방정이었다. 적당히 둘러대고 발을 뺏어야 하는데, 우수 고객의 유치에 신경을 쓰다가 그만 시기를 놓쳐 버렸다.

민주려는 특사를 보내고 안채로 돌아와 깊은 시름에 잠겼다. 졸지에 요리 명인이 탄생한 것이다.

그러나 장염이 누구인가? 민주려가 알고 있기로 그는 단지 미친놈에 불과했다. 그 미친놈에게 사천제일루의 흥망성쇠가 달려 있는 것이다.

민주려는 이왕 일이 이렇게 되었으니 어떻게든 이 위기를 넘겨야겠다고 모질게 마음을 먹었다.


*　　　*　　　*


창고에 갇혀 있던 장염은 갑자기 찾아온 염소수염에 의해 객실로 안내되었다. 염소수염은 황급히 뒤따라오려는 점소이를 물리치고 친절하게 장염의 길잡이를 자처하였다.

그리고 마침내 객실에 단둘이 있게 되자 그간의 사정을 털어놓았다.

"그러니 어쩌겠는가? 보름이 넘도록 함께 지내온 정리를 봐서라도 자네가 날 한번 꼭 도와줘야겠네."

장염은 느닷없이 자기가 요리 명인으로 둔갑하였다는 사실에 내심 웃지 않을 수 없었다. 한편으로는 살아오며 이렇게 큰 칭송을 받은 적이 있던가 생각하니 서글프기까지 했다. 그러나 요리라고는 밥짓기도 못하는 자신이 무얼 도울 수 있단 말인가?

"내가 계획은 다 세워놓았네."

염소수염은 보름 후면 왕가위(王可位) 성주의 외동딸인 주연

(主姸) 공주의 십육 세 생일인데, 그때 이대추와 함께 성으로 가면 된다고 했다. 성의 주방에서 기본 요리는 이대추와 함께 만들고, 나중에 장염이 공주가 좋아한다는 음식을 몇 개 만들어 보이라는 것이었다.

"저의 도움이 필요하시다면 그렇게 해드리겠습니다."

장염이 생각해 보니 몇 가지 요리라면 보름 동안 충분히 배울 것 같았다.

"내가 그쪽 주방에 미리 손을 써서 공주가 좋아하는 요리 종류를 알아둘 테니, 자네는 이 숙수에게 집중적으로 강습을 받아 차질이 없게 해주게. 이번 일이 잘만 된다면 은자 스물닷 냥은 받지 않겠네."

염소수염이 돌아간 뒤에 장염은 갑자기 찾아온 행운에 꿈을 꾸는 것만 같았다. 요리를 특별히 좋아하지는 않았지만 주방에서 허드렛일만 하다 보니 요리를 배우고 싶은 마음이 없지 않았다. 자기 눈앞에 자기가 하고 있는 일보다 조금 더 좋아 보이는 것이 오락가락 하면 그것도 해보고 싶어지는 것이 인지상정(人之常情)인 것이다.

그러던 차에 기회가 찾아든 것이다. 장염은 이번 기회에 요리를 배울 수 있다는 희망에 마냥 들떠 있었다. 게다가 우습게도 이미 요리 명인이라는 근사한 이름까지 얻지 않았는가!

그 뒤로 장염은 민주려의 특별한 배려에 따라 주방에서 이대추에게 요리를 사사받기 시작했다.

이대추는 '주연 공주의 생일 잔치라면 자신이 요리를 해야 한다'고 언성을 높였지만, 민주려에게 은자 열 냥을 받고는 수그러들었다.

민주려는 그러고도 마음이 놓이질 않자 이대추를 따로 불러 '장염이 보름 안에 이 몇 가지 요리를 터득하지 못하면 살인 청부를 해서라도 둘 다 죽여버릴 것'이라고 위협했다.


"본좌는 언제고 너와 내가 이렇게 마주하게 될 줄 예견하고 있었다."

마침내 이대추는 장염에게 여러 가지 재료들이 어떤 요리에 쓰이는지 가르쳐 주기 시작했다.

그렇게 이대추와 장염이 요리를 연구하고 있을 때 그 둘을 바라보는 싸늘한 눈동자가 있었다. 바로 주방 칠 년 차 헌원일광이었다.

헌원일광은 칠 년이나 수고한 자기가 아직도 별식 전담으로 떠돌고 있는데, 들어온 지 보름도 안 된 장염이 연회용 산해진미를 배운다고 하자 눈이 뒤집히는 듯했다.

그날 저녁 헌원일광은 술을 한잔 걸치고 성도 서쪽에 자리한 호화객잔 중경삼림(重慶森林)으로 찾아갔다.

중경삼림의 주인은 왕(王)씨였는데, 사천제일루가 등장하기 전까지 사천제일의 풍모를 자랑했다. 그러나 사천제일루에게 사천제일이라는 이름을 빼앗긴 뒤부터, 그는 항상 요리 실력도 없는 사천제일루가 딸의 얼굴로 장사를 한다고 비난해 왔었다.

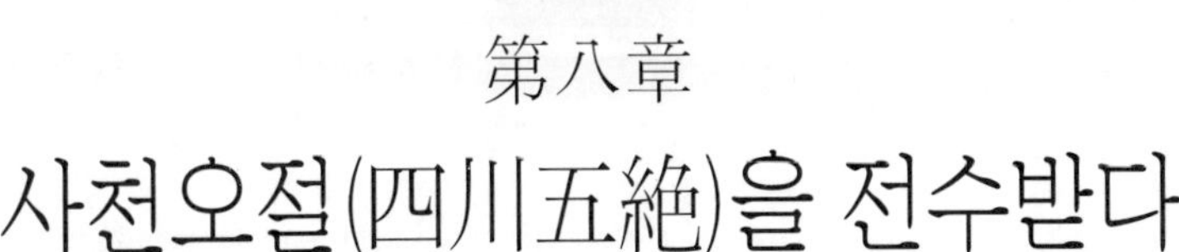



# 사천오절(四川五絶)을 전수받다

보름은 금방 지나갔다. 그동안 성도 곳곳에는 성주 왕가위의 이름으로 '사천제일루에서 들려오는 심야의 괴성은 당대의 요리 명인이 터뜨린 것으로 인육(人肉)과는 관계없음이 확인됐다'는 공고가 나붙었다. 민주려를 도와주겠다던 성주의 특사가 벌인 일이 분명했다.

그 덕분에 몇 번 더 심야의 비명이 하늘을 갈랐지만 사천제일루의 손님은 줄지 않았다. 아니, 오히려 당대의 요리 광인이 전수해 주었다는 천하일미를 맛보기 위해 사람들이 구름처럼 몰려들었다.

민주려는 벌써 열흘 전에 성주의 주방에서 일하는 숙수들에게 돈을 써서 성주의 딸이 좋아한다는 대표적인 음식 다섯 가지를 이대추에게 알려주었다.

그리고 이대추는 그 요리를 사천오절(四川五絶)이라 명명한 뒤

집중적으로 장염에게 가르쳤다.

드디어 생일을 하루 앞두고 민주려와 이대추, 장염이 주방에 모였다.

민주려가 긴장한 얼굴로 옆에 앉은 이대추에게 눈짓을 했다.

이대추가 고개를 끄덕여 보이고 주방 한가운데 서 있는 장염에게 말했다.

"이제 마지막으로 사천오절을 시연해 보도록 해라."

장염은 눈을 지그시 감고 성주의 딸이 좋아한다는 다섯 가지 요리를 떠올렸다.

그냥 만들 수도 있지만 민주려가 '항상 눈을 감고 신비한 척 뜸을 들인 후에 일을 시작하라'고 가르쳐서 이제는 몸에 익어버렸다.

장염의 감은 눈에 선포유채심(鮮鮑油菜心), 은아록육사(銀芽綠肉絲), 명주유채심(明珠油菜心), 어향육사(魚香肉絲), 담담면(擔擔面)이 떠올랐다.

천천히 호흡을 고르던 장염이 두 눈을 부릅뜨고 먼저 전복과 유채를 이용한 선포유채심을 끓이고 삶아 나갔다. 그 다음 손이 보이지 않을 정도로 노루고기를 가늘게 썰어 은아록육사를 준비했다. 이때 장염은 긴장하여 저도 모르게 천마파천권의 파(破)자 결을 운용했다.

어느새 장염이 메추리알과 유채를 따로 볶아 명주유채심을 만들기 시작했다.

그리고 잠시 머뭇거린다 싶더니 그의 손이 돼지고기와 목이버섯, 죽순을 가지고 어향육사를 만들기 시작했다.

동작이 어찌나 빠르던지 민주려는 장염이 진짜 미친 줄 알았다.

저렇게 동작이 빨라서야 어디 음식의 양념이나 맞을까 염려되었
지만 장염은 눈 깜빡할 사이에 네 가지 요리를 마쳤다.

"어째 더 만들지 않느냐?"

"……."

민주려가 움직이지 않고 서 있는 장염에게 말했다.

마지막 남은 담담면은 자기더러 만들라고 해도 쉽게 만들 수
있는 국수였다. 밀가루를 반죽해 면을 뽑고, 국물을 우린 뒤 대충
간을 해서 내면 되는데, 장염은 필생의 대적을 만난 듯 전골용 무
쇠 솥 앞에서 오히려 눈을 감고 있었다.

그제야 이대추도 답답하다는 듯이 소리질렀다.

"이놈아, 본좌가 가르쳐 주지 않았더냐! 일단 밀가루를 반죽해
서 수타면을 뽑는다. 그 다음 간장, 식초, 다진 동채, 산초 가루, 다
진 파, 갈은 마늘, 향유, 돼지 기름, 붉은 고추 기름, 깨장을 각각
그릇에 담는다. 끝으로 국수가 익으면 건져서 그릇에 담고, 간맞춘
뜨거운 국물을 넣은 뒤 양념은 입맛대로 골라 처먹으라고 한다.
이 간단한 순서를 기억하지 못하느냐!"

장염은 그제야 느릿느릿 밀가루를 반죽하고 면을 뽑기 시작했
다. 그리고 각종 양념을 그릇에 담기 시작했는데, 그 뒤로 다시 멈
췄다.

민주려와 이대추는 혹시 저놈에게 무슨 심오한 신종 조리법이
있나 싶어서 입을 다물고 바라보았지만 장염은 꼼짝도 하지 않았
다.

한참 만에 두 사람을 향해 돌아선 장염은 배가 아프다며 그 자
리에 주저앉았다.

부랴부랴 의원이 다녀갔다. 피로가 누적되어 장(腸)에 염증이

생겼다고 했다. 염소수염 민주려는 하늘이 무너지는 기분이었다. 내일이 성주 외동딸의 생일인데 오늘 장염이 쓰러진 것이다.

*　　　　　*　　　　　*

북경으로 향하는 표행에 오른 장가촌 일행은 그때 섬서성(陜西省)의 서안(西安)에 이르러 있었다.

서안은 황하(黃河) 중류 유역에 자리한 도시였는데, 장장 삼십육 년 간의 중노동으로 만들어진 진시황(秦始皇)의 무덤이 있는 곳으로 유명했다.

용마표국은 바로 그 진시황릉 앞의 얕은 구릉 지대에 자리한 '재회불면루(再會不勉樓 : 억지로 애쓰지 않아도 다시 만나게 되는 곳)'라는 객잔에 짐을 풀었다.

칠 일 동안 밤낮을 달려 도달한 곳이었다. 용마표국의 하급 표사들은 짐꾼들에게 다가가 하루 묵었다가 간다니 푹 쉬라고 말했다.

팔월의 서안은 아직까지 찌는 듯 더웠기 때문에 휴식은 필수적인 것이다. 아무리 그래도 그들이 표행을 하루 동안이나 쉬었다가 가는 이유는 총표두 때문이었다.

총표두 낙장불패(落掌不敗 : 손바닥을 떨치면 절대로 패하지 않는다) 곽자연(郭自然)은 원래 칠일행(七日行) 일일휴(一日休)라는 독특한 근무 습관을 가지고 있었다. 그것은 칠 일 간 죽어라고 이동하고 하루를 쉬게 하는 것이었다.

특별한 일이 없는 한 칠 일 간의 고된 행군은 하루 동안 휴식할 만큼의 거리를 벌어주었기에 물주도, 표사도, 짐꾼들도 그를 탓하지 않았다.

잡부들은 두 패로 나뉘어 이십 명씩 동쪽과 서쪽의 거대한 마루 방을 배정받았다. 장가촌 일행은 그중 동쪽 방에 다른 십 인의 잡부들과 함께 투숙하게 되었다.

서안의 하루를 뜨겁게 달구던 해도 지고 휘영청 밝은 달이 떠올랐다. 사람들은 하나둘 고향 생각을 하다가 잠이 들었다.

"아우, 어째 마음이 불안하군. 장 사부에게 무슨 일이 생기지 말아야 하는데……."

이무심이 옆에 누운 장소룡을 보며 중얼거렸다.

"형님, 설마 별일이야 있겠습니까?"

"그렇지? 별일 없겠지? 그건 그렇고 아우는 얼마나 성취가 있었는가?"

"심법은 이제 이성을 이루었습니다. 검법은 오래전에 포기한 덕분에 권법만 삼성의 경지까지 익혔습니다."

"대단하군. 아우는 나와 기질이 반대인 듯하이. 나는 권법을 익히지 않고 검법에 삼성의 성취를 이루었는데……."

모든 사람이 잠들자, 두 사람이 도란도란 지나온 얘기를 나누기 시작했다. 그들은 자기들이 얼마나 우물 안 개구리였는지, 그리고 이제 신공(神功)의 성취가 얼마나 남았는지 얘기하느라 시간 가는 줄 몰랐다.

사실 요즘 장가촌 사람들은 장염이 전수해 준 무공을 최후의 희망으로 붙들고 잠잘 때나 길을 걸을 때나 하루도 쉬지 않고 암송하고 있었다. 일원무극심법은 원래 어떤 자세로도 연공이 가능했다. 마치 오늘날의 장가촌 사람들을 위해 만들어진 내공연기법 같았다.

그러나 그에 따르는 부작용도 있었다. 장가촌 사람들은 항상 중얼거리며 길을 걸었는데, 그럴 때마다 근처의 다른 잡부들이 굉장히 불쾌해했다는 것이다. 그것은 장가촌 사람들의 알 수 없는 중얼거림이 사교 집단의 전형적인 모습이었기 때문이다.

언제부터인가 잡부들은 누가 시키지도 않았는데도 잠잘 때는 장가촌 사람이 다 잠든 후에야 잠들었고, 새벽에는 장가촌 사람보다 먼저 일어났다. 그것은 어두울 때 사교 집단과 함께 있어야 한다는 공포감 때문이었다.

그날 밤도 재수없는 열 명의 잡부들은 이무심과 장소룡이 도란도란 얘기하는 것을 끝까지 들어야 했다. 최후로 저들이 잠들어야 마음이 놓이는 것이다. 그렇게 잡부들의 불면(不眠)의 밤은 깊어만 갔다.

*        *        *

무림맹 사천지부 의혈단에서는 장고(長考)의 회의가 계속되고 있었다. 회의의 주제는 사천혈사와 새로 선출된 일룡이봉삼절사검에 관한 문제였다. 의혈단의 심처에는 지금 단주와 부단주, 그리고 내외 순찰총감과 두 명의 정무부장(情武部長 : 정보부와 무력부 부장)이 자리하고 있었다.

의혈단의 단주 건곤일척(乾坤一擲) 위지천(位志天)이 한숨을 푹푹 내쉬며 말했다.

"사천 경계에서 죽어간 무림 동도 중 구대문파 사람만 칠십이 명이오. 다른 대소문파까지 합치면 거의 백오십 명이 죽었소. 이는 제2의 환란 징조라 하지 않을 수 없소."

좌중이 침묵하자 위지천이 다시 입을 열었다.

"후~ 대체 누가 이런 만행을 저질렀는지 짐작조차 하지 못하고 있으니 후에 맹주께 무어라 말씀드려야 할지……."

단주가 탄식을 터뜨리자 외단 순찰총감인 청송검객(靑松劍客) 상일검(像一劍)이 머리를 숙이며 말했다.

"단주, 모든 것이 저의 부족함 때문이오. 모든 인력을 동원했으나 흉수를 찾을 길이 없었소이다."

내단 순찰 총감 벽력장(霹靂掌) 왕지(王旨)가 급한 성격을 참지 못하고 책상을 '꽝' 내려쳤다.

"대체 어떤 놈들이 그토록 잔인무도한 짓을 저질렀단 말인가!"

"제가 추측컨대 이패의 잔당들이 아닌가 싶소이다."

중인들의 시선이 자신에게 쏠리자 부단주 철혈판관(鐵血判官) 이묘산(李妙算)은 확고부동한 음성으로 부연 설명을 했다.

"생각해 보시오. 의혈단의 행사는 이패의 강호행 때문에 생긴 것 아닙니까? 그렇다면 이 행사가 원활히 운영되지 않기를 바라는 사람이 있다면 그건 바로 이패뿐이외다."

"하나 그것은 이미 이십 년 전의 일이 아니오?"

단주 건곤일척 위지천이 믿을 수 없다는 듯이 말했다.

"만일 그들의 잔당이 다시 세력을 모은 것이라면 가능한 일이라고 봅니다."

위지천이 생각해 보니 부단주의 말이 전혀 근거없는 것은 아니었다. 당금 무림에 의혈단을 적으로 돌릴 정도로 강한 사파 세력은 아직 발견되지 않았다.

'의혈단과 무림맹을 적으로 돌릴 수 있는 세력이 있다면 오직 이패뿐이다'라는 것이 어쩌면 모두의 공통된 생각인지도 모른다.

그럼에도 불구하고 결론을 내리지 못하고 있는 것은 증거가 없기 때문이었다.

한동안 조용하던 좌중은 단주가 주제를 바꿔 신진 고수에 대한 이야기로 돌리자 그제야 다시 활기를 띠었다.

한동안 좌중에 오가던 얘기를 들은 위지천이 책상을 한번 탁 쳐서 시선을 모은 뒤 조용히 말했다.

"일룡이봉삼절사검은 이번에 우리 의혈단에 입단한 신진 고수들이오. 물론 그들의 무공은 여러 원로들에 비교할 수 없지만 다음 세대의 주역인 것은 틀림이 없소. 본좌는 그들에게 이번 사천 혈사의 조사를 맡겨보고 싶소이다."

어차피 정답도 없던 문제라 다들 이구동성으로 '단주의 고견에 탄복할 따름입니다'라고 대답했다. 그리고 얘기는 그들을 위해 마땅히 축하 연회를 열어야 한다는 방향으로 흘러갔다.

외단 순찰총감 상일검이 '근래에 마침 요리 명인이 한 명 출현했는데 사천제일루에 머물며 요리를 전수하고 있다'고 하자, 무리들은 일제히 사천제일루에서 신입 단원 환영식을 열자고 요청하였다.

위지천은 엄숙한 얼굴로 좌중을 둘러본 후 회의의 최종 결론을 발표하였다.

"상 대협은 삼 일 후 신입 단원 환영식을 사천제일루에서 열겠다고 통보하시오. 본좌가 그날 신입 단원들에게 사천혈사의 처리 임무를 맡기도록 하겠소."

*　　　*　　　*

거의 비슷한 시간 사천성 성도에서 가장 화려하고 장중한 운현궁(雲玄宮)에서도 관부 특별 회의가 열리고 있었다. 회의의 주재자는 성주 왕가위였다.

왕가위는 연왕(燕王)이 북평(北平)에서 거병하여 이른바 정난(靖難)의 변(變)을 일으켜 스스로 영락제(永樂帝)의 위(位)에 올랐을 때 그를 도운 막후의 한 사람이었다.

영락제는 이듬해 북평을 북경(北京)으로 개칭하면서 왕가위를 위국왕(爲國王)으로 봉했다. 그리고 훗날 사천성을 다스리게 하였다.

왕가위의 위엄있는 음성이 궁 안에 울려 퍼졌다.

"그대들은 이번 사천성 일대에서 벌어진 참극에 대해 왜 관부가 늑장 대응을 하고 있는지 말해 보시오."

성내의 치안을 맡고 있는 이풍진(李風塵) 제독이 머리를 조아리며 말했다.

"전하, 본시 무림과 관은 우물물과 강물과 같아서 서로 침범하지 않는 관례가 있사옵니다."

"이 제독은 그들의 죽음이 무림인들끼리의 행동이라는 물증이 있소?"

"……"

성주의 추궁에 문득 이풍진은 할 말을 잃고 말았다. 죽은 사람이 대소무림방파 사람들인 것은 분명했으나 죽인 자들이 누구인지는 오리무중이었기 때문이다.

"전하, 신의 생각이 짧았습니다. 성내에서 벌어진 집단 살인 사건을 재조사하겠나이다."

그제야 왕가위 성주의 굳은 얼굴이 펴졌다.

"그리만 해주신다면 그대가 나의 큰 근심을 하나 덜어주는 것이오. 어찌 됐든 나는 인명을 그처럼 경시하는 무리들이 어떤 자들인지 꼭 알고 싶소. 수고해 주시기 바라오."

*　　　　*　　　　*

밤이 깊어갈수록 민주려는 잠이 오지 않았다. 과연 내일 아침 장염은 자리에서 떨쳐 일어날 수 있을까? 그 부랑자를 위해서가 아니라 사천제일루를 위해서라도 몸이 회복되야만 한다고 중얼거려 보는 민주려였다.

객잔의 특실에 누워 있는 장염도 잠을 못 이루기는 마찬가지였다. 최선을 다해 살아왔는데, 내일은 정말 어찌 될지 자신이 없었다.

사천오절은 이미 다 터득했으나 일어서 있을 기력이 없었다. 허리를 조그만 세워도 아랫배 윗배가 팽창하며 내장이 배배 꼬이듯 아파왔던 것이다.

장염은 속으로 끊임없이 '내일은 다 나을 것이다'라고 중얼거렸다. 누구를 위해서가 아니라 늘 그렇게 살기를 원했기 때문에 장염은 더욱 내일 몸이 완쾌되기를 기원했다.

장염의 옆 방에 머물게 된 이대추도 잠 못 이루기는 마찬가지였다. 그가 기억하는 한 내일의 행사는 사천제일루 창업 이후 최대 행사였다. 만일 행사를 망치게 된다면 민주려는 진짜 청부 살인을 할지도 모른다고 생각했다.

한편으로 장염을 생각하면 마음이 놓였다. 낮에 보여준 장염의 신위는 대단했다. 이대추 자신도 그만큼 빠르게 요리를 할 자신은 없었다.

민주려는 못 보았지만 이대추는 잘려나간 사슴고기의 세포 하나하나에서 펄떡거리는 생명을 느꼈다. 저 녀석은 고금에 보기 드문 재료 다듬기 실력을 가졌던 것이다.

언젠가 사부에게 들었던 말이 떠올랐다.

"대추야, 너는 잘 알아둬라. 이 사부는 평생에 단 한 번 진정한 요리 명인을 만나보았다. 그의 손끝에서 다듬어진 재료는 죽은 것도 산 것 같았고, 산 것은 영원히 죽지 않을 것 같았다. 요리 명인의 싹은 맛으로 나타나는 게 아니라 다듬은 재료로 드러난다는 사실을 잊지 말거라……"

맛이 아닌 재료에서 요리 명인의 싹을 볼 수 있다는 노사부의 마지막 말은 그대로 유언이 되었다. 그날 밤 이대추의 품 안에서 노사부가 숨을 거뒀기 때문이다.

이대추는 저 거지 같은 놈에게 있는 재능이 아깝다고 생각하다가 잠이 들었다.

*      *      *

드디어 대망의 하루가 시작되었다.

사천제일루는 아침부터 묘한 긴장에 휩싸여 있었다. 언제든지 출발할 수 있게 준비된 수레 두 대가 음식 재료를 수북이 싣고 객점 안뜰에 세워져 있었다. 주방의 숙수들도 일손이 손에 안 잡히는지 괜히 안뜰과 객점을 오락가락했다.

제일 먼저 안뜰로 나온 사람은 민주려였다. 다음으로 이대추가 나왔고, 뒤를 이어 장염이 약간 어두운 얼굴로 걸어나왔다. 장염이 거동하는 것을 본 민주려의 입이 귀까지 찢어졌다. 민주려는 희색이 만연한 얼굴로 몇 사람의 숙수를 불러 주방을 맡겼다. 그런 뒤에야 이대추와 장염을 데리고 운현궁으로 출발했다.

점심 연회였지만 이런 일은 미리 가서 준비를 철저히 해야 우환(憂患)이 적은 것이다. 더구나 장염이 남들 앞에서 만들 수 있는 요리란 다섯 가지뿐이니 기본적인 요리들은 몰래 만들어놓아야 했다.

세 사람 모두 묵묵히 소가 끄는 수레를 따라 관도를 걸어갔다. 장염은 한 걸음 한 걸음 걸을 때마다 내장이 꼬이는 듯 고통스러웠다. 그러나 무극일원심법의 내가요상법에 따라 호흡을 조절함으로 간신히 참아내고 있었다.


운현궁은 성도 중앙에서 약간 북쪽에 자리한 고성(古城)이었다. 일행은 운현궁에 도착하자마자 부랴부랴 짐들을 주방으로 날랐다. 이미 아침 식사를 마치고 뒷정리까지 끝낸 주방은 텅 비어 있었다. 실로 시간을 잘 맞춰온 셈이었다.

이대추는 주방 문을 닫아걸고 장염과 함께 본격적으로 연회에 쓰일 사천 요리들을 만들기 시작했다.

서서히 이십여 종의 연회 요리가 모습을 갖춰갔다. 민주려는 옆에서 지켜보다가 대충 기본 요리가 완성되자 문을 활짝 열었다. 그리고는 요리사들을 불러 완성된 요리들을 운현궁의 중심부에 있는 백화각(百花閣)으로 나르게 했다.

백화각의 가운데는 임시로 만든 화덕과 요리 기구들이 진열되어 있었고, 그 주변으로 이백여 명이 앉을 수 있는 커다란 나무 탁자와 의자가 놓여 있었다.

정오가 되자 주연 공주가 좋아한다는 백화각의 마당에는 특별히 초대받은 사천성 유명 인사들로 가득 찼다.

그들은 고관대작을 지내다가 낙향한 중앙 관료 출신부터, 사천경제인연합회(四川經濟聯合會) 회원들, 그리고 그들과 동행한 가족들이었다.

그래봐야 그 수가 이백을 넘지 않았다. 왕가위 성주가 요리 명인을 위해 손님을 이백 명으로 못 박아버렸기 때문이다.

오늘 이 자리에 모인 사람들의 주된 관심은 사천 제일 미녀 민소백과 쌍벽을 이룬다는 금상첨화(錦上添花) 왕주연의 미모와 경천동지(驚天動地) 요리 광인(料理狂人)의 요리 실력에 있었다.

요리사들이 날라온 이십여 종의 요리가 백화각 위와 아래에 수북이 진열되었다.

얼마 후 왕가위 성주가 가족을 대동하고 백화각으로 나와 손님들에게 인사를 했다.

"여러분, 오늘의 연회에 참석해 주어서 감사하오. 여러분을 위해 특별히 당대의 요리 명인을 초대해 준비한 것들이니 많이 드시기 바라오."

성주가 말을 마치자 백화각의 손님들이 일제히 허리를 숙이며 외쳤다.

"성주님과 공주님이 천세(千歲)하시기를 바랍니다!"

손님들이 대충 자리에 앉아 가볍게 차를 마시거나 술잔에 술을 따르는데 어디선가 징소리가 났다.

지이잉!

그것이 신호인 듯 장염과 민주려, 이대추가 장내에 들어서고 있었다.

　장엄과 함께 무대에 입장해 고관대작들과 지역 유지들을 둘러
보던 민주려는 어느 지점에 이르러 흠칫 놀랐다. 상상도 못한 얼
굴이 그곳에 있었다. 바로 사천 제일을 두고 치열하게 경쟁하던
중경삼림의 주인 왕정문(王正門)이었다.

　'저자가 어찌 이 자리에……?'

　민주려가 알기로 이 자리는 성도에서도 겨우 이백여 명만 초대
된 자리였다. 그만큼 신분과 지체가 높지 않으면 구경도 하기 어
려운 자리인데, 일개 객잔 주인이 와 있는 것이다.

　왕정문은 민주려가 자기를 쳐다보며 놀란 눈을 하자 속으로 콧
방귀를 뀌었다.

　'흥, 네놈의 수작이 어디까지 가나 보자. 오늘 이후로 사천제일
루는 내 것이다.'

　왕정문은 원래가 왕가위 성주의 먼 친척이었다. 일찍이 정치에
뜻이 없던 그는 가문을 떠나 천하를 방랑하다가 요리계에 뛰어들
었다. 주방 보조로 시작한 그는 치열한 경쟁을 뚫고 마침내 일급
숙수까지 이르렀다. 왕정문은 나이가 들자 고향으로 돌아와 다시
객점을 시작하여 오늘의 중경삼림을 일으켰다.

　물론 사천으로 돌아온 뒤로는 성주로부터 약간의 도움을 받기
도 했지만 거의 자기 힘으로 사천 요식업계를 이끌어왔다. 왕정문
은 진정한 자수성가형 요리사로, 그런 만큼 요식업에 대한 소명감
이 남달랐다.

　그렇지 않아도 사천제일루가 눈엣가시였는데, 헌원일광이라는
사내가 찾아와 털어놓은 이야기를 듣고 벼르던 기회가 왔음을 직
감했다. 사천 제일의 모든 영화를 다시 되찾을 기회가 제 발로 걸

어 들어온 것이다.

민주려는 무대에 이르자 성주에게 읍을 해보이고, 장염을 소개한 뒤 이대추와 함께 뒤로 물러났다. 이제부터는 장염이 책임져야 할 독무대였다.


장염이 불 붙은 화덕 앞에 홀로 서자 사람들이 웅성거리기 시작했다. 생각한 것보다 나이가 적다는 것과 역시 광인답게 몰골이 특이하다는 것이 입을 다물지 못하게 했다.

사람들은 내무대신이 나와서 '요리 명인이 주연 공주를 위해 몇 가지 요리를 선보일 것이다'라고 말하자 그제야 잠잠해졌다.

"이제 요리 명인이 시연하실 요리는 다음과 같소. 선포유채심(鮮鮑油菜心), 은아록육사(銀芽綠肉絲), 명주유채심(明珠油菜心), 어향육사(魚香肉絲), 담담면(擔擔面)이오."

장염이 요리 재료 앞에 가서 눈을 감았다. 머리에서는 땀이 비 오듯 흘러내렸다. 장(腸)에서 또다시 참을 수 없을 만큼의 통증이 전해졌기 때문이다.

사람들은 요리 광인의 심오한 모습에 숨을 죽였다.

'죽일 놈, 연기 하나는 명인 급이로구나!'

왕정문조차도 장염의 얼굴에 비 오듯 흐르는 땀을 바라보며 감탄했다.

민주려와 이대추는 똥 씹은 얼굴이 되었다. 또다시 쓰러지면 사태는 수습 불능이었다. 잔칫집에 마(魔)가 끼게 하는 것보다 더 재수없는 일이 어디 있겠는가? 게다가 꽃다운 십육 세 공주의 생일에 말이다.

장염은 온몸을 부르르 떨다가 눈을 번쩍 떴다. 주기적으로 밀려

오던 통증이 잠시 사라진 것이다. 이튿에 최대한 음식을 만들어둬
야 했다.

　장염이 두 손을 하늘로 치켜들었다. 지금까지 남들 앞에선 무공
을 쓰지 않았지만, 이젠 어쩔 수 없다. 시간을 아끼기 위해서는 무
공 초식이 필요했다.
　'스승님, 아주 잠시만이라도 제게 힘을 주십시오.'
　장염의 손이 신들린 듯 재료 위로 움직이기 시작했다.
　파파파팍!
　이미 실전(失傳)된 지 오래된 십단금의 절정 금나수가 전복과
유채, 노루고기, 메추리알, 돼지고기, 목이버섯, 죽순 등을 다듬어
갔다.
　세 개의 화덕 위에 무쇠 솥과 전골 냄비 등을 올려놓기가 무섭
게, 노루고기를 향해 달려들어 천마파천권의 파자결을 운용하여
식칼을 휘둘렀다.
　다다다다다닥!
　노루고기는 허공에서 잘게 잘라져 도마 위에 떨어져 내렸는데
피를 뺀 것임에도 불구하고 혈향과 함께 은은한 광택이 돌기 시
작했다.
　다시 몸을 돌려 돼지고기 앞에 선 장염이 칼을 바꿔 구궁연환
검의 검결에 따라 돼지고기를 다지기 시작했다. 돼지고기는 수백
번의 칼질이 있었음에도 전혀 형체가 변하지 않았다.
　끝으로 무영신나수의 수법으로 메추리알과 유채 사이를 몇 번
오가자 마침내 탁자 위에는 아무 재료도 남아 있지 않았다. 그 많
던 재료가 몇 번 호흡할 동안에 모두 다듬어져 솥과 냄비 안에 들

어가 있었던 것이다.

"오옷!"

"오오오······."

사람들은 장염의 신기에 넋을 잃고 말았다. 심지어 왕정문마저 입을 쩍 벌리고 있었다. 이대추와 민주려도 난생처음 보는 광경에 눈이 휘둥그레졌다. 장염은 진짜 요리 명인 같은 움직임을 보여주고 있었던 것이다.

"굉장하군요······."

누각 위에서 장염을 지켜보던 성주의 부인 오씨가 중얼거렸다.

성주는 부인 오씨의 말에 고개를 끄덕이며 말했다.

"과연! 고금 제일이라 할 수 있겠소."

장염이 다시 밀가루를 반죽하기 시작했다. 담담면을 만들기 위해서였다. 밀가루는 금세 반죽되더니 장염이 몇 번 내려치자 가는 수타면이 되어갔다.

그 순간 장염의 얼굴이 또다시 찡그려졌다. 도저히 참을 수 없는 통증이 다시 밀려오기 시작한 것이다. 심기를 과다하게 쓰자 이번에는 복통과 더불어 먹은 음식까지 목구멍으로 넘어오려 했다.

장염은 두 눈을 질끈 감고 반죽을 내려치기 시작했다. 고통을 참기 위해 머리 속으로 끊임없이 무극일원심법의 구결을 떠올리며 두 손에 힘을 주었다.

참을 수 없을 만큼 통증이 지속되자 장염의 허리가 조금씩 구부러졌다. 장염은 목구멍으로 치밀어 오르는 신물을 되새김질하며 더욱 쉬지 않고 면을 쳐댔다.

"어허헉!"

중인들이 비명을 질렀다. 장염의 손에 잡혀 있던 면이 점점 가늘어져 나중에는 거의 보이지도 않을 정도가 되었던 것이다. 면발은 머리카락보다 가늘었는데, 햇빛을 받자 은빛을 내며 출렁거렸다.

"전설의 세면(細麵 : 가는 면발)이다!"

이대추가 어이가 없다는 듯이 중얼거렸다. 왕정문도 눈이 찢어져라 부릅떴다. 중원 제일 숙수들 사이에 은밀히 회자(膾炙)되던 전설의 세면이 당대에 나타난 것이다.

요식업계 역사상 세면은 단 두 번 나타났다고 했다. 그중 가장 최근에 나타난 것이 이미 오백 년 전이었다. 그리고 이제 그들의 눈에 다시 세면이 등장한 것이다.


장염이 상체를 탁자 아래에 처박고 더 이상 움직이지 않았다. 정적이 흐르기 시작했다.

어느 순간 장염의 몸이 부르르 떨리더니 세면을 잡은 손가락이 서서히 벌어졌다.

이대추와 민주려가 황급히 뛰어나갔다. 장염은 반죽을 치던 탁자 밑의 재료통에 머리를 박고 기절해 있었다.

이대추가 장염의 머리를 들어 올리자 시큼한 냄새가 확 퍼졌다. 재료 위에 장염의 토사물이 가득했다. 장염을 부축하는데 야릇한 냄새가 풍겼다. 장염의 아랫도리 뒤쪽이 조금 젖어 보였다.

'헉, 쌌다!'

장염이 구토를 하고 장신을 잃는 순간에 참았던 설사가 터진 것이었다.

눈칫밥 오십 년의 민주려가 장염을 들쳐 업고 장내를 황급히 빠져나갔다.

　다행히도 사람들은 사천 요리 특유의 매운 양념 냄새 때문에 장염의 변 냄새를 맡지 못했다.

　나머지는 이대추가 마무리할 차례였다. 이대추는 황급히 솥과 냄비에 있는 요리들을 마무리하기 시작했다. 간은 장염이 맞춘 것을 믿고 너무 익지 않게끔 꺼내어 섞고 담아내는 데 열중했다.

　그러나 어향육사가 문제였다. 장염이 머리를 박고 토한 재료통에 다듬어놓은 어향육사의 마무리 재료가 있었다.

　이대추는 두 눈을 질끈 감고 재료를 무쇠 솥에 쏟아부었다. 전분을 넣지도 않았는데 재료는 벌써 걸쭉했다. 이대추는 서둘러 적당한 양의 전분을 털어 넣고 졸이기 시작했다.


　잔치는 성대하게 끝났다. 성주와 그 가족은 이대추가 담아준 사천오절을 남김없이 먹어치웠다. 주연 공주는 특히 어향육사의 맛이 독특하다며 칭찬을 아끼지 않았다.

　주연 공주의 칭찬이 떨어지기가 무섭게 왕정문과 기타 미식가들이 앞다투어 어향육사를 맛보았다. 매콤 새콤한 그 맛은 일찍이 누구도 먹어보지 못한 것이었다.

　이대추는 속이 뒤집히는 것을 억지로 참고 자리를 떴다.

　연회가 끝난 뒤에야 왕정문은 전설의 세면 때문에 사천제일루의 사기 행각을 고발하지 못한 것을 깨달았다.

　그러나 다시 생각해 보니 장염이 보여준 요리의 세계는 과연 명인의 것이었다. 그렇다면 헌원일광이라는 놈이 자기에게 물을 먹이기 위해 거짓말을 한 것이 분명했다.

　'죽일 놈! 나에게 무슨 원한이 있다고……'

왕정문은 헌원일광의 얼굴을 떠올리며 이를 으드득 갈았다.


*       *       *


다음날 눈을 뜬 장염은 손수 탕약을 들고 방에 찾아온 민주려와 이대추의 극진한 대접에 몸둘 바를 몰랐다. 토하고, 변을 싸고, 기절했는데, 마치 자신이 천하제일의 요리사인 양 떠받들어 주는 것이었다.

장염은 그들이 '세면이 어쩌구…' 말했지만 하나도 알아듣지 못했다. 그때는 고개를 탁자 밑에 처박고 정신이 오락가락하던 때였기 때문이다.

무사히 연회가 끝났다니 이제 내가 할 일이 없겠구나 생각하며 조금 허탈해하고 있는데, 민주려가 계속 머물며 요리를 만들어줬으면… 하고 말꼬리를 흐렸다.

장염이 꿈인가 생시인가 싶어 눈을 크게 뜨자 민주려는 며칠을 푹 쉰 뒤, 이대추에게 다시 요리를 배우는 게 어떻겠냐고 물어왔다.

장염이 황망히 그렇게 하겠다고 대답하자, 배우는 동안 틈틈이 사천오절을 만들어주면 고맙겠다고 말하고 방에서 나갔다.

그렇게 해서 장염은 당분간 사천제일루의 주방에서 계속 일을 거들기로 하였다.


운현궁에 초대받아 장염이 다녀온 지도 사흘이 지났다.

사천제일루는 주연 공주의 생일 연회가 끝난 다음날부터 손님으로 들끓기 시작했다. 사람들은 젊은 요리 광인이 머물고 있다는 사천제일루로 앞다투어 몰려왔다. 사천성 요식업계도 전설의 세면으로 소란스러웠다.

그리고 사천성의 요리 광인은 상인들의 입을 타고 중원 전역으로 퍼져 나갔다.

*      *      *

발없는 말이 천리를 간다고 했던가? 산서성(山西省)으로 접어든 용마표국의 표사들까지도 사천성에 등장한 요리 광인의 소문을 듣게 되었다.

그들은 객잔에 들를 때마다 귀에 못이 박히도록 사천성의 요리 광인 이야기를 들었는데, 용마표국이 사천에 있다는 것을 안 어떤 이들은 용마표국의 표사와 잡부들에게 찾아와 세세히 묻기도 했다.

용마표국 일행은 대부분 사천 토박이들이지만 요리 명인은 금시초문이었다. 그들은 표행이 끝나는 대로 요리 명인을 찾아봐야겠다고 입을 모았다.

"형님, 이번 표행이 끝나면 장 사부를 모시고 그간의 회포를 거창하게 풀어봅시다."

"그래, 마침 사천성에 요리 명인까지 있다고 하니 고향에 돌아가기 전에 꼭 자리를 마련해 보도록 하자."

이무심과 장소룡은 이야기를 나누며 주변 경관을 느긋하게 바라보았다. 신공의 수련이 깊어질수록 짐도 무겁지 않았고, 주변의 잡부들도 그들을 귀찮게 하지 않아 마음이 편했다.

처음 표행을 떠났을 때, 잡부들이 건들거리며 장가촌 일행의 심기를 수시로 건드렸었다. 이른바 텃새를 부렸던 것이다.

그러나 근래에 들어 잡부들은 장가촌 일행을 어려워했다. 그것은 얼마 전에 생긴 잡부들 간의 싸움 때문이었다.


그날도 대낮에 눈을 반쯤 감고 중얼거리며 걷는 장가촌 일행을 못마땅하게 바라보는 사람이 있었다. 근육질의 사내인 그는 사람들이 '소씨(邵氏)', 또는 '큰형님'이라고 불렸는데, 조만간 하급 표사가 될 예정이었다.

잡부에서 표사가 되기란 매우 어려운 일이었지만 소씨는 외공의 수련이 깊어 그 소리가 뜬소문은 아니었다.

소씨가 곧 표사가 될 것이라고 알려지자 그의 밑으로 몇 사람의 힘깨나 쓰는 잡부들이 모여들었다. 그 뒤로 그는 용마표국의 잡부들에게 '큰형님'으로 대접을 받아왔다.

이 용마표국의 큰형님이 잡부로서의 마지막 표행 길에 나섰다가 재수없는 일을 목격하고 말았다. 잡부들 속에 사교(邪敎)의 무리들이 섞여 있었던 것이다. 그들은 서로를 사부, 혹은 형, 아우라 불렀다.

소씨가 특별히 기분 나빴던 것은 그들이 잡부들의 큰형님인 자기를 별로 어려워하지 않고 그 앞에서도 제멋대로 행동을 한다는 점이었다.

한번 눈 밖에 나자 그들이 반쯤 눈을 감고 중얼거리는 것과 늦은 밤이면 슬그머니 밖으로 나가 발광을 하고 들어오는 것도 보기 싫었다.

'저 미친 녀석들이 잡부들의 근로 환경(勤勞環境)을 해치니 오늘은 기어이 손을 봐야겠구나.'

소씨가 작정을 하고 가까이 있던 젊은 사내에게 다가갔다.

몸이 마른 그는 반개(半開)한 눈으로 알 수 없는 주문을 흥얼거리며 걷고 있었다.

"어이, 자네!"

소씨가 목에 힘을 주고 불러도 청년은 돌아보지 않았다.

'기도하는 중인가 보군.'

큰형님인 소씨가 잠시 기다려 주었지만 그의 기도는 끝나지 않았다.

마침내 참지 못한 소씨가 욕을 퍼부었다.

"이런 개자식이 있나! 윗사람이 부르면 응당 돌아봐야 할 것 아니냐!"

그렇게 욕을 했음에도 청년은 눈길 한번 주지 않고 걷기만 했다.

화가 치밀어 오른 소씨가 자기의 어깨를 슬쩍 비틀자 등에 묶여 있던 커다란 짐이 빙그르르 돌며 청년의 머리통을 때렸다.

퍽!

이삼인은 욕설과 함께 무엇인가가 머리통을 후려치자 눈을 크게 떴다. 옆에서 소씨가 칙칙한 눈빛으로 노려보고 있었다.

이삼인이 뭐라고 대꾸하려고 하는데 멀리서 표사가 소리쳤다.

"여기서 건량을 먹고 다시 출발하겠으니 모두들 잠시 멈추시오!"

이삼인이 얼씨구나 싶어 등에 지고 있던 표물을 내려놓고 소씨를 바라보았다.

소씨가 다시 한 번 거친 욕설을 퍼부었다.

"야이, 후레자식아! 어디서 감히 눈깔에 힘을 주는 거냐!"

'오냐, 너, 잘 걸렸다. 그렇지 않아도 신공의 위력을 확인하고 싶어서 몸이 근질거리던 차다.'

이삼인이 히죽 웃으며 말했다.

"너는 소씨라는 덜떨어진 잡부로구나! 무슨 볼일이 있는 게냐?"

부르르 떨던 소씨가 등에 지고 있던 표물을 내려놓으며 소리쳤다.

"네놈의 주둥아리 때문에 몸뚱어리가 고생하는 것인 줄 알아라!"

소씨의 말이 떨어지자 근처에서 쉬고 있던 인상이 고약한 잡부들이 건들거리며 모여들었다.

"끼끼끼, 큰형님! 드디어 오늘 손을 보시는군요."

"쿠헤헤헤! 형님의 소림권을 오늘 다시 보게 되다니……."

다섯 명의 잡부가 저마다 한마디씩 던지며 이삼인과 소씨를 가운데 두고 빙 둘러섰다. 혹시라도 사교 일행이 끼어들어 방해를 할까 봐 미리 손을 쓴 것이다.

그러나 그들의 우려와는 달리 사교 무리들은 멀찍이서 단지 바라만 보고 있었다.

'역시 사교의 무리들이라 인정머리들이 없구나. 오늘은 이 녀석이지만 내일부터 너희 한 놈 한 놈을 손봐줄 테니 너무 좋아하지는 마라. 호호호!'

소씨가 속으로 비웃으며 청년에게 서서히 다가갔다. 몸이 마른 청년이 땅바닥에 떨어진 한 자 정도 되는 길이의 나뭇가지를 집어 들었다.

"크하하핫! 어디 개라도 잡으려고 나왔느냐!"

소씨가 헐보벽장(歇步劈掌)의 일식을 펼쳐 우권(右券)으로 이삼인의 안면을 찍어갔다. 헐보벽장은 무림에 널리 알려진 소림의 나한권이었다.

강맹한 권풍이 얼굴로 밀려오자 이삼인은 옆으로 슬쩍 비켜서며 막대기의 끝을 쭉 내밀었다.

그것으로 끝이었다. 막대기는 소씨의 좌편 어깨에 닿아 있었다.

잡부들이 의아한 얼굴로 큰형님을 바라보았다. 단지 살짝 닿았을 뿐인데 소씨가 거품을 물며 뒤로 넘어가고 있었던 것이다.

"형님이 경기(驚氣)를 일으켰다!"

거품을 물고 파르르 떠는 소씨는 누가 보더라도 지병을 앓고 있는 환자였다.

"이 잡놈아! 하필 오늘 큰 형님이 발작을 일으켰지만 너무 좋아하지 마라. 우리가 형님을 대신해서 네놈의 피 색깔을 좀 봐야겠다."

다섯 명이 한꺼번에 이삼인에게 덤벼들었다.

이삼인은 바람에 흔들리는 갈대처럼 유연하게 몸을 이리저리 흔들며 때때로 나무 막대기를 앞으로 살짝 밀어 넣기만 했다.

이삼인이 다섯 번의 손질을 마치자 장내에는 더 이상 서 있는 사람이 없었다. 여섯 명의 잡부들은 땅바닥에 쓰러져 끙끙거리며 애처로운 신음을 흘려댔다.

그것을 보던 주변의 다른 잡부들은 장가촌 사람들이 무공까지 익힌 사교 무리임을 알고는 대낮에도 슬슬 눈치를 보기 시작했다.

그 뒤로 장가촌 일행의 표행 길은 너무도 수월했다. 잡부들은 알아서 조심해 주었고, 장가촌 사람들이 무엇을 하든 모른 척 외면했다.

*        *        *

어느 날 총표두 낙장불패 곽자연은 우연히 표사들이 떠드는 소리를 듣게 되었다.

"우헤헤! 자네도 들었나? 잡부들이 한판 싸움질을 벌였다며?"

"크흐흐, 이 사람 소식이 느리구먼. 소가(邵哥)를 따르는 자들이 섣불리 까불다가 새로 온 잡부들에게 박 터지도록 맞았다네."

곽자연은 흥미로웠다. 표물을 운반하는 잡부들은 막노동꾼들이라 서로 알력이 생겼다가도 힘으로 서열이 정해지면 잠잠해지는 것이 그 세계의 법이었다.

그러나 곽자연이 특별한 관심을 가지는 것은 곧 하급 표사가 될 예정이던 근육질의 사내가 무참하게 두들겨 맞았다는 것이다.

잡부들 속에 하급 표사 정도의 재간이 있는 사람이 섞여 있었다는 것은 위험 신호였다. 잡부는 잡부였기 때문이다.

잡부의 무능력을 확인한 다음에 받아들이는 것이 표물의 안전을 위해서 아주 중요했다. 만약 녹림의 고수가 신분을 속이고 잡부 틈에 섞인다면 싸움이 일어났을 때 하급 표사들이 표물을 지키기가 더욱 어려울 것이기 때문이다.

잡부의 힘과 표사의 힘은 철저히 비교 분석되었고, 언제나 최하수 표사라도 잡부들의 두목보다는 월등하게 강해야 표행 길이 든든했다.

낙장불패 곽자연은 사태를 충분히 파악해야겠다고 생각하고 그때부터 유심히 잡부들을 살펴보았다.

그러다가 마침내 한 가지 놀라운 사실을 알게 되었는데, 잡부들 속에 열 명의 희귀한 종자들이 섞여 있다는 것이었다.

'빌어먹을! 출발 전에 확인할 때는 전혀 이상이 없었는데, 어쩌다가 이런 일이 생긴 건지…….'

분명히 출발 전에 세세히 살핀 그들 열 명의 잡부들은 호북성의 첩첩산중에서 세상 구경 나온 시골 사람들이었다. 그들은 무사도 아니고 일반인은 더 더욱 아닌 야릇한 신분이었는데, 지닌 바 무술 실력도 보잘것없었고, 내력은 아예 전무한 상태였다.

그런데 표행 길에서 무슨 기연을 만났는지 태양혈에 종기가 나려고 하는 사람들처럼 은근한 표시가 났다.

저 정도 내력이면 못해도 십 년은 될 듯한데, 이해가 가지 않았다. 사천을 떠나온 지 이제 열흘 남짓 되었는데 십 년 공력이라니 말이나 될 소린가?

곽자연은 그들이 표행 길에 희귀한 뱀이나 약초를 먹게 된 것이 분명하다고 결론을 내렸다. 그렇게 생각하자 질투가 끓어올랐다. 하늘은 왜 저런 무리들에게만 복을 내리시는지. 단전에 갈무리된 사십 년 적공(積功)이 왠지 허무하게 느껴졌다.

"이 표두, 잠깐 이리 오게."

곽자연은 표사 중 비교적 고수라고 할 수 있는 이 표두를 불러 잡부들을 특별히 감시하라고 명령을 내렸다. 특히 저 십여 명의 잡부들에게서는 한시도 눈을 떼지 말라고 했다.

이 표두는 총표두의 지시가 조금 이해가 가지 않았지만, '예'라고 대답한 뒤 그때부터 장가촌 일행을 유심히 살피기 시작했다.

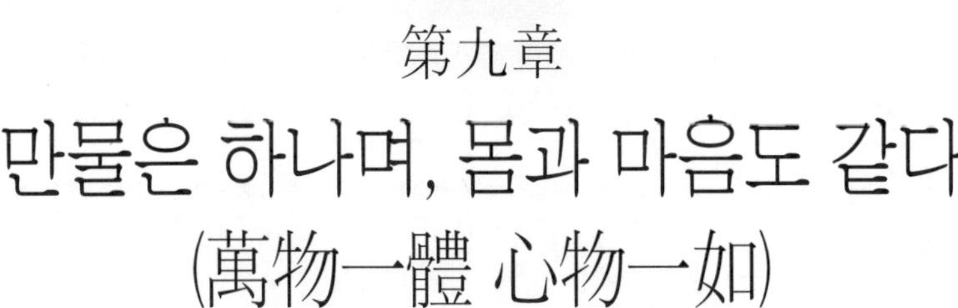



# 만물은 하나며, 몸과 마음도 같다
## (萬物一體 心物一如)

　백화각의 연회가 끝난 지 사흘이 지난 정오 무렵이었다. 사천제
일루의 특실에 일단의 무림인들이 찾아와 요리를 시키다 말고 장
염을 찾았다.

　그러나 그 시간에 장염은 민주려가 '몸이 회복될 때까지 주방
에 나오지 않아도 좋다'며 손수 용돈까지 쥐어줬기 때문에 사천
성 일대를 돌아다니고 있었다.

　"무어라? 사흘 전에 미리 예약을 하고 찾아왔는데도 요리 명인
을 만날 수가 없다는 것이 말이 되느냐?"

　의혈단의 외단 순찰총감 상일검이 점소이를 향해 소리를 질렀
다. 자기가 추천하여 사천제일루로 단주 일행을 모시고 왔는데, 요
리 명인이 자리에 계시지 않아 그를 불러올 수가 없다는 것이었다.

　전설의 요리 명인을 먼저 만나 은근히 의혈단의 위세를 보여주
고 특별 음식을 만들어오게 하고 싶었는데, 그 계획이 어긋나게

되었으니 상일검의 체면이 말이 아니었다.

"주인을 오라고 하여라!"

"네, 네, 잠시만 기다려 주시면 곧 모셔오겠습니다."

점소이는 특실에서 빠져나오자마자 계산대의 민주려에게 달려
갔다.

"주인 어른, 특실에서 주인님을 찾습니다."

"손님들이 왜 나를 찾는단 말이냐?"

"그게… 요리 명인이 없다고 하자 화를 내며 주인님을 부르는
것입니다."

"알겠다."

민주려는 점소이의 말을 듣고 난처한 기색을 짓다가 계산대에
서 일어났다. 특실의 손님들이 찾는다면 가보지 않을 수 없는 것
이다.

상일검은 민주려를 보자마자 이 자리에 온 분들이 어떤 분들인
지 장황하게 설명하고, 당장 요리 명인을 데리고 오라고 하였다.

"지금은 명인이 출타 중입니다. 그러나 일단 요리를 조금이라도
주문하시면, 그것을 드시는 동안 명인을 찾아 모셔오겠습니다."

"좋소이다."

그 자리에서 의혈단 일행이 몇 가지 요리를 주문했다.

민주려는 조심스러운 걸음으로 자리에서 물러나자 곧 점소이를
불렀다.

"너는 요리 명인을 찾아 속히 모시고 오너라."

점소이가 뛰어나가자 민주려는 서둘러 주방으로 가서 요리를
알려주고 특별한 당부를 잊지 않았다.

"일광아, 특실의 손님들이 주문한 요리이니 이 숙수에게 잘 말

해야 할 것이다."

민주려의 말에 헌원일광이 맥빠진 목소리로 대답했다.

"잘 알겠습니다……"

풀 죽은 헌원일광의 대답을 듣고 돌아선 민주려가 고개를 가웃거렸다.

'저 녀석 집안에 우환(憂患)이 있나, 어째 요즘 통 기운이 없어 보이는군.'

＊　　　　＊　　　　＊

그 시간에 장염은 사천성 성도를 기웃거리고 있었다. 장염으로서는 처음으로 한가한 시간을 가지게 되었기에 몸이 좀 좋아진 뒤부터 사천 일대의 명소를 구경하고 있었던 것이다.

어제는 노자(老子)를 기리는 청양궁(靑羊宮)에서 하루 종일 시간을 보냈다. 그러나 웬일인지 하루 만에 다시 배가 살살 아파와서 지금은 사천제일루 근처의 가까운 곳만 배회하고 있었다.

점심 무렵이 되자 허기를 느낀 장염은 주변을 둘러보았다. 품안을 더듬어보니 민주려가 용돈으로 쓰라고 쥐어준 은자가 만져졌다.

장염이 멀리 보이는 커다란 객점으로 걸음을 옮기는데, 뭔가 펄럭거리는 소리가 들렸다. 고개를 돌려보자 길옆의 대나무에 깃발 하나가 매달려 바람에 흔들리고 있었다.

때가 낀 회색 천에는 '사천일미(四川一味) 담담면(擔擔面)'이라는 글자가 씌어져 있는데, 깃발 밑으로 초췌하게 생긴 노인이 작은 탁자 하나를 놓고 음식을 팔고 있었다.

　장염이 잠시 바라보다가 그리로 걸어갔다. 먼저 온 사람 하나가 쪼그리고 앉아 국수를 먹고 있었다.

　"할아버지, 저도 한 그릇 주세요."

　노인은 장염을 힐끔 바라보더니 분주하게 손을 놀리기 시작했다. 그리고 잠시 후 장염의 코앞에 담담면 한 그릇이 디밀어졌다.

　"드시구려."

　두 사람이 말없이 담담면을 먹고 있을 때 노인이 중얼거렸다.

　"젊은 사람의 몸이 아주 부실해 보이는구만. 쯧쯧, 젊어서 몸 관리를 잘해야지."

　장염은 국수를 한입 가득 입에 물고 노인을 바라보았다. 노인의 두 눈에는 염려의 빛이 가득했다.

　"아, 이 사람아, 몸이 밑천인 사람들은 건강해야 좀 더 세상을 오래 살 수가 있는 거라구."

　장염이 희미하게 웃자 노인은 무쇠 국자에 국물과 면을 조금 더 담아 장염의 그릇에 부어주었다.

　"감사합니다."

　장염이 인사를 하자 옆에 앉아 먹던 사람의 인상이 구겨졌다. 같은 돈 내고 먹는데 누구는 한 번 더 담아주고, 자기는 그냥 먹으니 기분이 좋을 리 없었다.

　노인은 사내를 힐끔 보더니 얼른 국자에 국물과 국수를 담아 그에게도 부어주었다. 사내는 그제야 실실 웃으며 국수를 먹기 시작했다.

　장염은 문득 '세상은 이렇듯 매사에 공평하기를 원하는구나'라고 생각했다.

　"국물 맛이 좋군요."

장염이 은자 한 냥을 건네며 말하자 노인이 난처한 표정을 지었다.

"젊은이, 겨우 닷 푼짜리를 먹고 은자 한 냥을 내면 어떻게 거슬러주라는 얘기요?"

"아! 그렇습니까? 죄송합니다."

장염은 주머니를 뒤져 봤지만 더 작은 돈이 없었다. 장염이 허둥대다가 문득 노인을 바라보았다. 좋은 생각이 떠올랐던 것이다.

"할아버지, 거스름돈 대신 제게 이 담담면 만드는 법을 가르쳐주시면 안 될까요?"

장염이 노인에게 거스름돈을 받지 않기 위해 건네본 말이었다. 노인은 얼떨떨한 표정을 지었다. 은자 한 냥이면 자신의 한 달 순수입금보다 많았다.

담담면은 아무나 만들어 먹을 수 있는 국수다. 집에 들어가기 귀찮고 시간이 없으니 길거리에서 사 먹지, 이걸 배우기 위해 거금을 들이는 사람은 없을 것이다.

이게 웬 횡재냐 싶어서 노인이 장염을 앉혀놓고 담담면을 강의하기 시작했다. 담담면을 강의하는 노인의 표정이 밝았다.

장염은 그 얼굴 바라보며 덩달아 기분이 좋아졌다. 사람이 세상을 살아가다가 이렇게도 행복을 느낄 수 있구나 하는 생각이 들었다. '나로 인해 타인이 행복해하는 것이 자기에게도 즐거운 일이 될 수 있다'는 것을 장염은 그때 처음 깨달았다.

문득 경천일기공의 구결 중 만물일체(萬物一體) 심물일여(心物一如)라는 법문이 떠올랐다. '세상의 모든 것은 다 같은 몸처럼 유기적으로 연결돼 있으며, 마음과 몸도 결국 같은 것이다'라는 것이 바로 이런 경우가 아닌가? 하는 생각이 들었다. 그렇지 않고

서야 노인의 즐거움이 자신의 기쁨으로 전해질 수 없는 것이기
때문이다.

　장염이 그렇게 속으로 새로 깨달은 경천일기공의 구결을 묵상
하는데 멀리서 그를 부르는 소리가 들렸다.
　"장 대인(張大人)!"
　정신을 차리고 보니 객점의 점소이 하나가 황급히 뛰어오고 있
었다.
　장염은 속으로 '세상 참 살아볼 만하다'고 생각했다. 장 부랑자
(浮浪者)에서 며칠 만에 장 대인(大人)이 된 것이다.
　점소이는 장염에게 오자마자 헉헉거리면서도 사천제일루에  의
혈단 손님들이 왔는데 명인(名人)의 얼굴을 봐야겠다며 소란을
피운다고 단숨에 말했다.
　점소이의 말을 듣던 노인은 눈이 왕방울만하게 커졌다. 이제 보
니 소문으로 듣던 사천제일루의 명인이 눈앞에 앉아 있었던 것이
다.
　장염은 노인에게 고개를 숙여 잘 먹었다는 인사를 했다. 그리고
몸을 일으켜 앞서 가는 점소이의 뒤를 따라 사천제일루로 돌아갔
다.
　그날 이후로 노인은 손님들에게 명인이 앉아 담담면을 드시고
가신 자리라며 장염이 쪼그리고 앉았던 자리를 자랑했다.


＊　　　　＊　　　　＊


　장염이 사천제일루로 들어서자 민주려는 그의 손을 이끌고 삼

층으로 올라갔다. 삼 층에는 매(梅), 난(蘭), 국(菊), 죽(竹)의 특실
이 있었는데 민주려는 장염을 매실로 데리고 갔다.

'헉! 어찌 저놈이……'

장염이 매실로 들어서자 한 사람의 눈이 크게 치떠졌다. 그는
환영검 노호였다.

매실에 들어선 장염도 깜짝 놀라고 말았다. 매실에는 십여 명의
남녀가 앉아 음식을 먹고 있었는데, 그중 네 사람의 얼굴은 장염
이 꿈에도 잊을 수 없는 얼굴들이었다.

의혈단의 단주 건곤일척(乾坤一擲) 위지천(魏志天)이 호탕하게
웃으며 말했다.

"하하핫! 장강의 뒷 물결이 앞 물결을 밀어낸다고 하더니만. 나
는 이토록 젊은 분이 요리 명인(料理名人)이실 줄은 미처 몰랐소.
반갑소이다."

의혈단의 단주는 무림 구대문파의 장문인들과 어깨를 나란히
하는 지존의 위치였다. 그런 그가 먼저 인사를 건네자 황급히 부
단주 철혈판관(鐵血判官) 이묘산(李妙算)이 나서서 사람들을 소
개하기 시작했다.

장염은 이묘산으로부터 건곤일척 위지천, 청송검객 상일검, 벽
력장 왕지 등과 일룡이봉삼절사검을 소개받았다.

장염은 그들에게 일일이 포권해 보이며 허리를 숙여 인사를 했
다. 장염이 비록 요리사에 불과했지만 사람들이 전설의 경지에 이
른 그의 솜씨를 흠모했고, 특별히 사천성 성주 왕가위가 매우 아
끼는 사람이라고 소문이 났기 때문에 의혈단 사람들은 모두 조금
정중해지지 않을 수 없었다.

장염은 특별히 신진 고수 중 사검(四劍)을 소개받을 때 가슴이

떨려왔다. 사검은 바로 무당 사검사들이었던 것이다. 무당 사검사들은 천하 무림 대회에 우승하자 사문으로부터 하산할 것을 명령받아 의혈단의 일원으로 자리를 잡게 된 것이었다.

장염이 매화검 영화를 슬쩍 바라보자 영화의 상기된 표정이 장염의 눈에 가득 찼다. 순간 장염은 마음 한구석이 따뜻해져 옴을 느꼈다.

그녀와 동행한 기간은 짧았지만 그녀는 장염의 인생에 하나의 획을 그은 사람이었다. 홀로 떨어져 지내며 느끼던 허전함이 사실은 그리움이었을까? 장염은 온몸이 가득 채워지는 뿌듯한 느낌을 받았다.

장염이 두근거리는 마음을 가라앉히고 실내의 사람들에게 인사를 마쳤다.

서로 간에 간단한 소개가 끝나자 상일검이 말했다.

"명인께서 몇 가지 요리를 만들어주셨으면 좋겠소만."

장염은 선선히 고개를 끄덕이며 '알겠습니다'라고 대답한 뒤 자리에서 물러났다.

주방으로 내려간 장염은 이대추에게 조언을 구했다.

"이 대가(大家), 제게 해를 입힌 사람과 은혜를 베푼 사람이 있는데, 어떤 음식이 좋겠습니까?"

이대추는 대뜸 '해를 입힌 놈에게는 상한 숙주를, 은혜를 베푼 사람에게는 우육초병(牛肉焦餠)과 금구봉미(金鉤鳳尾)를 주라'고 했다.

장염이 '상한 숙주는 싫으니 다른 좋은 것을 가르쳐 달라'고 하자 '그럼 물만두나 처먹게 하자'고 했다.

그는 즉석에서 장염을 위해 후식용으로 쇠고기를 전병에 싸서

튀긴 '우육초병'과 말린 새우와 죽순을 이용해 화사하지만 담백한 '금구봉미', 그리고 물만두 '청탕초수(淸湯抄手)'를 만들어주었다.

장염은 점소이를 불러 음식들을 가져가게 하고 뒤따라 들어가 음식 그릇을 하나하나 식탁에 내려놓았다.

그러다 보니 매화검 영화의 주변에는 우육초병과 금구봉미가 진을 쳤고, 환영검 노호의 주변에는 온통 물만두로 가득 차 노호에게서 비릿한 물 냄새가 날 정도였다.

장염은 그릇을 내려놓을 때 영화와 몇 번 눈이 마주쳤는데 그럴 때마다 가슴이 두근거렸다. 영화 때문에 떨던 장염은 노호 앞에 물만두를 하나 더 내려놓다가 그만 손끝에 힘이 빠져 접시를 툭 떨어뜨렸다.

그 바람에 노호의 옷자락에 국물이 튀자 장염은 얼른 '요즘 내장이 상해 힘이 빠져 실례를 했다'며 허리를 깊이 숙였다.

노호는 그 소리에 찔끔해서 '괜찮다'며 손을 휘휘 저었다.

*          *          *

민주려의 고명딸이자 옥돌 민(珉) 자를 쓰는 소백이 근래 들어 자주 객점을 드나들었다. 민주려가 왜 그렇게 객점을 드나드느냐고 하면 어머니 오씨의 심부름 때문이라고 했다.

오늘도 민주려는 계산대에 앉아 있다가 문턱을 넘는 소백을 발견하고 인상을 찌푸렸다.

"아니, 소백아. 오늘은 또 무슨 일로 왔느냐? 어미가 양념을 잊은 게 있다더냐?"

소백은 빙그레 웃으며 아버지의 얼굴을 똑바로 쳐다보았다.

"아니요, 오늘은 사슴고기를 좀 가지러 왔어요. 어머니가 사 오라고 하셔서."

"그럼 정육점으로 가야 하지 않겠느냐?"

"제가 고기를 볼 줄 알아야죠. 좋은 고긴지 나쁜 고긴지 어찌 알겠어요? 주방의 고기는 믿을 수 있지 않겠어요?"

민주려는 생글생글거리며 꼬박꼬박 말대답하는 딸을 물끄러미 바라보았다.

소백은 그런 아버지를 향해 혀를 쏙 내밀어 보이고 후닥닥 주방 쪽으로 뛰어갔다.

'저런, 다 큰 녀석이 아직도 하는 짓이라곤… 쯧.'

민주려는 딸이 왜 객점을 드나드는지 감이 잡히지 않았다. 민주려가 혀로 끌탕질을 치다가 다시 장부로 눈을 가져갔다. 요즘 들어 매상은 평소의 세 배 가까이 늘어 있었다. 모든 게 다 장염 덕분이라고 생각한 민주려는 기분이 좋아졌다. 진짜 굴러 들어온 보배 같은 녀석이었다.

이제 나흘 걸러 한 번씩 질러대는 비명은 사천성 성도 일대의 명물이 되었다. 전설의 요리 명인이 인간의 한계를 극복하기 위해 괴로워한다는데 누가 뭐라고 할 수 있겠는가?

또, 누군가의 입을 통해 '어느 날 밤 인생의 실패자 한 사람이 지나가다가 그의 비명을 들은 뒤 크게 감동을 받고 돌아가 성공을 거두었다더라' 는 이야기가 나돌았다.

그러자 그 후로는 실패하고 좌절한 사람들이 밤마다 사천제일루 객잔 근처를 배회하며 장염의 비명을 기다리기도 했다.

근래 들어 민간(民間)에는 장염의 심야 비명(深夜悲鳴)에 개과 천선(改過遷善)의 능력이 깃들어 있다는 설(說)까지 떠돌 정도였다.

민주려가 요즘 들어 퍼지는 새로운 소문에 고개를 설레설레 젓고 있을 때, 그의 딸 소백은 주방으로 걸어 들어가고 있었다.

주방은 음식 냄새와 연기로 앞을 구별하기 힘들 정도였다. 지금은 저녁 무렵이라 다들 눈코 뜰 새 없이 움직이고 있었다. 소백의 눈이 한쪽에 고정되었다.

한 남자가 바닥이 둥근 작은 철 솥을 한 손으로 흔들며 시선을 야채에 고정시킨 채 땀을 흘리고 있었다. 그의 손목이 움직일 때마다 야채 덩어리가 한번씩 허공으로 치솟았다. 야채 사이사이로 공기를 집어넣기 위한 동작이었다. 그의 마른 얼굴에 희미한 웃음이 떠올랐다.

'요리가 저렇게 좋은 것일까?'

소백은 장염의 얼굴에서 눈을 떼지 못했다. 장염이 어떻게 객점에 남게 되었는지 누구보다 소상히 알고 있는 그녀였다. 어찌 보면 비참한 상황에서 그는 훌륭하게 자기 인생을 바꾸었던 것이다.

그것이 소백의 눈에 비할 수 없이 아름답게 보였다. 그리고 언제부터인가 그의 모습을 멀리서 지켜보는 것이 그녀의 즐거움이 되어버렸다. 이 마음이 나중에 눈물의 근원이 될지 무한한 기쁨의 근원이 될지 알 수 없었지만, 소백은 상관하지 않기로 했다. 그녀는 머리보다는 가슴으로 살기를 원하는 여자였던 것이다.

*　　　*　　　*

그날 밤 장염은 좀처럼 잠을 이루지 못했다. 영화의 모습이 아른거렸기 때문이다.

낮에 영화는 심각한 얼굴의 의혈단 사람들과 함께 객점을 떠났다. 분위기가 엄숙해 장염은 그녀에게 작별 인사조차 건네지 못했다.

언제 다시 그녀를 만날 수 있을까? 장염은 영화의 이름을 몇 번 읊조리다가 진원청을 만났다.

장염은 스승의 목소리를 들었다. 경천일기공… 뭐라고 하는 것 같았다.

오늘은 왜 이렇게 조용할까? 눈을 감으면 들려오던 스승의 권법 구결도 들리지 않았다.

장염은 주위를 둘러보았다. 와룡곡 사방 어디에도 스승의 모습이 보이지 않았다.

장염이 당황하여 어쩔 줄 몰라 하는데 진원청이 검을 들고 초연한 모습으로 서 있었다. 늘 죽음과도 같은 고통을 선사하는 스승인데도 반가운 마음이 들었다.

"스승님……."

장염이 중얼거리자 진원청이 덩실덩실 춤을 추기 시작했다. 신비의 검무였다. 실타래가 풀리듯 진원청의 검에서 검기가 솔솔 풀려 나와 사방을 감싸기 시작했다.

이전에는 검기에서 살기마저 느꼈었는데 오늘 진원청의 검기는 따뜻하기만 했다.

장염은 진원청의 검기 앞에 조용히 서 있었다. 신기하게 검기 속에서 진원청의 마음이 느껴졌다.

"스승님……."

다시 한 번 진원청의 이름을 불렀을 때, 장염은 눈물을 흘리고 있었다.

　진원청의 춤이 점점 현란해졌다. 그리고 어느새 진원청의 두 손이 다시 하늘과 땅을 가리키고 있었다.

　장엽은 가슴을 향해 밀려오는 하얀빛을 보았다. 황급히 두 손을 모아 가슴을 막아보았지만 빛은 그대로 장엽의 가슴을 관통하고 말았다.


　"끄아아아악—!"

　처절한 비명과 함께 장엽은 자리에서 벌떡 일어났다.

　가슴이 아팠다. 그러나 가슴보다 마음이 더 아팠다.

　장엽의 눈에서 눈물이 주르륵 흘러내렸다. 영화를 다시 만난 이후로 스승의 검기가 따뜻하게 느껴진 것일까, 아니면 낮에 깨달은 만물일체(萬物一體) 심물일여(心物一如)의 법문 때문일까?

　어쨌든 우는 것은 사내답지 못한 일이라고 책망하며 소매로 눈물을 훔쳤다.

　그날 밤 사천제일루의 담장 아래에 앉아 장엽의 심야 비명을 듣고 있던 한 인생의 실패자도 눈물을 흘리고 있었다. 그의 이름은 헌원일광이었다.


　이른 새벽 장엽은 한 낯익은 사내의 방문을 받았다. 주방 칠 년 선배 헌원일광이었다. 그는 장엽에게 미안하다고 했다. 오늘은 '물론 자네도 알겠지만…' 이라는 말을 하지 않았다.

　장엽은 헌원일광이 주연 공주의 생일 연회 전에 중경삼림에 찾아가서 사실을 털어놓았었다고 하는 말을 듣고도 놀라지 않았다. 스스로 부끄럽게 여기고 있던 일 중의 하나는 바로 그날 자신이 남들을 속이는 데 앞장 섰다는 것이있다. 장(腸)이 상할 정도로 요리에 몰두했던 것은 바로 그런 죄책감 때문이었는지도 몰랐다.

"자네가 나더러 이곳을 떠나라고 한다면 떠나겠네……"

"떠나시다뇨? 천만의 말씀입니다. 오히려 헌원 형님께 감사합니다. 사실은 저도 누군가에게 꼭 진실을 말하고 싶었거든요. 헌원 형님의 얘기를 들으니 제게도 용기가 생깁니다. 앞으로 많은 지도 편달을 부탁드리겠습니다."

장염이 대뜸 형님이라고 불러주자 헌원일광은 수없이 고맙다는 말을 하다가 자리에서 일어났다.

"헌원 형님, 그런데 고향의 그 처자는 어찌 되었습니까?"

헌원일광이 쑥스러운 듯 웃으며 곧 고향에 내려가 그녀를 만날 계획이라고 말했다.


장염은 헌원일광이 나가자 가부좌를 틀고 잠시 명상에 잠겼다. 다른 사람은 자신을 비춰 보는 거울이라고 했던가? 장염은 헌원일광을 보며 아무래도 지금 자신이 헌원일광을 많이 닮았다고 생각했다. 거짓으로 성취한 요리 명인에 대한 부끄러움, 그리고 알 수 없는 미래에 대한 불안이 그랬다.

이제 헌원일광을 보니 마음을 정리하고 자기의 길을 발견한 것 같았다. 장염은 좀 더 정직하고 당당하게 살아야겠다고 결심했다.

그리고 나서 스승의 검기가 부드러워진 이유를 골똘히 생각해 보았다. 아직은 뭐라고 설명할 수 없지만 왠지 그 답을 찾으면 금제에서 풀릴 것만 같은 느낌이 강하게 들었다.


날이 훤하게 밝아오자 헌원일광은 자진해서 중경삼림을 찾아갔다.

"아니, 네놈이 제 발로 기어 들어오다니! 그런다고 용서가 될 줄 알았더냐!"

왕정문은 그를 창고로 끌고 가서 분이 풀릴 때까지 두드려 팼다.

그날 저녁, 헌원일광은 왕정문에게 매 맞은 몸을 추스르자마자 이대추에게 약간의 말미를 얻어 고향으로 내려갔다.

이대추는 의외로 헌원일광에게 부담 가지지 말고 다녀오라고 말했고, 민주려에게 부탁해서 노자까지 두둑히 챙겨주었다.

"본좌는 네놈이 나타나기 전까지만 해도 저놈을 혹독하게 부려먹다가 쫓아내려고 했었다."

떠나는 헌원일광의 뒷모습을 보며 이대추가 장염에게 말했다.

"본좌와 전에 있던 광천수 숙수는 한때 동문수학하던 친구였다. 우리는 둘 다 사천 요리 제일 숙수라고 이름이 높던 어른에게 요리를 배웠고, 그분의 소개로 이곳에 정착할 수 있었지."

이대추의 말에 따르면 이랬다. 광천수와 이대추가 형제처럼 지내면서 오랜 세월 요리를 하는 동안, 헌원일광을 비롯한 다른 후배들은 요리를 조금이라도 더 배워보려고 안달을 냈다고 한다. 그러나 두 사람은 누굴 더 가르치거나 하지 않았다.

그러자 그중에 혈기가 왕성하던 헌원일광은 두 사람 중 하나가 나가야 요리의 기회가 생기겠다 싶어서 시들은 가지와 상한 숙주를 가지고 장난을 쳤던 것이다.

나중에 광천수는 헌원일광이 그 일을 벌였다는 것을 알게 되었지만 소문을 내지 않고 후배들을 위해 미련없이 자리를 뜨고 말았다는 것이다.

"광천수가 다른 곳으로 가기 전에 본좌에게 말했지. 사람은 누구나 살기 위해 발버둥치는 거라고… 그러니 좀 더 위에 있는 사람들이 배려해 주지 않으면 세상은 미쳐 돌아갈 거라더군. 그 녀석은 본좌에게 헌원일광을 거둬 요리를 가르치라고 했지만, 본좌는 헌원일광을 볼 때마다 차마 그럴 수 없었다. 친구가 떠나면서까지 했던 부탁을 생각하면 가르치고 싶기도 하다가도 그 녀석의 면상만 보면 울화가 치밀어서……. 그렇게 칠 년이 흐른 게야. 본좌와 광천수가 좀 더 현명했거나 헌원일광에게 좀 더 인내가 있었다면 이런 일은 생기지 않았겠지."

이대추의 말을 들은 장염은 그제야 자기에게 보여준 헌원일광의 불안정한 행동에 대해 이해할 수 있었다. 그는 소외감과 자기 자신에 대한 혐오로 가득 차 있었는지도 모른다.

그리고 처음에 이대추에게서 느껴졌던 괴팍함도 납득이 되었다. 그들은 그렇게 한집에 있으면서 서로를 볼 때마다 자기 마음에 상처를 내고 있었던 것이다.

"어디서 얻어터지고 와서는 본좌에게 다 털어놓더군. 그리고 고향에 가서 좀 생각을 정리해 보고, 용기가 생기면 돌아오겠다는 게야. 네 녀석 맘대로 하라고 했지."

이대추의 얼굴에서 장염은 따뜻한 미소를 발견했다. 아마 헌원일광이 돌아온다면 이대추는 그에게 자신의 재간을 모두 전수해 주려고 할 게 분명했다.

"헌원 형은 다시 돌아올 겁니다."

"그걸 네 녀석이 어찌 장담하느냐?"

장염은 그냥 웃고 말았다. 이대추가 점점 떼쓰는 어린아이 같이 느껴졌기 때문이다.

장염이 웃기만 하자 이대추는 '험험' 하고 몇 번 헛기침을 하고는 주방으로 들어가 버렸다.

장염은 특실에서 영화 소저를 만난 이후로 그녀의 소식을 듣지 못해 애를 태웠다. 같은 사천성이라 할지라도 의혈단은 보정산에 있었고, 사천제일루는 성도에 있었기 때문에 의혈단의 소식을 듣기란 쉬운 일이 아니었다.

장염이 궁금해하던 영화 소저의 소식을 접한 것은 그로부터 열흘이나 지난 뒤였다.

밤늦게까지 주방에서 이대추에게 요리를 배우고 있는데 점소이 하나가 서신을 가지고 왔던 것이다. 웬 거지가 명인께 전해주라고 했다는 그것은 뜻밖에도 영화 소저의 것이었다.

장염이 서신을 펼치자 부드럽고 섬세한 글씨가 깨알같이 적혀 있었다. 수많은 글자는 한결같이 오늘 단(團)의 사람들과 어디에 갔는데 경관이 수려했다거나, 누구를 만났는데 생김새가 영 아니었다거나, 무공을 수련하는데 어느 동작이 잘 안 되더라는 말의 반복이었다. 서신 끝에는 아주 우습게 생긴 매화가 한 송이 그려져 있었다.

장염은 서신을 들여다보고 감탄하고 또 감탄했다.

이대추가 궁금해서 뺏어 읽어보고는 별종을 다 보겠다는 표정을 지었다. 이대추가 보기에는 전혀 쓸데없는 비슷비슷한 얘기가 무려 다섯 번이나 반복되고, 그 외에는 다른 말도 없는데 장염은 대단한 연서라도 받은 듯 어깨를 으쓱거렸던 것이다.

이대추는 이런 걸 보낸 사람이나 이걸 읽고 광분하는 사람이나 수준이 비슷하다고 말하며 돼지고기를 식칼로 '꽝!' 하고 내리찍었다.

장염이 영화의 서신을 받고 기뻐할 때 옥돌 민 자를 쓰는 사천 제일 미녀도 어떻게 하면 장염에게 자기 마음을 전할 수 있을까 고민하고 있었다.

'몇 자 적어 보내볼까?'

'아니야, 그가 글을 모르면 어쩐담?'

'그에게 요리를 가르쳐 달라고 할까?'

'내가 이미 그의 과거를 아는데, 이건 너무 어색하구나.'

소백은 밤새 몸을 뒤척거리다가 새벽에야 간신히 잠이 들었다.


*　　　*　　　*


한편 용마표국의 짐꾼이 된 장가촌의 이무심 일행은 서안(西安) 북부의 안산(安山)에 이르러 뜻밖의 복병을 만나 꼼짝도 못하고 있었다. 그것은 느닷없이 쏟아지기 시작한 집중 호우 때문이었다.

섬서성의 서안 일대는 연강수량이 적은 편이지만 한번 비가 쏟아지면 대개 집중 호우의 형태로 내려서 수해(水害)나 한발(旱魃)을 자주 초래했다.

용마표국도 느닷없이 쏟아져 내리는 폭우에 발이 묶여야 했다.

쏴아아아!

낙장불패 곽자연은 심기가 매우 불편했다. 벌써 며칠째 꼼짝 못하고 갇혀 있었다. 갑자기 쏟아지기 시작한 뒤로 좀처럼 멈추지 않는 폭우 때문이었다.

다행히 안산의 객잔에 들었기에 망정이지 조금만 늦었으면 표물이 물에 젖을 뻔했다. 북경으로 올라가는 표물 중에는 물과 상극인 것이 몇 개 있었다. 생각만 해도 아찔했다.

총표두가 울적하거나 말거나 우중(雨中)에 행복을 만끽한 사람들도 있었다.

장가촌 사람들은 비가 내리자 물을 만난 물고기마냥 좋아했다. 해야 할 일이 없으니 이제 마음놓고 무공을 연마할 수 있게 된 것이다.

비록 아무도 모르게 몇 명씩 교대로 밖으로 나가 빗속에서 미친놈처럼 뛰다 들어왔지만 그것으로도 그들은 충분히 만족했다.

며칠 간 계속된 빗속에서의 연공으로 이무심과 장소룡은 벌써 검법과 권법에 사성의 성취를 이루었던 것이다.

이삼인과 장소도 이를 악물고 무공을 익혔는데, 성격상 그 둘은 거의 그들의 사부와 같은 무공을 선택적으로 익혔다. 말수도 적고 비쩍 마른 이삼인은 오직 검법에 뜻을 쏟았고, 통통한 장소는 권법에만 매달렸던 것이다.

이런 그들의 선택은 훗날 두 사람의 운명을 아주 갈라놓고 말았지만 지금은 서로 격려하며 무공을 익히기에 여념이 없었다.

총표두의 뜻에 따라 장가촌 일행을 감시하던 이 표두는 도무지 이해할 수 없는 장가촌 사람들 때문에 늘 두통에 시달려야 했다. 중얼중얼 주문을 외우는 건 이미 잡부들 사이에도 유명한 것이었다.

문제는 비가 오는데 한밤중에 뛰어나가 미친 듯이 온몸을 흔들다가 들어온다는 것이다.

사실 이 표두가 이처럼 갈피를 잡지 못한 것은 장가촌 사람들이 맨손으로 검법을 수련했기 때문이기도 했다.

게다가 일기마저 불순해 낮이 밤처럼 어두운데 무슨 재주로 멀리 떨어진 사람의 동작을 확인할 수 있단 말인가?

여러 사람의 마음을 심란하게 만든 비는 장장 열흘 만에 그쳤다.

날이 개자 총표두는 표사들과 함께 길 떠날 채비를 서둘렀다. 예상치도 못한 비 때문에 열흘이나 움직이지 못한 것이다.

화창한 하늘 아래서 표물을 세던 총표두는 잡부들의 얼굴을 보고 흠칫 놀라고 말았다. 태양혈이 불끈 솟아오른 것이 육안으로도 식별이 될 이 잡부들이 대체 누군가? 황망한 가운데 정신을 차리고 다시 보니 장가촌 사람들이었다.

총표두는 이 표두를 불러 장가촌 사람들의 행적을 캐물었다. 이 표두는 그들이 지난 열흘 간 빗속에서 개처럼 뛰어다니는 것 이외에는 다른 일이 없었다고 했다.

총표두는 그의 말을 들으며 생각에 잠겼다. 옛부터 산삼이나 영초의 뿌리를 먹은 뱀은 몸에서 화기가 치솟아 한겨울에도 눈밭을 기어다닌다고 했다. 총표두는 장가촌 사람들이 단체로 영약이나 뱀, 혹은 선초(仙草) 등을 먹게 된 것 같다는 스스로의 생각에 더욱 집착했다. 생각할수록 억울하고 분했다.

그 뒤로도 그는 계속해서 조금씩 튀어나오는 장가촌 사람들의 태양혈을 바라만 보고 있어야 했다.

*　　　　*　　　　*

태원(太原)으로 향하는 총표두 낙장불패 곽자연의 신색이 어두웠다. 원래대로라면 지금 용문산(龍門山) 초입에 들어섰어야 했다. 그러나 지금 그들이 가고 있는 곳은 산서성(山西省) 태원으로, 안산에서 북경 가는 직진 거리에서 우회하는 길이었다.

길을 돌아가는 이유는 이틀 전 용문산 방향으로 가다가 마주 오는 상인들을 통해 용문산에 도적이 출몰하고 있다는 소리를 들었기 때문이다. 어지간한 녹림의 도적은 그들 오십 명의 표사들이 처리할 수 있기 때문에 문제될 것이 없었다. 그러나 상인들의 입에서 나온 이름 석자는 용마표국의 행진을 크게 우회하게 만들었다.

곽자연이 들은 그 도적들의 이름은 팔방풍우 고독검 대종이 이끈다는 염왕대였다.

강호에서 고독검 대종을 모르는 사람은 없다. 그는 이미 십여 년 전부터 구대문파 장문인들과 비교되어 온 무림의 고수였다. 더구나 명장(名將) 밑에 약졸(弱卒)없다고, 그 휘하의 도적치고 고수 아닌 자가 없었다.

용마표국의 오십 명 표사로는 당랑거철(螳螂拒轍)과 같은 신세를 면하기 어려웠다. 아무리 늦어져도 반드시 돌아가야 하는 것이다.

"어허! 재수없는 놈은 뒤로 넘어져도 코가 깨진다더니만, 하필 지금 염왕대가 용문산에 머물고 있을 줄이야……."

말 위에서 곽자연은 끊임없이 탄식을 터뜨렸다. 비 때문에 늦어지고, 염왕대 때문에 늦어진 이번 표행은 생각할수록 골치 아프기만 했다.

게다가 가끔씩 둘러볼 때마다 미친 사람처럼 중얼중얼거리는 잡부들까지… 마음에 드는 것은 하나도 없었다.


그렇게 해서 용마표국이 태행산맥(太行山脈)의 자락을 타고 산서성 태원으로 들어간 것은 표국을 떠난 지 두 달 만이었다.

"형님, 저기 저 이상한 사람들은 뭐죠?"

장소룡이 손가락으로 거리에 지나가는 붉은색 승포를 입은 일단의 사람들을 가리키며 물었다.

"내가 어찌 알겠느냐. 중인 것 같기는 한데……"

그들이 본 사람들은 사실 라마교의 승려였다. 태원에는 이미 원나라 때 라마교가 들어와 곳곳에 라마교 사원이 있었다.

신기한 듯 수군거리며 라마승을 바라보는 장가촌 일행과는 또 다른 눈으로 곽자연은 유심히 그들을 살펴보았다. 곽자연은 이미 이십여 년 전에 이들 라마승과 똑같은 복장을 한 어떤 사람들의 무서움을 친히 목격한 바 있기 때문이었다.

오랜만에 라마승을 본 곽자연의 머리로 문득 혈마사의 고수들이 떠올랐다.

그 당시 곽자연은 사천성에 자리한 청성파(靑城派)의 제자였다. 이십 년 전 이패의 중원행 때 최초로 혈마사와 교하국의 고수들과 부딪친 사대문파(점창, 화산, 곤륜, 청성)는 제자들의 절반을 잃고 무산(巫山)으로 피해 있다가 하남성에서 결성된 무림맹에 합류한 바 있다. 그 처절했던 기억들이 문득 라마교의 승려들을 보니 떠올랐다.

혈마사는 라마교에서 발생한 이단이었다. 그들은 달라이 라마가 윤회해서 혈마사에 태어났다고 주장하며, 진정한 라마교는 자신들이라고 했다.

그들이 이단인 것은 그들의 주장 때문이 아니라 그들의 교리 때문이었다. 그들은 생명이 피 속에 있다고 믿었다. 그래서 피를 마실수록 생명력이 왕성해진다는 믿음으로, 살아 있는 사람의 사지를 묶어놓고 손목이나 목에 갈대 줄기를 박은 뒤 생혈(生血)을 빨아먹었던 것이다.

따지고 보면 과거 이패의 중원행이 실패한 것도 그들의 흡혈 의식 때문이었다. 그들의 잔인한 행동에 염증을 느낀 교하국의 고수들이 보정산에서 그들과 결별했을 때, 무림맹이 급습(急襲)하여 교하국 고수들을 쓰러뜨렸던 것이다. 교하국 고수들이 무너지자 혈마사의 혈승들도 지리멸렬(支離滅裂)하고 말았다. 그게 보정산에서의 혈전(血戰)이었다.

'그때는 무림맹에 시운(時運)이 따랐었지.'

곽자연이 속으로 중얼거리며 착잡한 눈빛으로 라마승들을 바라보았다. 겉으로 보아서는 누구도 혈승과 라마승을 구별할 수 없었다.

라마교의 경전은 라마승보다 혈승들이 더 집요하게 연구했기 때문에 독실한 라마교 신자조차도 혈승이 본색을 드러내지 않는 한 구별해 낼 수 없을 정도였기 때문이다.

그런 라마승 십여 명이 용마표국의 표사들 옆으로 스쳐 지나갔다.

*　　　　*　　　　*


태원에서 동쪽으로 가면 석가장(石家莊)이고 북쪽으로 가면 오화산(五華山)이 나온다.

곽자연은 태원에서 하루 묵은 뒤 오화산행을 택했다. 조금이라도 빨리 북경에 도달하고 싶었기에 산을 넘기로 작정한 것이다.

그때 오화산 정상에는 이백여 명의 무리들이 모여 난상토론을
벌이고 있었다.

"그 빌어먹을 도적은 상도덕도 없는 잡것이오. 나는 그놈 때문
에 큰손님들을 모두 빼앗겨 오화산까지 밀려 내려오고 말았소. 형
제들, 이렇게 당하고만은 살 수 없는 일 아니겠소?"

사천성에서 손님을 받다가 염왕대와 마주치지 않으려고 조금씩
북상을 하다가 어느 틈에 오화산까지 이른 대력귀도(大力鬼刀)
오이지(吳二志)가 치를 떨며 말했다.

그러자 맞은편의 고슴도치수염을 기른 사내가 말을 받았다.

"맞소, 우리도 그 염치도 없는 놈 때문에 영업을 할 수 없어서
산채의 식구들 중 태반이 굶주림에 시달리고 있소이다. 그 빌어먹
을 개자식을 처단합시다!"

"옳소! 그 미친 후레자식을 죽여라!"

"죽여! 씨발!"

사람들이 악을 쓰며 한 사람을 욕하기 시작했다.

그들은 사천성과 감숙성, 산서성 일대에서 직업적으로 도적질을
하던 이른바 진정한 녹림의 무리들이었다.

도적은 원래 손님을 서로 양보하지 않는 영업 방침을 가지고
있다. 대신에 서로에게 피해가 가지 않도록 알아서 손님 접대의
수위를 조절했기 때문에 아무런 마찰이 없었다.

그나마 피치 못해 가끔 생기는 마찰은 녹림의 총채주가 해결해
주어서 지금까지 비교적 잘해먹고 살았다.

그런데 세 개 성의 도적들이 지난 석 달 동안 모두 한 사람에게
큰손님을 양보해야 했던 것이다.

그 한 사람은 바로 팔방풍우 고독검 대종이었다. 대종이 이끄는

염왕대는 굶주린 이리 떼처럼 먹이를 보면 무조건 달려들었다.

도적들은 항의 한번 못해보고 오히려 염왕대와 마주칠까 봐 이리저리 옮겨다니다 어느덧 오화산까지 이르게 되었다.

오화산에 모인 도적들은 서로를 보며 할 말을 잃었다. 산에는 자기들과 처지가 비슷한 몇 패의 도적들이 초췌한 모습으로 옹기종기 모여 있었던 것이다.

사람이 세 명만 함께 길을 가도 그중에 하나는 스승이 된다. 오화산에 도적 백오십 명이 모이자 그들은 서로를 비교해 보았다. 그리고 가장 무공이 탁월한 오이지가 임시로 우두머리가 되어 대책 회의를 열게 되었다.

한동안 대종을 욕하던 도적들은 알고 있던 욕이 바닥이 날 때쯤 되자 조용해졌다.

분위기가 어느 정도 정리되는 듯하자 오이지가 자리에서 일어나 소리쳤다.

"이왕 이렇게 된 거 어쩌겠소. 앉아서 굶어 죽을 수는 없으니 염왕대가 어디로 옮겨다니는지 확실히 알 때까지 모두 당분간 여기서 손님을 받읍시다."

오이지의 말이 끝나자 다들 열기를 가라앉혔다. 어차피 그들은 염왕대를 당해벌 수 없었다. 이제 그들은 오이지의 말마따나 목구멍에 풀칠하는 것을 신경 써야 하는 것이다.

사람들은 한마디씩 가지고 있는 정보를 털어놓았다. 그리고 그들이 지닌 바 모든 정보를 모으자 그곳에는 '용마표국'이라는 이름이 나왔다.

고슴도치가 주저하며 입을 열었다.

"큰형님, 용마표국의 표사는 오십 명이나 되는데 우리가 괜찮겠수?"

　오이지가 침중한 얼굴로 말했다.

　"낙장불패 곽자연은 나와 세 명의 아우들이 책임질 테니, 동생은 다른 형제들과 표사를 맡아라. 그러는 동안 내이비실(內移秘實 : 산적들의 은어, '숨겨진 열매를 안채로 옮기는 사람들')이 잡부들에게서 표물을 훔쳐 내면 된다. 내이비실이 재빨리 일을 끝낸다면 더 피를 볼 것 없이 철수한다."

　대력귀도 오이지는 사람들을 세 패로 나누었다. 곽자연을 상대한 사람들과 표사들을 상대할 사람, 그리고 특공조 내이비실이었다.

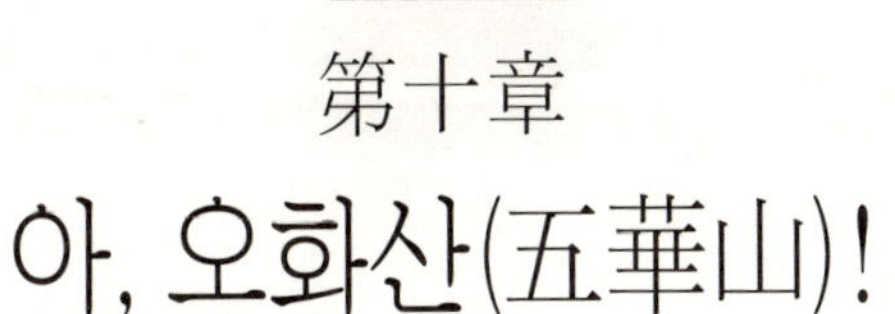

第十章

# 아, 오화산(五華山)!

용마표국이 오화산 기슭에 도달한 건 점심 무렵이었다.

곽자연은 산 아래의 작은 주루를 전세 내서 아무도 출입하지 못하게 했다. 그리고 점심을 먹자 표사들을 불러 내일 새벽에 오화산으로 들어갈 것이니 잡부들을 쉬게 하라고 일렀다.

마음 같아서는 계속 가고 싶었지만 잘못하다가는 산중에서 밤을 보내야 할지도 모른다. 그럴 바에야 차라리 새벽에 출발하는 게 낫다고 생각했다. 어차피 오화산만 넘으면 북경이니 조급하게 굴다가 표행을 망치고 싶지 않았다.

장가촌 사람들은 이제 노골적으로 방에 틀어박혀 가부좌를 틀고 앉아 상체를 흔들흔들거리면서 주문을 외우고 있었다.

일반적으로 무림인들은 머리 속으로 심법의 구결을 되새겼지만, 육체 노동을 하며 익혀야 하는 장가촌 사람들에게는 심법의 구결이 마치 구전 민요(口傳民謠)같이 입에 붙어버렸다.

짐을 들고 가며 익히자니 힘이 들어 절로 흥얼거리게 되었는데, 흥얼거릴수록 신기하게도 혈행이 더욱 쉽게 느껴졌고 진기의 소통도 원만했다.

그렇게 두 달이 지나자 이제는 입으로 웅얼거리는 것이 습관이 되어버렸다.

흥이 오른 장가촌 사람들이 누가 들을세라 정확하지 않은 발음으로 중얼거리니, 그들을 밤늦도록 지켜봐야 하는 이 표두만 완전히 미칠 지경이었다.


그날 밤 오화산 백오십 도적들은 산꼭대기에서 병장기를 갈고 닦았다. 이게 얼마 만의 영업이라는 말인가? 병장기를 닦는 도적들 중 얼굴이 밝지 않은 자가 없었다. 일도 오랜만이지만, 이렇게 많은 녹림의 형제들이 동업을 하니 절로 기운이 솟았던 것이다.


드디어 대망의 아침이 밝았다.

곽자연은 말 위에 올라 표물과 이미 습관이 된 장가촌 잡부들의 태양혈을 점검했다. 정작 표사들은 병기를 중심으로 외문 무공만 익혀 태양혈이 밋밋한데, 잡부들 태양혈이 톡 튀어나왔다니…….

'정말 한심하군.'

곽자연이 중얼거리며 일행을 전진시켰다.

오화산은 경관이 수려해서 곽자연의 마음에 있던 근심들이 모두 사라져 갔다.

곽자연이 말 위에서 몸을 흔들거리며 긴장을 풀고 있을 때였다.

"와아아—!"

산을 뒤흔드는 기합 소리와 함께 백여 명의 사람들이 우르르 쏟아져 나왔다. 그들의 손에는 검, 도, 극, 창, 쇠도끼 등이 들려 있어 한눈에 보아도 산도적이 분명했다.

순간 표사들이 몸을 날려 표물과 산적들의 사이를 막아섰다.

곽자연이 정면으로 나서 강호의 규칙대로 인사를 하려는데, 바람처럼 네 명의 도적들이 달려들었다.

이미 녹림의 규칙이고 뭐고 재빨리 털고 달아날 생각으로 가득 찬 오이지가 아우들을 이끌고 곽자연에게 달려든 것이다.

오이지의 대력귀도가 쓸어오자 곽자연은 몸을 훌쩍 띄웠다. 그 순간 말 머리가 뎅겅 잘려 나갔다. 얼마나 그 기세가 강했던지 머리가 떨어진 말은 그 자리에서 허물어졌다.

허공에 뜬 곽자연에게 세 사람이 검과 도와 창으로 찔러왔다. 본래 낙장불패 곽자연은 병장기를 휴대하지 않았다.

외호가 말해 주듯 그의 성명절학은 낙장구초(落掌九招)라는 장법이었기 때문이다.

곽자연이 허공에서 구명절초인 구사다시(救死多時 : 여러 차례에 걸쳐 죽음으로부터 구한다)의 일초로 세 사람의 병장기를 모두 쳐낸 뒤 바닥으로 표표히 떨어져 내렸다.

"이런 흉악무도한 놈들을 봤나! 강호의 도리를 모르는 개……
헉!"

곽자연이 욕설을 끝내기도 전에 네 사람의 병장기가 노도(怒濤)처럼 밀려들었다.

곽자연이 이리 뛰고 저리 뛰는 와중에도 주위를 둘러보니 백여 명의 도적들과 표사들이 어우러져 칼부림을 하고 있었다. 그중 몇 명의 표사는 벌써 바닥에 쓰러져 있었다.

화가 머리끝까지 치밀은 곽자연이 필생의 공력을 모아 비초난무(飛超亂舞 : 화려하게 춤을 추듯 날아가 펼치는 초식)의 일식을 펼치자 대번에 도적 중 한 사람이 나가떨어졌다.

오이지가 놀라 쓰러진 아우를 보니 입에서 피가 줄줄 흘러내리고 있었다. 분노한 오이지가 호랑이처럼 표호를 내지르며 대력귀도를 휘둘렀다.

눈을 못 뜰 정도로 강한 도풍(刀風)이 곽자연에게 밀려들었다. 곽자연이 내력을 크게 소모한 뒤라 감히 맞받지 못하고 뒤로 물러나다가 대력귀도의 도기(刀氣)에 허벅지를 맞고 말았다.

오이지는 뜻밖에도 마구잡이로 휘두른 대력귀도에 곽자연이 맞자 하하하, 웃으며 더욱 거세게 도를 휘둘러갔다.

계속해서 뒤로 물러서는 곽자연의 귀에 느닷없는 비명이 들렸다. 놀라서 눈을 돌려보니 표물을 지키고 있던 잡부들이 이십여 명의 도적들에게 도륙당하고 있었다. 오화산에서 결성된 내이비실이 등장한 것이다.

내이비실은 나타나자마자 잡부들 몇 명을 베어 죽이고 크게 소리 질렀다.

"목숨이 아까운 잡부들은 모두 꺼지거라!"

잡부들이 사방으로 달아나기 시작했다. 그걸 보고 곽자연의 신경이 흐트러진 틈을 타서 오이지와 동생들이 다시 뭉쳤다.

곽자연은 '오늘 여기서 내 인생에 지울 수 없는 오점이 찍히고 마는구나' 생각하며 피눈물을 흘렸다. 그간 한 번도 표물을 빼앗긴 적이 없었는데, 지금 눈 뜨고 표물을 강탈당하게 생긴 것이다. 곽자연은 치밀어 오르는 수치심에 죽고 싶었다.

눈시울이 붉어진 곽자연이 전신 공력을 쌍장에 끌어모으자 두 손의 힘줄이 툭툭 튀어오르는데 힘줄엔 각각 푸르고 붉은빛이 돌았다.

오이지는 곽자연의 손을 보고 깜짝 놀라 몸을 뒤로 뺐다. 저건 말로만 듣던 낙장구초 최후의 초식인 청홍쌍단(靑紅雙斷 : 청홍이 머무는 곳에 모든 것이 절단난다)이 분명했다.

드디어 철사장보다 익히기 어렵다는 청홍쌍단이 오이지의 눈앞에 나타난 것이다.

취옥(翠玉 : 비취 빛 옥) 가루와 주사(朱砂 : 붉은 모래)에 각각 한 손을 담그고 은은한 불에 졸이면서 비전의 내공술을 암송해야 익힐 수 있다는 절기였다.

"낙장불패 청홍쌍단!"

대뜸 오이지가 소리를 지르며 두 손을 바람개비처럼 휘둘렀다. 청색과 홍색의 장인(掌印)이 사방으로 퍼져 나갔다. 장인이 닿는 곳은 살이든 나무든 터져 나갔다.

미처 몸을 피하지 못한 두 명이 정면으로 얻어맞고 일 장 밖으로 튕겨져 나갔다. 곽자연의 두 손을 보고 몸을 뒤로 빼던 오이지도 장인을 완벽하게 피하지는 못했다. 오이지가 옆구리에 한 방 얻어맞는 순간 대력귀도를 곽자연에게 힘껏 집어 던졌다.

오이지의 옆구리가 터졌다. 찢어진 옷자락 사이로 입을 벌린 상처가 계속 피를 뿜어내고 있었다. 오이지는 비틀거리며 두 아우들을 보았다. 이미 절명했는지 움직이지 않았다.

'누가 이긴 것이냐?'

오이지가 정신을 차리고 보니 곽자연의 어깨에 대력귀도가 박혀 있었다. 무승부였다. 설마 곽자연이 청홍쌍단까지 터득했으랴 방심한 게 화근이었다. 아우 둘만 헛되이 죽은 셈이 되었다. 그러나 지금쯤이면 내이비실이 일을 끝냈을 것이다.

오이지가 옆구리를 움켜쥐고 뒤로 물러났다. 이제 몸을 뺄 때가
된 것이다.

곽자연은 오이지가 물러나는 것을 보면서도 꼼짝하지 못했다.
내력이 고갈된 데다가 어깨에 박힌 대력귀도는 결코 작은 상처가
아니었다. 동귀어진의 각오로 최후 절초를 펼쳤으나 적을 죽이지
못하고 자신도 죽지 못했다.

과연 표물은 남은 게 있을까? 눈을 돌리던 곽자연의 얼굴에 돌
연 화색이 돌았다.

그와는 대조적으로 곽자연 앞에서 몸을 돌린 오이지의 얼굴은
처참하게 일그러졌다.

지금쯤 내이비실이 물건을 빼내 모처에 숨겨놓았어야 하는데,
모두 그 자리에 있었다. 정확하게 말하면 쓰러져 있었다. 이십여
명의 특공조가 십여 명의 잡부들 앞에 나란히 누워 있었다.

“뭐 하는 짓들이냐! 어서 잡부들을 처치하고 물건을 가져가지
않고!”

오이지가 고함을 버럭 지르자 근처에서 잡부를 포위하고 있던
이십여 명의 도적 중 하나가 나서서 말했다.

“두령님… 잡부들의 무공이 너무 강합니다.”

“미친놈!”

오이지가 대뜸 욕을 퍼부었다. 잡부가 강하다니 말이나 될 소리
인가? 오이지가 절룩거리며 수하들에게 다가서더니 한 수하의 손
에서 칼을 빼앗아 들고 소리쳤다.

“이 썩을 놈들아! 개 같은 소리하지 말고 어서 물건이나 가져가
란 말이다!!”

그리고는 칼을 휘둘러 옆 사람의 허벅지를 푹 찌르는 것이었다. 오이지는 이미 세 명의 아우를 잃었기 때문에 광분하고 있었다.

산적 이십여 명이 어쩔 수 없다는 듯 주춤주춤 잡부들에게 다가갔다. 산적들의 눈앞에 얼굴이 벌겋게 달아오른 잡부들이 확대되었다.

그때부터 오이지는 잡부들이 쉬지 않고 뭐라고 중얼거리며 수하들을 개 잡듯 패는 것을 보아야 했다. 일방적으로 행해지는 구타와 신음 소리에 다른 표사와 산적들도 싸움을 멈추었다. 잡부들은 정말 강했다.

잡부들 때문에 싸움이 잠시 소강 상태에 접어들자 오이지는 재빨리 수하들을 추슬러 달아났다. 지금도 감당 못하는데 피 맛을 본 곽자연이 기운을 차리면 더욱 몸을 빼기가 어려울 것이라고 생각했기 때문이다.

얼마 후 오화산 계곡에 재집결한 산적들은 할 말을 잃고 서로를 바라보았다. 백오십 명이 출전했는데 무려 오십 명이 죽거나 다친 것이다. 물론 표물은 만져 보지도 못하고 말이다.

산적들은 의기소침하여 뿔뿔이 흩어졌다. 그리고 가는 곳마다 동료 산적들에게 주문을 외우며 싸우는 무림 고수들이 있으니, 그들을 만나면 무조건 피하라고 소문을 냈다.

*       *       *

장염이 사천제일루에 머문 지도 어언 삼 개월이 지났다.

그동안 장염은 영화의 활동 보고서를(물론 장염은 연서라고 믿었지만) 한 번 더 받았다.

　영화는 의혈단의 사람들과 함께 서장으로 가고 있다고 했다. 장염으로서는 그녀가 왜 서장까지 가야 하는지 이유를 알 수 없었다. 영화가 서신에 자세한 사정을 적지 않았기 때문이다. 영화는 나이는 어렸지만 비교적 공과 사가 분명한 아가씨였던 것이다.
　만약 그녀가 무슨 일로 서장까지 가는지 알았다면 장염은 그녀에 대한 걱정으로 견디지 못했을 것이다.
　의혈단의 일룡이봉삼절사검은 사천혈사를 조사하던 중 하나의 실마리를 발견하게 되었다.
　그것은 서장과 사천, 그리고 태원을 잇는 직선 선상에 처녀들의 연쇄 살인 사건이 있었다는 것이다. 그것도 심장이 도려내지고 사지가 잘린 참혹한 상태였다.
　그 모습은 무림인들에게 또 다른 의미가 있었다. 왜냐하면 혈마사의 제사 중 인신공양(人身供養)이 바로 그런 형태였기 때문이다.
　의혈단은 하남의 무림맹에 이 사실을 전서구로 알렸다. 그리고 서장 쪽으로 일룡이봉삼절사검을 보낸 것이었다.

　그렇게 무림이 어수선한 때에 장염은 주방에 틀어박혀 헌원일광과 함께 이대추의 일신절기를 가르침받고 있었다.
　헌원일광은 객점을 떠난 지 한 달 만에 홀로 돌아왔다. 장염이 낙산대불 아래서 맹세한 아가씨를 물어보니 이미 다른 사내와 살고 있더라고 했다.
　이대추는 자기가 장가를 보내주겠다며 큰소리를 치고 헌원일광을 요리 제자로 받아주었다.
　그 뒤 헌원일광은 틈이 날 때마다 장염을 불러다 놓고 그간 자기가 배우고 익혔던 요리 재간들을 따로 더 가르치니, 장염이 문득 '이러다가 내가 진짜 요리사가 되고 마는 것은 아닌가?' 하는 생각이 들 정도였다.

그러나 장염이 새롭게 배운 것도 많았다. 그것은 조화와 균형에 관한 이치였다. 음식을 조리할 때마다 이대추가 곁에서 끊임없이 조화로워야 한다고 주문했다.

"이놈아, 소금과 고추와 갖은 양념들이 조화롭지 못할 때 그것은 이미 요리가 아닌 것을 모르느냐? 너는 닭과 소와 돼지들을 두 번씩이나 죽이지 말거라. 조화로운 양념으로 그것들을 살려내고자 하는 마음이 중요한 게야. 조리계의 살성(殺星)이 되려 하지 말고 활인(活人)이 되거라."

장염은 그 속에서 무학의 도리도 마찬가지라는 것을 깨닫게 되었다. 장염은 정(精)과 기(氣)와 신(身)이 서로 조화를 이루도록 부단히 노력했다.

그래서 요리를 할 때마다 손끝에 의념을 집중하여 정기신의 일체를 도모하였던 것이다.

그러는 동안 어느 정도 자리가 잡힌 장염이 사방에 사람을 풀어 장가촌 사람들을 수소문했지만 아무도 장가촌 일행이 어디서 무엇을 하고 있는지 알지 못했다.

영화로부터도 소식이 끊기고 장가촌 일행에 대한 소식도 듣지 못한 장염은 하루하루가 근심의 연속이었다. 갑자기 부드러워진 검기에 대한 해답의 실마리도 발견하지 못했다.


이래저래 답답한 일만 계속되던 장염이 그날 밤도 헌원일광과 함께 사천 요리를 한창 연구하고 있을 때였다.

콰당!

문짝이 떨어져 나갈 것같이 난폭하게 열렸다. 그리고 몇 명의 무림인이 주방으로 들이닥쳤다.

느닷없이 뛰어든 무리들 중 한 사람이 소리쳤다.

"누가 장가냐?"

장염이 엉거주춤하게 앞으로 나서자 그는 장염의 아래위를 살펴보더니 뒤에 서 있던 헌원일광에게 한마디 던졌다.

"정말 네가 장 모(張某)라는 사람이냐?"

그의 눈에는 젊고 몰골이 흉한 장염이 요리 명인이라는 칭송을 듣는 사람이 아니라고 생각했던 모양이다. 헌원일광은 체격이 건장하고, 구렛나루도 길러서 풍채(風采)가 좋아 보였다.

헌원일광이 어이가 없다는 표정으로 그들을 바라보다가 쏘듯이 말했다.

"나는 장 명인(名人)이 아니오, 그는 당신의 앞에 이미 나와 있지 않소?"

장염은 이들의 대화를 들어보고 자신과는 피차 간에 대면한 적이 없는 사람임을 눈치 챘다.

이상한 일이었다. 장염의 인생 속에 이토록 무례하게 뛰어들어 자기를 찾을 만한 사람은 아직 없었다. 지금껏 만난 사람은 대체로 두 종류였는데, 하나는 장염을 미친 거지 보듯 하는 것과 다른 하나는 요리 명인 장염으로 우러르는 것이었다.

그런데 지금 이 사내는 장염의 명성을 알면서도 얼굴은 모르는 듯했고, 그러면서도 거칠게 나오는 것이었다.

"제가 장 모라는 사람입니다."

장염이 그를 향해 정중히 말을 하자 일순 미안해하는 기색이 그의 표정이 스쳐 지나갔다.

장염은 이 사람도 아주 막 되먹은 사람은 아니라고 생각했다.

그는 장염의 그런 생각을 비웃기라도 하듯 장염에게 한 걸음 더 다가서더니 냉랭하게 한마디 던지고 몸을 휙 돌렸다.

"따라오너라."

장염이 헌원일광을 향해 피식 웃어 보이고 그를 따라 나갔다. 누가 무얼 하자고 하면 일단 거절하지 않는 성미였기 때문이기도 했지만, 그와 함께 주방으로 들어온 사람들이 전부 무림 고수의 면모를 보이고 있었기 때문이다.

장염이 헌원일광을 향해 웃어 보인 것은 행여나 헌원일광이 자기 때문에 낭패라도 당할까 염려스러워서였다.

그러나 그의 마음을 모르는 헌원일광이 장염의 팔을 잡으며 소리쳤다.

"이보시오. 당신들이 누군데 오라 가라 하는 게요!"

그 말이 떨어지기가 무섭게 얼굴이 길죽한(馬像) 남자가 헌원일광에게 다가가 '주제를 모르는 놈'이라는 말과 함께 주먹을 내질렀다.

"컥!"

헌원일광은 피할 틈도 없이 얻어맞고 뒤로 나가떨어졌다.

장염이 분노해서 노려보자 그는 재미있다는 듯이 장염을 향해 오히려 웃어 보였다.

장염은 부르르 떨다가 밖으로 걸어나갔다. 장염의 뒤에서 희미한 헌원일광의 신음 소리가 들렸다.

장염이 밖으로 나가자 갑자기 사내들이 달려들어 장염의 팔다리를 잡고서는 짐처럼 마차 안으로 던져 버렸다.

　그렇게 장염을 실은 마차는 어디론가 달리기 시작했다. 한참 만에 장염이 도착한 곳은 성도 북쪽에 있는 대장원이었다. 정문에 편액도 없는 장원이 어둠 속에서 음산한 기운을 내뿜고 있었다.

　장염이 어이가 없는 얼굴로 마차에서 내리자 사내들이 다가와 그의 몸을 붙들고는 누각 안으로 깊숙이 끌고 들어갔다.

　안으로 한 걸음씩 들어갈 때마다 장염은 전신으로 오싹한 전율을 느껴야 했다. 언젠가 느꼈던 피와 죽음의 냄새가 물씬 풍겨나고 있었기 때문이다.

＊　　　　＊　　　　＊

　"너는 이 물건을 알아보겠느냐?"

　장염은 자기 눈앞에 던져진 작은 물건을 바라보았다. 눈에 익은 검은 가죽 주머니였다.

　대청 위에 앉은 복면의 사내가 장염의 눈앞에 던진 물건은 일전에 장소가 주워서 장소룡에게 바쳤던 바로 그 주머니였다.

　장염이 고개를 끄덕이자 사내는 고개를 까딱거렸다. 그러자 장염을 끌고 왔던 사내들이 또다시 누군가를 질질 끌고 와서 장염의 옆에 던져 놓았다. 장염이 처음 보는 사람이었다.

　"누군지 알겠느냐?"

　"모르오."

　복면의 사내가 '흥' 하고 웃더니 걸어 내려와 기절한 사내의 허리를 걷어찼다. 사내가 '끙……' 소리와 함께 깨어나자 그는 장염을 향해 말했다.

　"잘 보거라."

그때부터 장염은 차마 눈 뜨고 보지 못할 무자비한 살육의 현
장을 목격해야 했다.

복면의 사내가 기절했다가 깨어난 남자의 팔다리를 웃으면서
잡아 뽑았던 것이다.

"끄아악!"

"크하하핫!"

한 사람의 비명과 한 사람의 미친 듯한 웃음이 밤하늘로 울려
퍼졌다. 사내는 장염의 앞에서 한 사람을 완전히 해체시켰다. 그리
고 천천히 말했다.

"사람은 본시 흙에서 태어났다는 걸 너는 아느냐? 사람은 흙에
서 태어나 흙으로 돌아가는 것이지. 이자의 몸은 머지않아 다시
한 줌 흙이 될 것이다. 나는 지금 흙장난을 하고 있는 게야. 세상
에서 영원한 건 흙뿐이지…… 으흐흐, 너도 흙이 되고 싶으냐?"

미쳐 있었다. 복면 사이로 보이는 그의 광기 어린 눈동자가 희
미한 달빛에 번들거리는 것이 보였다.

장염은 그의 눈동자에서 엿보이는 순수한 광기를 보며 삶과 죽
음의 갈림길에 서 있음을 깨달았다. 어떻게 할 것인가?

"당신이 흙을 흙이라 했으니 더 이상 흙은 흙이 아닙니다(土卯
土 非常土). 당신과 나 사이에는 이미 흙이 없으니 당신은 더 이상
나와 흙장난을 하지 못할 것입니다."

뚱딴지 같은 장염의 소리에 복면인의 안광이 흔들리기 시작했
다. 어느 놈이 진짜 미친놈이란 말인가?

장염을 끌고 왔던 사내들도 장염이 한 말이 무슨 말인지 이해
해 보려고 애쓰는 기색이 역력했다.

복면인이 머리를 한차례 흔들더니 손을 뻗쳤다. 그러자 검은 가

죽 주머니가 그의 손 안으로 스르르 빨려 들어갔다. 젊은 목소리에 비해 대단한 공력이었다.

"그는 사천성 성도에서 제법 이름을 날리는 좀도둑 중의 하나이며 너희 일행에게서 검은 주머니를 훔친 사람이지. 너희들은 이 검은 주머니가 천하에 오직 한 개뿐이라는 것을 몰랐겠지? 청성파의 일학충검(一鶴充劍) 마일랑(馬一郎)이 당소혜(唐小慧)에게 정표로 받은 것이니, 천하에 누가 또 이런 것을 가지고 있겠느냐. 당소혜가 누군지 모른다면 말해 주마. 당문의 문주인 당천수의 여식이며, 나에게 한 장의 부적을 만들어준 아름다운 여자다. 나에게는 영원히 변하지 않는 두 장의 부적이 있는데, 마일랑과 당소혜가 만들어준 것이라고 할 수 있지. 내가 이만큼 말해 주었으니 이제는 네가 나에게 말을 할 차례겠지? 나는 너희가 그날 무엇을 보았는지 매우 궁금한 사람이다. 너희는 그곳에서 무엇을 보았느냐?"

그제야 장염은 이 광인이 듣고 싶어하는 대답이 무엇인지 이해했다.

그것을 깨닫자 전신에 소름이 오싹 돋았다. 이자가 바로 그날 가죽 주머니를 가진 사람과 그 주변인을 무참하게 살해한 사람이었던 것이다.

가슴의 살가죽이 뜯겨져 나갔던 사람이 둘 있었으니 이자가 말하는 부적이란 바로 인피(人皮)로 만든 것임에 틀림없을 것이다.

어떤 대답이 나가더라도 이 미친 살인마는 반드시 자신과 장가촌 일행을 죽이려 들 것이다. 장염은 여기서 자신의 인생을 끝내고 싶지 않았다.

장염이 재빨리 고개를 돌려 주변을 둘러보았다. 장내에 복면을 한 사람이라고는 이 미치광이밖에 없는데, 얼굴을 드러낸 사람들은 그의 말에 복종을 했다. 얼굴을 드러낸 사람들은 일이 이 지경까지 이를 줄 몰랐다는 표정으로 은근히 두려움에 떨고 있었다.

장염의 머리 속으로 섬광처럼 희망이 스치고 지나갔다. 그는 아직 이 사람들과 자신 중에 누구를 먼저 죽일지 결정하지 않은 것이다. 누가 먼저 죽게 될까?

장염이 큰 소리로 외쳤다.

"당신이 바로 몇 달 전 사천성 일대에서 사람들을 찢어 죽인 그 사람이었군요! 얼굴을 가리니 미처 몰라 뵐 뻔했습니다."

느닷없이 복면인이 광소를 터뜨렸다.

"크하하핫!"

장염을 에워싸고 있던 사내들의 얼굴에 흠칫 놀라는 기색이 떠올랐다. 사천혈사는 근래에 발생한 무림의 최대 혈겁이었다. 많은 사람들이 혈겁의 원흉을 찾으려고 노력했지만 혈사의 진실은 여전히 미궁 속에 있었다.

그런데 지금 장염이 그 비밀을 공개한 것이다. 이런 일은 아는 자가 적을수록 좋은 것이니 오늘 이 자리에 모인 사람들치고 내일 다시 해를 볼 사람은 없을 것이다.

사람들은 그가 장염을 끌고 오라고 했을 때부터, 장내에 있는 사람 모두를 죽일 작정이었다는 것을 깨달았다. 이 자리에 초대된 사람들은 어차피 함께 죽을 운명이었던 것이다.

장염은 '이제부터는 진짜 용기있는 사람만이 생존하는 것이다' 라고 생각하며 복면인의 눈동자를 깊숙이 들여다보았다. 저 미치광이는 먼저 움직이는 쪽을 흙으로 만들 것이 분명했다.

주변에 있던 사내들이 잠시 머뭇거리는가 싶더니 갑자기 사방으로 몸을 날리기 시작했다.

그 순간 복면인의 신형이 그들의 머리 위로 날아갔다.

장염은 복면인과 반대 방향으로 뛰기 시작했다.

"케엑!"

복면인의 손이 스쳐 지나갈 때마다 사람들의 등이나 머리가 터져 나갔다. 한번 손을 쓰기 시작한 복면인은 살기가 치밀었는지 달아나는 사람 하나하나를 끝까지 쫓아가 그의 목숨을 거두었다.

장염은 복면인이 다른 사내들을 먼저 제거하는 것을 보고 자기가 살 가능성이 조금 늘었다고 생각했다. 정체가 드러난 복면인은 우선 무림인들을 확실히 해치우기로 마음을 먹은 듯 장염이 있는 방향으로는 날아오지 않았다.

장염은 눈앞에 높은 담장이 나오자 무턱대고 기어올랐다. 손톱이 꺾이고 무릎이 깨져 나갔다. 고통스러웠지만 장염은 손발의 움직임을 멈추지 않았다. 고통이 죽는 것보다는 낫다고 생각했기 때문이다.

몇 번을 버둥거리다가 마침내 담 위에 올라선 장염이 주변을 휘둘러 보았다. 이미 자기를 끌고 온 사내들은 거의 죽은 것 같았다.

멀리서 다시 한 번 처절한 비명이 들린 뒤로 사방이 조용해졌다. 장염은 위기를 느끼고 재빨리 담에서 뛰어내린 후 장원의 마당과 밖을 잇는 배수로 속으로 뛰어들었다.

장염이 배수로로 뛰어든 지 얼마 안 되어 복면인이 나타나 일대를 바람처럼 뒤지고 다니기 시작했다.

'천지신명(天地神明)이시여! 오늘 저의 목숨을 보전하여 주옵소서……'

장염이 간절히 기원하며 몸을 조금씩 앞으로 전진시켰다.

배수로는 장원의 시궁창과 연결되어 있었다. 장염은 망설이지 않고 악취가 진동하는 시궁창 속으로 몸을 밀어 넣었다.

시궁창에 들어간 장염은 한동안 움직임을 멈추었다. 저 정도의 고수라면 조금만 움직여도 사람의 기척을 눈치 챌 수 있기 때문이다.

아니나 다를까, 장염이 시궁창으로 기어 들어간 뒤로 복면인은 움직임을 멈추고 지붕 위로 올라가 천리지청술을 펼치기 시작했다.

장염은 시궁창 속에 몸을 감출 수 있게 되자 즉시 귀식대법을 펼쳤다. 비록 내력은 없었지만 겨우 한줄기 숨결을 감추는 데는 성공할 수 있었다. 그러나 이것도 오래가지는 못할 것이다. 내력이 전무한 상태에서 귀식대법을 오래 펼치면 생명에 지장이 있기 때문이다.

복면인은 사방을 쏘아보며 청력을 최고로 높였다. 벌레들이 기어가는 소리까지 자세하게 들렸다. 그러나 일 각이 넘도록 사방을 살펴보았지만 인기척은 없었다.

장염은 점점 의식이 흐려지는 것을 느꼈다. 이대로 조금만 더 지나면 복면인의 손이 아니더라도 귀식대법에서 깨지 못하고 죽을 것이 분명했다. 그러나 장염은 죽기를 각오하고 귀식대법을 풀지 않았다.

시궁창 속에서 장염이 생사지경을 오락가락하고 있을 때였다. 멀리서 몇 개의 횃불이 일렁이며 장원 방향으로 다가오기 시작했다.

성도의 치안을 담당하는 기찰 포교들이었다. 심야에 터진 끔찍한 비명에 마침내 그들이 움직인 것이었다.

반 각쯤 지났을 때 기찰 포교들이 십여 명의 포졸을 이끌고 들이닥쳤다.

포졸 몇 사람이 텅 빈 장원의 문을 두드리기 시작했다.

쾅! 쾅! 쾅!

순식간에 죽음처럼 고요하던 장원 일대가 시끌시끌해졌다.

사람들의 기척이 들려오자 장염은 귀식대법을 풀기 시작했다. 심장이 박동하자 혈액이 혈관을 타고 굳어 있던 사지로 흘러들었다.

장염은 다시 조금씩 몸을 움직여 시궁창 깊숙이 들어갔다. 조금만 더 나아가면 장원을 빠져나갈 수 있을 것 같았다.

장염이 점점 시궁창 속으로 파고들어 갈 때 복면인은 마침내 장염을 포기하고 짙은 어둠 속으로 사라져 버렸다.

장염은 부지런히 몸을 움직였다. 그렇게 일 각쯤 지나자 장염은 장원 밖으로 뚫린 배수 구멍을 통해 밖으로 나올 수 있었다.

시원한 바깥 공기를 마음껏 마신 장염은 조심스럽게 인가가 밀집한 곳으로 뛰어갔다.

얼마나 뛰었을까? 장염은 심장이 터질 것 같은 지경이 돼서야 뛰기를 멈췄다.

사방이 어둠 속에 잠겨 있었다. 주변을 둘러보니 곳곳에 크고 작은 대문과 높은 담장이 보였다. 다시 살아 있는 사람들 속으로 돌아온 것이다.

온몸에서 썩은 냄새가 진동을 했다. 아직 어두웠는데도 장염은 감히 사천제일루로 돌아가지 못하고 발걸음을 서쪽으로 돌렸다.

　　　　　*　　　　　　*　　　　　*

　장엽이 사천제일루를 떠나던 날 밤 용마표국은 마침내 북경에
도착했다.

　북경에 도착한 곽자연은 표물과 표사들이 용마표국 북경 분점
에 들어간 그날부터 사흘 간 앓아누웠다. 그리고 사흘이 지났을
때 장가촌 일행을 자신이 누워 있던 방으로 불러들였다.

　"이 대협, 장 대협, 감사하오. 내 평생 두 분의 은혜를 잊지 않겠
소."

　이무심이 하나뿐인 손을 휘휘 저으며 '별말씀을 다하십니다' 라
고 인사를 했다.

　한참 만에 곽자연이 감격한 얼굴로 입을 열었다.

　"여러 영웅들의 사문이 어찌 되시오?"

　이무심이 빙그레 웃으며 대답했다.

　"사문에 대해서는 아직 말씀을 드릴 수가 없습니다."

　무림에는 본래 사문에 대해 밝히지 않는 사람들이 더러 있는지
라 곽자연은 더 묻지 않았다. 한 가지 확실한 건 이들의 무공에서
정심(正心)한 기품이 느껴졌다는 것이다.

　곽자연이 혼자 고개를 끄덕이다가 조심스럽게 물었다.

　"두 분은 용마표국의 일을 좀 거들어주실 수 있겠소?"

　총표두 곽자연의 정중한 부탁에 두 사람은 잠시 망설였다. 드디
어 장가촌 사람들 평생의 꿈이던 대표국 표사의 일이 눈앞에 놓
여져 있었다.

　그러나 아직은 때가 아니라고 생각했다. 언젠가 제자들은 스스
로 자신의 인생을 선택할 것이다.

이무심이 장소룡을 바라보았다. 장소룡도 이무심을 바라보았다. 두 사람은 근래에 들어 눈빛만으로도 뜻이 통할 지경이었다.

이무심이 희미하게 웃으며 말했다.

"곽 표두의 말씀은 가슴에 담아두겠습니다. 저희는 지금 반드시 찾아뵈야 할 분이 계신지라, 그전까지는 감히 가부를 결정하지 못하겠습니다."

곽자연은 몇 번 더 청했지만 대답이 한결같은지라 강요하지 못하고 차후에라도 꼭 용마표국에 들러주십사 간청을 했다.

이무심과 장소룡은 칠 일을 묵으며 그동안 쌓인 피로를 풀었다. 곽자연은 장가촌 일행이 북경을 떠나기 전날 밤 성대한 환송 잔치를 열어주었다.


장가촌 사람들은 곽자연이 마련해 준 말을 하나씩 얻어 타고 사천성으로 되돌아갔다.

벌써 두 번째로 찾아가는 사천성이지만 장가촌 사람들의 감회는 새로웠다. 그들은 지옥 밑바닥을 걷다가 이제 땅 위로 기어나온 것 같은 기분이었다. 이제는 스스로를 지킬 만한 힘이 있었다. 그것 하나만으로도 기뻐서 시도 때도 없이 낄낄거리는 장가촌 사람들이었다.


장가촌 일행이 사천제일루에 도착한 것은 어느덧 한 해가 저물어가는 십일월 중순이었다. 천하 무림 대회가 열리던 팔월 초에 이곳을 떠났으니 무려 넉 달 만에 되돌아온 것이다.

멀리서 사천제일루의 현판을 바라보는 장소룡은 감회가 남달랐다. 이곳에서 얼뜨기 같은 행동을 하다가 장 사부와 헤어져야 했던 것이다.

"형님, 장 사부를 뵈면 뭐라고 하죠?"

"일단 우리가 너무 늦었으니 용서를 빌어야 하지 않겠느냐?"

장소룡은 무릎을 꿇어도 좋으니 장 사부가 건강한 모습으로 자기 앞에 섰으면 하는 마음이었다.

고개를 돌리고 보니 장소와 이삼인도 흥분이 되는지 말 위에서 엉덩이를 들썩거리고 있었다.

'녀석들 같으니……'

기세등등하게 사천제일루를 들어선 장가촌 일행은 드디어 계산대에 앉아 있는 염소수염 민주려의 앞에 섰다.

"시간이 좀 지체되었소. 장 사부를 모셔오시오."

장소룡이 큰소리를 치며 은자가 든 주머니를 계산대 위에 내려놓았다.

민주려가 자리에서 벌떡 일어나며 소리쳤다.

"이런, 이걸 어쩐다. 조금 늦었구려."

장소룡이 다른 소리를 할세라 재빨리 말했다.

"늦어서 미안하게 됐소이다."

민주려가 매우 난처하다는 표정으로 망설이다 마침내 입을 열었다.

"미안하네만 장염은 이미 한 달쯤 전에 실종되었다네……."

이무심이 한 걸음 앞으로 나서며 입을 열었다.

"그게 무슨 소리요?"

민주려는 한 달 전쯤에 정체를 알 수 없는 무림인들이 장염을 끌고 사라진 뒤로 아무도 그에 대한 소식을 듣지 못했노라고 대답했다.

장소룡이 민주려의 말을 듣고 경악을 한 표정으로 이무심을 바라보았다. 이무심의 수염이 부들부들 떨리고 있었다. 이무심은 본래 말수가 적고 침착했지만, 장 사부에 대해서만큼은 절대적이었다. 장소룡은 그것을 알기에 더욱 괴로웠다. 자기가 가죽 주머니만 잃어버리지 않았어도 장 사부와 헤어지는 일은 없었을 것이다.

장소룡이 이를 악물고 두 주먹을 불끈 쥐었다. '죽어 달라면 죽어드리겠소'라고 말해 놓고, 오히려 그를 사지에 몰았을지도 모를 자신의 부주의와 무능력에 대해 분노가 밀려왔다.

장소와 이삼인은 민주려를 향해 '그게 무슨 헛소리냐!'고 소리를 버럭 지르고, 사천제일루 곳곳을 뛰어다녔다.

두 사람은 미친놈처럼 목이 터져라 장염의 이름을 불러댔지만 이미 사라진 장염이 대답할 리가 없었다.

민주려는 장가촌 일행을 보고서 장염이 이들에게 얼마나 소중한 존재였는지 새삼 깨달았다.

돌이켜 보니 장염은 이들에게 뿐만 아니라 사천제일루에도 소중한 존재였다. 비록 서로가 원치 않았던 결과로 인해 주방의 일을 시작했지만, 그토록 짧은 시간에 가장 밑바닥에서 가장 높은 자리까지 오른 사람이 장염 말고 또 있을까?

물론 약간의 문제가 생겨 요리 명인이라는 대명(大名)까지 뒤집어쓰게 되었지만, 그는 실로 그 이름에 걸맞는 일을 감당해 냈던 것이다.

그러기 위해서 그가 흘려야 했던 땀을 민주려는 잘 알고 있었다. 장염은 밤낮없이 일을 배웠고, 묵묵히 자기에게 주어진 길을 갔다.

누구보다 그 사실을 잘 알기에 민주려는 장가촌 일행이 자기에게 뭐라고 욕을 해도 대꾸하지 않고 조용히 듣기만 했다.

한참 만에 장가촌 일행은 마침내 모든 것을 포기하고 말았다.


장가촌 일행이 사천제일루를 뒤로하고 터벅터벅 걸어가는데, 뒤에서 누군가 소리치며 뛰어왔다.

"여러분, 드릴 말이 있소이다!"

헐떡이며 달려온 사람은 헌원일광이었다. 가까이 온 그는 장가촌 일행에게 장염이 잡혀가던 날 밤의 일을 다시 한 번 소상히 말해 주었다. 그리고 한 가지 이야기를 덧붙였다.

"장염은 요리를 하면서 종종 서장에 대해 물었습니다. 그곳이 어디에 있느냐, 뭐가 유명하냐 그런 거였죠. 제가 왜 묻냐고 하면 그때마다 아는 사람이 그곳에 있다고 했습니다. 밤이면 종종 서쪽을 바라보며 혼자서 중얼거리기도 했고, 왠지 장염이 사천이 아니면 서장에 있을 거라는 느낌이 드는군요. 장염을 찾게 되면 사천제일루로 들러 달라고 꼭 전해주십시오."

이무심의 얼굴이 조금 밝아졌다.

"감사하오!"

이무심이 고개를 숙이며 인사를 하자 헌원일광은 곧 몸을 돌려 사천제일루로 돌아갔다.

아주 사소한 말이라도 사람들에게 희망을 주는 말이 있다. 이무심의 눈에 잔뜩 힘이 들어갔고, 장소룡은 계속 '서장이라, 서장이라' 하며 중얼거렸다. 이제 일행에게 분명한 목표가 생긴 것이다. 장가촌 일행에게 장염은 이미 서장에 가 있는 사람처럼 되었다.

좀처럼 입을 열지 않던 이삼인이 갑자기 장소의 등을 탁 치며 소리쳤다.

"어서 가자, 이 녀석아!"

그러자 옆에 있던 이무심이 피식 웃으며 한 손으로 말고삐를 틀어쥐었다.

"오냐, 이제 가마."

*     *     *

장가촌 일행이 사천을 떠나갈 때 의혈단의 분위기는 가라앉아 있었다. 일룡이봉삼절사검이 실종된 것이다.

그들은 서로 정한 날짜에 소식을 보내왔었다. 그러나 벌써 한 달이 넘도록 아무런 소식이 없었다. 칠 일에 한 번씩 연락하기로 했었기 때문에 의혈단은 침울해지지 않을 수 없었다.

부단주 이묘산이 장내에 모인 의혈단의 수뇌부들을 둘러보며 말했다.

"그들이 납살(拉薩 : 서장의 도시)에 이르렀다는 보고를 끝으로 더 이상 아무 연락이 없습니다. 벌써 한 달이 지났으니 아무래도 변고가 생긴 게 틀림이 없는 것 같습니다."

이묘산의 말이 끝나기가 무섭게 위지천이 되물었다.

"부단주의 말씀은 혈마사가 회동하기 시작했다는 것입니까?"

만약 혈마사의 재기라면 몇 사람 죽어서 끝날 일이 아니었기 때문이다. 이묘산이 철혈판관이라고 불리우는 것은 냉정하게 사태 분석을 잘한다는 데서 연유한 것이었다. 이묘산을 바라보는 위지천의 얼굴은 어두울 수밖에 없었다.

"현 무림의 정세를 볼 때 그들에게 위해를 가할 만한 세력은 중원에는 아직 나타나지 않았습니다."

조심스런 이묘산의 말은 옳았다. 사파의 최강이라는 마교는 지난 십 년 간 발흥을 하지 않았다. 십 년 전 마교 교주 천마무적(天魔無敵) 고성기(高成器)는 마교비전의 무공을 익히다가 마공의 마기를 견디지 못하고 물에 뛰어들어 자살하고 말았다.

그의 신비스런 죽음 이후 마교는 내분으로 천산파(天山派)와 음산파(陰山派)로 나뉘어졌다. 두 파벌은 서로가 적통이라고 내세우며 세력을 키우기 위해 무공 비급 쟁탈전을 벌였는데, 그 혼돈의 와중에 마교의 무공 비급을 모아놓은 비천무고(飛天武庫)에 불이 나고 말았다. 부랴부랴 불은 껐지만 이미 여러 권의 절정 마공들이 불타 없어진 뒤였다.

그 뒤로 두 개의 파벌은 완전히 원수가 되어 갈라섰다. 천산파라 주장하는 사람들은 마교의 발원지인 신강(新疆)의 천산(天山)으로 들어갔고, 음산파라 주장하는 무리들은 몽고에 접한 음산(陰山)으로 들어가 서로 기회를 엿보고 있었다.

그렇게 최강악질이라는 마교의 힘이 분산되자 그밖의 다른 방문좌파는 무림맹 앞에서 더욱 힘을 못 쓰게 되었던 것이다.

아직 마교가 통일되지 않은 지금 무림맹을 견제할 만한 사파의 세력은 없는 것이나 마찬가지였다.

"요즘 마교의 상태는 어떠하오?"

위지천의 질문에 이묘산이 자신있게 대답했다.

"그들은 지금 마교의 지존무공을 찾느라 정신이 없습니다. 선대에 누군가에게 전해주었을 거라는 생각으로 사파를 일일이 찾아다니고 있습니다. 중원의 모든 사마 세력을 확인하려면 앞으로도 몇 년은 더 걸릴 것으로 보입니다."

내단 순찰총감인 벽력장 왕지가 궁금하다는 듯 물었다.

"그들이 지존무공을 찾아 헤매는 특별한 이유라도 있소이까?"

"그것은 그들이 지난 몇 년 간 피비린내 나는 파벌 싸움을 해왔기 때문이오. 파벌 때문에 결국 마교가 본래의 두 개로 나뉘었는데, 그나마 나뉜 두 파벌 내에서 또다시 권력 다툼이 일어난 것이외다. 그들은 서로의 속셈을 너무도 잘 알고 있는 터라 결국 서로의 세력과 무관하면서도 가장 마교의 역사상 정통인 제3의 인물을 원하게 된 것이오."

"오호, 그렇게 된 것이었구려. 그러면 제3의 인물은 교주가 된다 하여도 마교 내에서 그다지 큰 힘을 발휘하지 못하겠소이다."

"일단 그렇게 추측은 되오만 워낙 마인들의 세계란 상리(常理)를 초월한 것이어서… 다만 그 한 사람을 찾기도 쉬운 일이 아니니, 우리에겐 다행한 일이라 할 수 있는 것이오."

한참 만에 이묘산이 위지천에게 말했다.

"단주, 포달랍궁으로 사자를 보내 의혈단 사람을 찾는 데 협조해 달라고 부탁해 보는 것은 어떻겠습니까? 혈마사라면 저희보다는 포달랍궁이 더 잘 알고 있지 않겠습니까?"

이묘산의 말이 그럴듯하다고 생각한 위지천은 좌중을 둘러보았다. 다들 묵묵히 고개를 끄덕이고 있었다. 의혈단 수뇌부는 즉시 서장의 포달랍궁으로 보낼 다섯 명의 고수들을 선발했다.

위지천은 그들을 떠나 보내며 제2의 환란을 예감하는 자신의 걱정이 기우(杞憂)이기를 바랬다.


*      *      *


의혈단의 사람들이 신진 고수들을 찾기 위해 동분서주(東奔西

走)하고 있을 때, 일룡이봉삼절사검은 혈마사의 지하 뇌옥에 갇혀
있었다.

　일룡 소신룡(小神龍) 명원(明元)은 햇빛조차 들지 않는 지하
뇌옥에서 지나온 날들을 돌이켜 보았다. 그는 귀주성(貴州省)에
있는 비룡장(飛龍莊) 장주 명오(明悟)의 둘째 아들이었다.

　어린 시절에는 형과 함께 즐겁게 가전(家傳)의 무공을 배웠다.
그런데 둘째인 명원이 너무 뛰어나다 보니 자라면서 문제가 생겼
다. 점점 비룡장이 두 패로 나뉘어 갔다. 명원을 따르는 사람들이
비룡장의 앞날을 위해서는 둘째에게 모든 것을 물려주어야 한다
고 주장했기 때문이다. 그러다 보니 형제의 사이도 점점 나빠졌다.

　그러던 어느 날, 여느 때처럼 형과 함께 비무를 하고 있을 때였
다.

　명원은 형의 검 속에 살기가 짙다는 것을 느끼고 대경실색하고
말았다. 형의 검 끝이 집요하게 그의 요혈에 달라붙고 있었던 것
이다. 자신에 대한 원망이 그대로 검 속에 담겨 있었던 것이리라.

　명원은 형이 휘두르는 검에 스스로 어깨를 내주었다. 그리고 그
날 밤 갈라져 피가 흐르는 어깨를 천으로 단단하게 싸맨 뒤 집을
떠났다. 그뒤 점창파(點蒼派)의 문하생이 되어 무술을 더 익히고
사천 무림 대회에 참가한 것이다.

　이미 비룡장의 무명(武名)이 혁혁했는데, 비룡장과 점창파의 무
공을 익힌 그가 최종 우승자가 되는 건 당연한 결과였다.

　사천 무림에 이름을 날린 명원은 이제 자신의 가업을 사천에서
일으키겠다고 맹세하였다. 형 때문에라도 다시 집으로 돌아갈 수
는 없었기 때문이다.

　그런데 그의 모든 꿈이 사라져 버렸다. 지금 그는 낯선 땅 서장

의 혈마사 지하 뇌옥에 갇혀 있는 것이다.

"휴우……."

명원이 한숨을 길게 내쉬고 주변을 둘러보았다. 자신과 함께 끝까지 자웅을 겨루었던 이봉과 삼절, 사검이 모두 갇혀 있었다. 그들의 비참한 몰골을 보면서 명원은 한 달 전의 어이없는 싸움을 떠올렸다.


한 달 전 납살에 이르렀을 때도 그들은 사태의 심각성을 깨닫지 못했다. 서장은 거의 대부분 티베트 족(族)이었고, 그 속에 약간의 한족(漢族)과 회족(回族), 그리고 몽고족(蒙古族)이 섞여 살았다.

서장의 그 거칠고 투박한 사람들 속에서 중원의 젊은이들은 자기들이 어떤 시선을 끌게 되는지 망각하고 있었다.

서장 사람들은 남녀가 모두 머리를 두 갈래로 따고, 거칠고 허름한 '추바푸르'라고 불리우는 모직물 옷을 입었다.

그러나 이 영기발랄한 젊은이들은 모두 화려하고 날렵하며 세련된 경장 위에 검거나 갈색 빛이 도는 가죽 피풍을 두른 채 서장 이곳저곳을 쏠고 다녔던 것이다.

불행하게도 혈마사의 라마승들은 바보가 아니었다. 혈마사는 중원에서 온 이들의 행적을 처음부터 놓치지 않고 추적하다가, 마침내 그들이 대소사에 도착하여 긴장을 풀고 있을 때 모조리 잡아들이고 만 것이다.


명원 일행이 소림 방장의 서신을 가지고 납살의 중심에 있는 대소사(大昭寺)를 방문한 것은 더 이상 납살을 돌아다녀도 아무런 정보를 얻지 못해서 다들 지쳤을 때였다.

대소사는 서장에서 가장 오래된 불교 사원으로 납살의 중심에 있었다. 의혈단에서 서장을 조사한다고 했을 때 무리맹은 이곳을 거점으로 활동하라며 소림사 방장의 협조 서신을 하나 보내준 바 있었다.

원래 이 대소사는 서장을 통일한 송첸 김포왕이 자기에게 시집 온 당나라 문성(文成) 공주의 석가모니 불상을 모시기 위해 지은 것이었다. 그 뒤로 중원의 사찰과 빈번한 왕래가 이루어졌고, 현재 대소사 방장은 과거 몇 년 간 소림사에서 불경을 연구한 적도 있었다.

서찰을 받아본 대소사 방장은 비록 여자도 네 명이나 포함돼 있었지만 개의치 않고 장기간 머물도록 허락해 주었다.

그런데 그날 밤, 채 여독을 풀기도 전에 그들은 원치 않던 손님을 맞이해야 했다.


소신룡 명원은 자기 앞에 서 있던 노혈승(老血僧)을 평생 잊지 못할 것 같았다. 노승은 자신감과 패기로 가득 차 있던 명원 앞에 적포(赤袍)를 휘날리며 그림처럼 서 있었다.

"대라마는 누구십니까?"

"나.무.아.미.타.혈⋯⋯."

명원은 처음에 포달랍궁의 고수가 방문한 줄 알았다. 그만큼 그의 기도는 자연과 완전히 동화된 경지였다. 그러나 다음 순간, 그의 육장에 떠오른 공포의 혈광을 어찌 잊을 수 있겠는가!

비룡장에는 비룡현신(飛龍現身)이라는 신법과 그 신법을 바탕으로 펼치는 비룡광무(飛龍光武)라는 독보적인 검법이 있었다. 노승의 육장에 혈광이 어리자마자 명원은 본능적으로 몸에 익은 비룡현신을 펼쳤다. 명원의 몸이 팔방의 방위를 밟으며 허공으로 도약했다.

그러나 혈광은 한줄기 뇌전처럼 그의 몸에 떨어졌다.

"끄악!"

단 일 초 만에 명원은 상처 입은 자존심과 함께 땅바닥에 곤두박질쳐졌다. 어른과 아이의 싸움이었다. 점창파 비전절기인 료료검법(了了劍法 : 점창파 검리를 깨우친 자들의 검법)이나 요요사검(曜曜四劍 : 가볍게 쏟아지는 검기에서 수없이 밝은 빛이 나는 연환검) 같은 것은 펼칠 틈도 없었다.

그는 땅에 처박힌 채로 저 노혈승이 일 장씩 휘두르는 것을 멍하니 바라보아야 했다. 밤하늘에 혈광(血光)이 한번씩 번득일 때마다 한 명씩 무릎을 꿇었다.

그날 일룡이봉삼절사검은 혈마사의 지하 뇌옥으로 옮겨졌다. 명원이 아직까지 이해하기 어려운 것은 바로 그것이었다. 노혈승은 그들을 죽이지 않았던 것이다.

그들의 지나온 행적을 살펴볼 때 그것은 기적이었다. 살인, 약탈, 방화, 인신 제사, 생혈 흡입의 오대참화(五大慘禍)로 악명을 떨치는 혈승들이 입 안에 기어 들어온 먹이를 씹지 않고 있는 것이다.

명원 일행은 단지 자유가 없을 뿐 고문이나 희롱도 당하지 않았다. 명원은 맞은편 옥사에 갇힌 네 명의 여협(이봉인 한려와 수도, 그리고 무당파의 소소와 영화)을 보면서 다행이라고 생각했다.

그러나 이런 기적도 그리 오래가지는 않을 것이다. 여기는 피와 저주의 혈마사인 것이다.

남자들이 갇힌 옥사의 맞은편에는 여자들이 갇혀 있었다. 이봉(二鳳)은 무림 제일 신비라는 봉황곡(鳳凰谷)에서 함께 자란 자매였다. 그녀들은 봉황곡주 임시녀(林始女)의 딸이기도 했는데, 처음 무림에 출도했다가 영광과 비참을 동시에 맛보고 있었다.

이봉은 각각 한려(閑麗 : 짝짓기를 막았다)와 수도(受度 : 제도를 받아들였다)라는 이름을 가지고 있었다. 좀 이해하기 어려운 이 이름은 그녀의 어머니 임시녀가 지은 것이었다.

봉황곡은 남자가 없는 여자들만의 세계였다. 그래서 한려와 수도도 어머니의 성을 따서 임한려, 임수도라고 불리웠다.

그녀들은 자라면서 남자들에 대해서는 별로 궁금해하지 않아서 아버지가 누군지 어머니에게 물어보지도 않았다. 이름 그대로 '짝짓기를 막은 제도를 받아들인' 형국이었던 것이다.

한려와 수도의 나이가 차자 봉황곡주 임시녀는 두 딸에게 봉황곡 전통의 강호행을 시켰다. 세상과 남자를 알아야 나중에 필요한 만큼의 자손을 남길 수 있기 때문이었다.

간혹 가다가 강호행을 하다가 남자와 달아난 제자들도 있었지만, 그녀들을 통해서 봉황곡의 비밀이 새어 나가지는 않았다. 언제나 그렇듯 죽은 자는 말이 없었기 때문이다(殺人滅口).

봉황곡 제자들은 그 사실을 누구보다 잘 알고 있었기에 강호행을 하다가도 때가 되면, 즉 남자를 하나 사귀어 씨앗을 배에 담으면 조용히 봉황곡으로 돌아와 살았다.

대부분의 남자들은 처음에는 미친 듯이 봉황곡의 여자들을 찾아다니다가도 곧 그녀들을 잊어갔다. 그래서 봉황곡의 여자들은 스스로를 세상에서 잊혀진 사람들이라고 여겼다.

두 자매 한려와 수도도 씨앗을 배에 담아 돌아가리라 믿어 의심치 않았다. 그런데 지금 그녀들의 희망이 산산조각 나고 말았다. 노혈승의 일 장을 맞고 혈마사의 지하 뇌옥에 갇히게 된 것이다.

그녀들은 속으로 절대 혈승의 씨앗은 담아가지 않겠다고 다짐하고 있었다. 다행히 두 자매의 미색이 고왔음에도 혈승들은 두 자매의 배에 씨앗을 담으려 하지 않았다. 그냥 때가 되면 식사로 마른 빵과 물을 갖다가 던져 줄 따름이었다.

그 후 한려와 수도 자매는 함께 갇힌 매화검 영화와 친해졌다. 영화는 무당파 사검사 중 막내였는데, 둘째인 환영검 노호의 끈질긴 구애를 받아들이지 않아 평소 두 자매로부터 이해할 수 없는 여자라고 찍혀 있었다.

그녀들이 보기에 노호는 매우 훌륭한 사내였다. 물론 삼절(三絶)이라 불리는 세 남자 독절(毒絶) 당휴(唐烋)와 창절(槍絶) 조운(朝雲), 그리고 장절(掌絶) 위지천평(魏志千平)도 훌륭했지만 천하제일보의 소보주이자 무당파 제자인 노호라는 이름이 주는 매력에 비할 바는 아니었다.

두 자매는 만약 노호가 자기에게 접근해서 저토록 열렬히 구애를 한다면 자신은 그의 씨를 받을까 안 받을까 상상해 보는 것도 즐거울 만큼 그는 능력있는 남자였다.

그러나 얼마 지나지 않아 두 자매는 영화의 마음속에 이미 어떤 남자의 씨가 들어 있다는 것을 깨달았다. 도대체 노호보다 더 뛰어난 자가 누구란 말인가? 더구나 그와는 그녀들이 생각하는 각별한 관계도 아닌 것 같았다.

두 자매가 남녀 간의 은근한 일을 묻기라도 하면 영화는 단지 이렇게 말했다.

“우리는 마음이 통했답니다.”

그때부터 두 자매는 영화를 볼 때마다 씨를 마음에 받는 것과 몸에 받는 것의 차이에 대해 생각하곤 했다.

그리고 영화가 말할 때마다 생글거리게 하는 한 남자의 이름을 통해 자신들의 아버지에 대해 처음으로 궁금함을 느끼게 되었다. ‘우리는 대체 어떻게 만들어진 사람들일까?’ 하는 생각이 떠나지 않았던 것이다.

한편 이런저런 이유들로 이봉에게 경외의 대상이 되어버린 매화검 영화는, 죽음의 공포 속에서도 하루하루를 비교적 담담하게 버티어 보고자 노력하고 있었다.

‘추하게 죽어가는 모습을 보이진 말아야지.’

잠에서 깨어나 눈을 뜰 때마다 영화는 스스로에게 다짐을 했다.

‘사람은 한번 죽기 마련이다. 피할 수 없다면 당당하게 죽을 것이다.’

죽음의 공포를 떨치기 위해 그녀는 끊임없이 자기 인생에 있어 가장 화려했던 때를 생각해 냈다.

‘언제였을까, 짧은 내 인생의 절정은?’

그렇게 그녀는 행복한 기억 속에 죽고 싶었다. 그러나 시냇물에 발을 담그고 있던 때의 그 서늘한 생의 감각과 물결에 쓸려 간간이 마주 닿던 발끝의 짜릿한 감촉을 떠올릴 때마다 그녀는 어떻게든 살고 싶어졌다.

영화가 떠올리는 죽음과 삶의 경계에는 항상 그가 있었다. 그리고 그가 크게 웃으며 나타나 그녀를 구해주는 것으로 그녀의 환상은 끝이 나곤 했다.

그럴 때마다 그녀는 ‘왜 꿈에서조차 그에게 불가능한 부담을 지워줬을까?' 하며 미안해하는 것이었다. 그러면서도 '살아 나간다면, 아니, 반드시 살아 나가서 그에게 왜 나를 구해주러 오지 않았느냐'고 따지겠다고 영화는 거듭 다짐하며 매번 잠이 들었다.


〈 2권으로 이어집니다 〉